중앙보통고등학교 재학시(뒷줄 중앙)

와세다대학 축구부시절

와세다대학 재학시 축구선수 활동

개성에서

蔡萬植

동아일보 기자 재직시

채만식 선생이 임종한 마동의 초옥

채만식 묘소

채만식선생 문학비

채만식문학관 외관

채만식문학관 내부

채만식문학관 내부

채만식 소설 명작선

蔡萬植 小說 名作選

韓·中 對譯

채만식 소설 명작선
蔡萬植 小說 名作選

李淑娟, 于翠玲, 宋安琪 共譯

전북대학교 BK21 PLUS 韓·中문화「和而不同」연구창의인재양성사업단

　한국과 중국은 1992년 수교 이후 정치, 경제, 문화 등 다방면에서 교류의 폭을 넓혀왔다. 특히 대중문화 교류의 열기는 폭발적이어서 중국에서 '한류(韓流)' 열풍은 10년 이상 지속되고 있다. 이러한 상황에서 한국인의 중국어 학습에 대한 열망 또한 나날이 증가하고 있다. 대학의 중문과 내에서 뿐만 아니라, 타 학과 학생들은 물론, 초·중·고 학생들과 평생학습센터와 같은 사회교육, 성인교육의 현장에서도 중국어학습의 열기는 뜨겁게 나타나고 있다. 그런데, 안타까운 것은 중국어에 대한 이러한 관심이 대부분 일상생활에 필요한 중국어 회화실력을 높이기 위해서라든가 혹은 스펙으로서 H.S.K(漢語급수시험)의 급수를 따기 위한 데에 국한되어 있는 경우가 대부분이라는 점이다. 즉 한국과 중국의 진정한 문화소통을 위해 전문적으로 번역과 통역에 종사해 보겠다는 포부를 가지고 중국어를 학습하는 경우는 오히려 그다지 많지 않다는 것이다. 그러나 진정한 외국어 학습 목적이 양국사이의 문화교류와 소통에 있다는 점을 감안한다면 우리의 중국어 학습 열기의 방향을 보다 더 전문적인 방향으로 전환하고 그 수준을 보다 더 높일 필요가 있다.

蔡萬植

　이에, 본 전북대학교 BK21PLUS한·중문화 「화이부동(和而不同)」 연구창의인재양성사업단에서는 연구생 스스로가 한·중문화의 '화이부동(和而不同)' 성(性)을 체감하는 가운데 한국어와 중국어 학습의 수준을 높이려는 의도에서 한국 근대를 대표하는 소설가인 채만식의 단편소설을 중역하는 작업을 하였다. 이 과정에서 한국의 연구생들은 한국 소설작품의 다양한 예술적 표현 특히, 채만식 소설의 중요한 특징인 풍자성을 중국어를 통해 어떻게 전달할 것인가를 고민하며 깊이 있는 중국어 공부를 할 수 있었고 중국인 연구생들은 한국어의 다양한 표현방식과 내함을 파악할 수 있는 능력을 배양하게 되었다. 문학작품을 번역하는 과정을 통해 문학작품에 대한 이해의 폭을 넓힘은 물론, 수준 높은 한국어와 중국어를 학습하는 데에도 크고 값진 소득을 얻게 된 것이다.

　이렇게 얻은 값진 소득을 우리 사업단은 가능한 한 많은 사람들에게 제공함으로써 한·중 사이의 문화교류와 중국어 학습에 관심이 높은 사람들에게 작은 도움이라도 되고자하는 생각을 갖게 되었다. 이에, 한국어 원문과 중국어 번역문을 책의 좌우 양면에 배치하여 한국어와 중국어를 한눈에 비교하며 읽을 수 있는 체재로 편집하여 출간하기로 하였다. 이 책이 중국어 학습을 갈망하는 한국인과 한국어 학습을 필요로 하는 중국인에게 작은 도움이라도 될 수 있기를 기대한다. 아울러, 한국의 우수한 문학작품을 해외로 소개한다는 측면에서도 그 의미를 찾고, 나아가 한·중문화의 '화이부동(和而不同)'

성(性) 연구에도 중요한 토대가 되기를 희망한다.

주지하다시피 채만식(蔡萬植, 1902.07.21~1950.06.11)은 일제 강점기와 대한민국 시대를 걸쳐 산 소설가이며 극작가이자 문학평론가이며 수필가이다. 1924년 단편소설 〈새길로〉(《조선문단》)로 등단한 뒤 약 300편의 작품을 남겼다. 장편으로는 《인형의 집을 나와서(1933)》《탁류(濁流, 1937)》등이 있고, 단편으로는 《레디메이드 인생(1934)》《인텔리와 빈대떡(1934)》《명일(1936)》《치숙(1938)》《패배자의 무덤(1939)》등이 있으며 희곡으로는 《제향날(1937)》,《당랑의 전설(1940)》등이 있다. 본서에서는 그의 대표적 단편소설인 《레디메이드 인생》과 《명일》,《패배자의 무덤》3편을 중역하였다.

《레디메이드 인생》은 1934년 《신동아》에 발표한 작품으로, 일제 강점기 한국 지식인의 운명과 처지를 풍자하고 있다. 고등교육을 받은 P는 실직하여 현재 취직이 쉽지 않은 상태에 처해있다. 그는 자신이 인텔리라는 사실을 오히려 원망하며 선술집이나 색주가를 떠돈다. 작가는 P를 통해 정조 관념에 대한 회의를 서술하고, 그 시대의 교육은 오히려 생활에 방해가 된다는 뒤틀린 가치관을 전개한다. 그리하여 아들만은 자신과 같은 무기력한 지식인 실직자가 되어서는 안 된다며 어린 나이에 인쇄소에 맡긴다. '레디메이드(기성품) 인생이 비로소 임자를 만나 팔렸구나.' 라고 중얼대는 P의 독백에 씁쓸한 사회상이 반영되어 있다.

《명일》은 1936년에 《조광》에 발표된 작품으로, 역시 현실 비판적이고 반어적인 작품이다. 1930년대 지식인들의 삶의 고통과 고뇌를 전지적인 작가의 시점(視點)으로 그려내고 있다. 《명일》이라는 제목에 '내일을 기약할 수 없는 삶'이라는 의미를 부여하여 식민지의 지식인 생활을 풍자하고 있다. 주인공 범수와 그의 아내 영주는 고등교육을 받은 인텔리이지만 직업이 없이 근근이 하루하루를 살아간다. 도둑질조차도 하지 못하는 모습에서 극에 달한 인텔리의 무능함을 역설하고, 두부를 훔치는 아이들의 모습에서 슬픈 현실을 그려내고 있다. 두 아들의 교육에 대해 남편은 '필요 없음'을 주장하고 아내는 '필요 있음'을 주장하는 것으로 소설은 끝을 맺는다. 끝까지 미래를 전망하기 어려운 암담함을 토로한 것이다.

《패배자의 무덤》은 1939년 《문장》에 발표한 작품으로, 직접적인 표현으로 인물들을 비판하고 있다. 경순의 남편 종택은 현실 도피를 위해 죽음을 택하는 '패배자'이고, 경순의 오빠인 경호는 폐결핵으로 죽음 앞에 있는 그저 무력한 지식인일 뿐이다. 작가는 이들의 모습을 통해 현실 속 인텔리의 비극을 서술하고 있다. 다만 여주인공 경순을 통해 진정한 자아로 거듭나는 모습을 그리고 새 생명으로부터 진리를 찾고자 한다. 작가는 현실의 참담함 속에서 그나마 다음 세대에 기대를 걸고 있다.

채만식의 작품을 중국어로 번역하는 작업은 결코 쉽지 않았다. 한국어와 중국어의 차이를 체감하고 두 언어 사이의 오묘한 표현효과를 감지할 수 있을 때에만 가능한 작업이었다. 우리사업단의 참여교

수이신 전북대학교 중어중문학과 이숙연(李淑娟) 교수의 탁월한 역량과 열정적인 지도가 없었다면 이 작업은 이루어질 수 없었을 것이다. 이숙연 교수의 지도아래 사업단 참여대학원생인 우취영(于翠玲)과 송안기(宋安琪) 연구생이 열과 성을 다하는 노력으로 이 작업이 완성되었다. 작업이 완성되어 드디어 上梓의 날을 맞게 된 것을 진심으로 축하하며 이 책이 한국어와 중국어학습을 열망하는 독자들로부터 많은 관심을 받을 수 있기를 기대한다.

2015년 5월 26일
전북대학교 BK21 PLUS 韓·中문화「和而不同」
연구창의인재양성사업단 단장 김병기 識

蔡萬植

1. 채만식의 세 작품은 《채만식 전집》(창작과 비평사, 1987)을 저본으로 하였다. 단, 이 판본에는 편집상 상례와 다른 현상이 곳곳에 나타나 있는데, 원 판본의 형태를 보존하기 위해 수정을 가하지 않았다.

2. 한국어 표현과 중국어 표현의 차이를 비교하며 읽게 하기 위해 한국어 원문과 중국어 번역문을 양면에 배치하였다.

3. 한국어의 일부 어휘 풀이는 네이버사전, 다음사전 등의 인터넷 사이트를 참고하였으나 출처를 일일이 기재하지는 않았다.

4. 채만식의 작품 내용 중 일부는 일제 당국의 검열로 삭제되었다. 이러한 부분은 《채만식 전집》의 표기에 따라 편자주로 밝혀놓았다.

채만식 소설 명작선
蔡萬植 小說 名作選

┃목 차┃

蔡萬植

채만식 소설 명작선
蔡萬植 小說 名作選

레디메이드 人生

Ready-made 人生

레디메이드 人生[1]

1

"머 어데 빈 자리가 있어야지."

K사장은 안락의자에 푹신 파묻힌 몸을 뒤로 벌떡 젖히며 하품을 하듯이 시원찮게 대답을 한다. 미상불[2] 그는 두 팔을 쭉 내뻗고 기지개라도 한 번 쓰고 싶은 것을 겨우 참는 눈치다.

이 K사장과 둥근 탁자를 사이에 두고 공순히 마주 앉아 얼굴에는 '나는 선배인 선생님을 극히 존경하고 앙모합니다[3]' 하는 비굴한 미소를 띠고 있는 구변 없는 구변을 다하여 직업동냥[4]의 구걸(口乞) 문구를 기다랗게 놓아놓던 P…… P는 그러나 취직 운동에 백전백패(百戰百敗)의 노졸(老卒)인지라 K씨의 힘 아니 드는 한마디의 거절에도 새삼스럽게 실망도 아니한다. 대답이 그렇게 나왔으니 이제 더 졸라도 별수가 없는 것이지만 허실삼아 한마디 더 해보는 것이다.

"글쎄올시다. 그러시다면 지금 당장 어떻게 해줍시사고 무리하게 졸를 수야 있겠습니까마는…… 그러면 이담에 결원이 있다든지 하면 그때는 꼭……"

이렇게 말하고 P는 지금까지 외면하였던 얼굴을 돌리어 K사장을 조심성 있게 바라보았다. 그러나 K사장은 위선 고개를 좌우로 두어

Ready-made 人生

宋安琪 译

1

"哪儿来的空缺啊。"

K社长整个身子向后倚在太师椅上，像打呵欠似的无精打采地说。看来他更想伸个懒腰，伸展伸展四肢。

隔着圆桌，P恭恭敬敬地对着K社长坐着，用根本称不上口才的口才低声下气地反复请托着，脸上堆满了卑微的微笑，像似在说'前辈，我非常地尊敬您，仰慕您'。P算得上是求职战场上百战百败的老兵了，根本不会因为K社长的敷衍拒绝而失望。虽然K社长都已经这样说了，P也明白再多说也没有用，但还是又添了一句：

"怎么说呢，既然这样，我也不能强求马上就要怎么样……只是下次有缺的话，还请您……"

说着，P这才将视线转向K社长，小心翼翼地观察着。但是K社长假惺惺地把头左右摇了几次，仍旧打着哈欠答道：

번 흔들고는 여전히 하품 섞인 대답을 한다.

"결원이 그렇게 나나 어데…… 그리고 간혹가다가 결원이 난다더래도 유력한 후보자가   십 명씩 밀려 있어서……"

P는 아무 말도 아니하고 고개를 숙였다. 이제는 영영 틀어진[5] 것이다. 안녕히 계십시오 하고 일어서는 것밖에는 별수가 없다.

별수가 없이 되었으니 "네 그렇습니까" 하고 선선히 일어서야 할 것이지만 지금까지에 은근히 모시고 있던 태도에 비하여 그것이 너무 낯간지러운 표변[6]임을 알기 때문에 실망이나 하는 체하고 잠시 더 앉아 있는 것이다.

"거 참 큰일들 났어."

K사장은 P가 낙심해하는 것을 보고 별로 밑천이 들지 아니하는 일이라서 알뜰히 걱정을 나누어 준다.

"저렇게 좋은 청년들이 일거리가 없어서 저렇게들 애를 쓰니."

P는 속으로 코똥[7]을 '흥' 하고 뀌었으나 아무 대답도 아니하였다. K사장은 P가 이미 더 조르지 아니하리라고 안심한지라 먼저 하품 섞어 '빈 자리가 있어야지' 하던 시원찮은 태도는 버리고 그가 늘 흉중에 묻어두었다가 청년들에게 한바탕씩 해 들려주는 훈화를 꺼낸다.

"그렇지만 내가 늘 말하는 것인데…… 저렇게 취직만 하려고 애를 쓸 게 아니야. 도회지에서 월급생활을 하려고 할 것만이 아니라 농촌으로 돌아가서……"

"농촌으로 돌아가서 무얼 합니까?"

K는 말 중동[8]을 갈라 불쑥 반문하였다. 그는 기왕 취직운동은 글러진 것이니 속시원하게 시비라도 해보고 싶은 것이다.

"空缺哪会那么容易有……再说，就算有了空缺，少说也有几十个有背景的人选在候着呢……"

P一句话都没说低下了头，心想这下是没戏了，只能起身告辞。

既然如此，P本该说"啊！是这个样子啊。"然后很干脆地起身离去。但他觉得这和自己先前的低姿态相去甚远，脸上挂不住，所以只得故作失望的样子，再坐了一会。

"哎，这问题可大了。"

看着垂头丧气的P，K社长心想反正是不花本钱的买卖，就故作体贴地说：

"这么多优秀的青年竟因为找不到事做而这样奔波受苦。"

P在心底里'哼'了一声不作任何答复。K社长觉得P不会再继续纠缠下去，就放心了，一改先前那种"哪来的空缺啊"打着哈欠拖拉的态度，又把他常放在心里，用来对青年说的那套话搬了出来：

"所以我还是那句话……不要为了找工作四处奔波，别光想着在城市拿月薪，回乡下去……"

"回乡下能干什么？"

P*打断他，直刺刺地反问道。他觉得既然找工作的事已经搞砸了，那就干脆说个痛快吧。

---

* 原文此处为k，但根据上下文来看，译者判断应为p。

"허! 저게 다 모르는 소리야…… 조선은 농업국이요 농민이 전 인구의 팔 할이나 되니까 조선 문제는 즉 농촌문제라고 볼 수가 있는데, 아 지금 농촌에서 할 일이 오직이나 많다구?"

"저는 그 말씀 잘 못 알아듣겠는데요. 저희 같은 사람이 농촌에 가서 할 일이 있을 것 같잖습니다."

"그럴 리가 있나! 가령 응…… 저……"

K사장은 응…… 저…… 하고 더듬으면서 끝내 대답을 하지 못한다. 그것은 무리가 아니다.

그가 구직하러 오는 지식청년들에게 농촌으로 돌아가 농촌사업을 하라는 것과(다음에 또 꺼내는 일거리를 만들라는 것은) 결코 현실에서 출발한 이론적 근거가 있는 것이 아니었었다. 그저 지식계급의 구직꾼이 넘치는 것을 보고 막연히 '농촌으로 돌아가라' '일을 만들어라' 고 해왔을 따름이다. 따라서 거기에 대한 구체적 플랜[9]이 있는 것도 아니었었던 것이다. 한편으로는 한 행세거리로 또 한편으로는 구직꾼 격퇴의 수단으로 자룽이 헌 창 쓰듯[10] 썼을 뿐이지—

그리하여 그동안까지는 대개는 그 막연한 설교를 들은성만성하고 물러가는 것이 그들의 행투였었는데, 오늘 이 P에게만은 그렇지가 아니하여 불가불[11] 구체적 설명을 해주어야 하게 말머리가 돌아선 것이다. 그래서 그는 떠듬떠듬 생각해 가면서 생각나는 대로 주워섬기는 것이다.

"가령 응…… 저…… 문맹 퇴치 운동도 있지. 농민의 구 할은 언문도 모른단 말이야! 그리고 생활 개선 운동도 좋고…… 헌신적으로."

"헌신적으로요?"

"그렇지…… 할 테면 헌신적으로 해야지."

"呵！这你就不懂了……朝鲜是农业国，农村人口占了八成，朝鲜的问题就是农村问题。现在农村可有的是活儿啊！"

"我听不明白，像我们这种人去农村有什么可做的呢。"

"怎么会没有呢！比如，唔……像什么……"

K社长唔……像……吞吞吐吐到底没答上来。这是意料之中的。

他劝那些来求职的知识青年回农村从事农村运动(和之后又提到的创造工作岗位的事)，其实根本欠缺立足于现实的理论根据，只不过是看着这一大批知识阶层的求职者像潮水般涌来，就随口编说 '回农村吧'，'找点事做吧' 来搪塞一下而已，因此也没有什么具体的计划。可以说就像赵子龙耍旧枪一样，一方面是做做表面功夫，一方面是用这一手段来击退求职大军罢了——

但此前，大部分求职者听了这番不着边际的大道理后，都似懂非懂地离去了。今天的P可没那么容易打发，他不得不转口试着做具体的说明，所以就有一句没一句地想到什么说什么。

"比如，嗯……那个……扫盲运动啊。九成的农民连字都不认识！还有，生活改善运动也不错嘛……可以奉献社会。"

"奉献社会？"

"没错……要做的话，就得有奉献意识。"

"무얼 먹고 헌신적으로 그런 사업을 합니까?…… 먹을 것이 있어서 그런 농촌사업이라두 할 신세라면 이렇게 취직을 못해서 애를 쓰겠습니까?"

"허! 그게 안된 생각이야…… 자기가 먹고 살 재산이 있으면서 사회를 위해서 일도 아니하고 번들번들 논다는 것은 그것은 타락된 생각이야."

P는 K사장이 억담[12]을 내세우는 것을 보고 속으로 싱그레 웃었다.

"그렇지만 지금 조선 농촌에서는 문맹퇴치[13]니 생활개선이니 하네 하고 손끝이 하얀 대학이나 전문학교 졸업생들이 몰켜오는[14] 것을 그다지 반겨하기는커녕 머릿살[15]을 앓을 것입니다…… 농민이 우매하다든지 문화가 뒤떨어졌다든지 또 생활이 비참한 것이 근본 원인이 기억 니은을 모른다든가 생활 개선을 할 줄 몰라서 그런 것이 아니니까요. 그리고 조선의 지식청년들이 모다 그런 인도주의자가 되여집니까?"

"되면 되지 안될 건 무어야?"

"그건 인도주의란 그것이 한개 공상이니까 그렇겠지요."

"허허…… 그러면 P군은 ××주의잔가?"

"되다가 찌부러진[16] 찌스레깁[17]니다. 철저한 ××주의자라면 이렇게 선생님한테 와서 취직운동도 아니합니다."

"못써! 그렇게 과격한 사상으로 기울어서야 쓰나…… 정 농촌으로 돌아가기가 싫거든 서울서라도 몇 사람 맘 맞는 사람이 모여서 무슨 일을—조선에 신문이 모자라니 신문을 하나 경영하든지, 또 조그맣게 하자면 잡지 같은 것도 좋고, 또 영리사업도 좋고…… 그러면 취직운동하는 것보담 훨씬 낫잖은가?"

"奉献社会，那拿什么糊口？……如果不愁吃的，有闲暇参与农村运动的话，哪用得着为就业苦苦奔波呢？"

"吓！这样想可不行……自己够吃够喝就不为社会做事而游手好闲，这是堕落的想法。"

听到K恶意的罗织，P不禁在心里冷笑了起来。

"现在的朝鲜农村，聚集了一大群手无缚鸡之力的大学、专科毕业生，说是要扫盲、要改善生活，但农村不仅不欢迎，反而伤透了脑筋……不管是农民愚昧、文化落后，还是生活悲惨，根本原因不在于不识字或者不懂得改善生活。还有，难道朝鲜的知识青年都要成为人道主义者吗？"

"能成当然好，难道有什么不行的？"

"我看，所谓人道主义只是一个空想罢了。"

"呵呵……那么你是××主义者？"

"快成了，可最后却成了被压瘪了的渣滓，我要是彻底的××主义者，就不会来这向您求职了。"

"这要不得！思想可不能往那方向走……真的不想回农村的话，那就在汉城找几个志同道合的人也能干点什么——朝鲜报纸太少，经营个报社也可以，要是想弄得小点的话就搞份杂志，不然做点儿生意也成……那不比求职好吗？"

"졸 줄이야 압니다마는 누가 돈을 내놉니까?"

"ㄱ거야 성의 있게 하면 자연 돈도 생기는 거지."

P는 엉터리없는 수작을 더 하기가 싫어 웬만큼 말을 끊고 일어섰다.

속에 있는 말을 어느 정도까지 활활 해준 것이 시원은 하나 또 취직이 글렀구나 생각하니 입안에서 쓴침이 괴어 나온다.

복도에서 편집국장 C를 만났다. P는 C와 자별히 사이가 가까운 터이었었다.

"사장 만나러 왔소?"

C가 묻는 것이다.

"아니."

P는 거짓말을 하였다. 그는 지금 K사장을 만나 거절당한 이야기를 하기가 어쩐지 창피하기도 할 뿐 아니라, 또 전부터 C더러 K사장에게 자기의 취직운동을 부탁해 왔던 터인데, 직접 이렇게 찾아와서 만났다고 하기가 혐의쩍기도[18] 하여 시치미를 뚝 뗀 것이다.

"아주 단념하오."

C 자기에게 부탁한 취직운동을 단념하란 말이다. 그러면 벌써 C가 K사장에게 이야기를 하였고, 그 결과 일이 틀어진 것을 P는 모르고 와서 헛노릇을 한바탕 한 것이다. P는 먼저 C를 만나보지 아니하고 K사장을 만난 것을 후회하였다. C는 잠깐 멈췄던 말을 계속한다.

"어제 아침에 사장더러 P군의 사정이 퍽 난처하니 어떻게 생각해봐주면 좋겠다고 여러 말을 했다가 코떼었오[19]. 신문사가 구제기관이 아닌데 남의 사정 난처한 것을 어떻게 하라느냐고 그럽디다……하기야 그게 옳은 말이지만.—"

"那当然好，但是谁掏钱？"

"那个嘛，只要诚心诚意地去做，钱自然而然就有了。"

P不想再跟他胡扯下去，于是就此打住，站起来走了出去。

P心里的话能说的都说了，感觉相当痛快，但一想到就职又没指望了，不由得嘴里发苦。

在走廊里，P遇到了和自己关系特别亲近的编辑部长C。

"来见社长吗？"

C问道。

"不是。"

P撒了谎。刚才见到K又遭到拒绝的事情，让他羞于启齿。而且之前他还曾托C向社长请托就职的事，现在若告诉C自己直接来见社长的话，好像对C又太过愧疚，于是干脆装作没事似的。

"打消这个念头吧。"

C让P打消求职请托的念头，可见他已经向K社长说过这事，但结果并不如意。P并不知晓此事。现在满心后悔没有先来见C而直接见了K社长，结果白费了一番力气。C接着刚才的话又说：

"昨天早晨跟社长提起了你的情况相当困难，请他尽量想想办法帮帮你，结果碰了一鼻子灰。说什么新闻社又不是救济所，别人情况困难能怎么办……话虽没错，可是——"

신문사가 구제기관이 아니라고 한다는 그 말이 P의 머리에는 침끝으로 찌르는 것같이 정신이 들게 울리었다.

"흥! 망할 자식들!"

P는 혼잣말로 이렇게 두덜거리며 C와 작별도 아니하고 밖으로 나와버렸다.

2

P는 광화문 네거리의 기념비각(紀念碑閣) 옆에서 발길을 멈추고 망설였다. 어디로 갈까 하는 것이다.

봄 하늘이 맑게 개었다. 햇볕이 살이 올라 포근히 온몸을 싸고 돈다. 덕석[20] 같은 겨울 외투를 벗어버리고 말쑥말쑥하게[21] 새로 지은 경쾌한 춘추복의 젊은이들이 봄볕처럼 명랑하게 오고 가고 한다.

멋장이로 차린 여자들의 목도리가 나비같이 보드랍게 나부낀다. 그 오동보동한 비단 다리를 바라보느라니 P는 전에 먹던 치킨커틀렛 생각이 났다.

창을 활활 열어젖힌 전차 속의 봄 사람들을 보니 P도 전차를 잡아타고 교외나 나가고 싶었다. 그러나 크림 맛을 못 본 지 몇 달이 된 낡은 구두, 고기작거린[22] 동복 바지, 양편 포켓이 오뉴월 쇠불알같이 축 처진 양복 저고리, 땟국 묻은 와이샤쓰와 배배 꼬인 넥타이, 엿장사가 이전어치 주머던 낡은 모자, 이렇게 아래로부터 훑어 올려보며 생각하니 교외의 산보는커녕 얼핏 돌아가서 차라리 이불을 뒤쓰고 드러눕고만 싶었다.

'新闻社又不是救济所 的话如同针尖刺在P的头上，刺得他一下子清醒了过来。

"哼！该死的家伙！"

P自己嘟嘟囔囔着，没和C告辞就走出去了。

2

来到光化门十字路口的纪念碑阁旁边，P停住了脚步，犹豫着不知该去哪儿。

春日的天空一片晴朗，温煦的阳光暖暖地环抱着全身。街上到处都是年轻人，他们脱下了像牛背苫子似的冬衣，换上整洁轻薄的春秋单衣，一脸的春光灿烂。

摩登女郎的围巾像蝴蝶一样柔软地飘扬着。望着那光滑圆润的腿，P不由得想起以前吃过的鸡柳排。

看着敞开窗的电车里坐着的人们一身的春意，P也想乘坐电车去郊外逛逛。但是，他把自己从下到上打量了一番，一双几个月没闻到鞋油味的旧皮鞋，褶褶皱皱的冬装裤子，萎靡不振地耷拉在两边的上衣口袋，沾有污渍的衬衣和拧在一起的领带，还有一顶只能跟糖贩子换2分钱麦芽糖的破帽子。这模样别说去郊外散步了，他只想赶紧回家蒙上被子躺著。

마침 기념비각 앞에 자동차 하나가 머무르더니 서양 사람 내외가 내린다. 그들은 사내가 설명을 하고 여자가 듣고 하면서 기념비각을 앞뒤로 구경한다. 여자는 사진까지 찍는다.

대원군이 만일 이 꼴을 본다면…… 이렇게 생각하매 P는 저절로 미소가 입가에 떠올랐다.

3

대원군은 한말(韓末)의 돈키호테[23]였었다. 그는 바가지를 쓰고 벼락을 막으려 하였다. 바가지는 여지없이 부스러졌다. 역사는 조선이라는 조그마한 땅덩이나마 너무 오래 뒤떨어뜨려 놓지 아니하였다.

갑신정변(甲申政變)[24]에 싹이 트기 시작하여 가지고 일한합방의 급격한 역사적 변천을 거치어 자유주의의 사조는 기미년에 비로소 확실한 걸음을 내어디디었다.

자유주의의 새로운 깃발을 내어건 '시민(市民)'의 기세는 등등하였다.

"양반? 흥! 누구는 발이 하나길래 너희만 양발(班)이라느냐?"

"법률의 앞에서는 만인이 평등이다."

"돈…… 돈이 있으면 무어든지 할 수 있다."

신흥[25] 부르조아지[26]는 민주주의의 간판을 이용하여 노동자·농민의 등을 어루만지고 경제적으로 유력한 봉건 귀족과 악수를 하는 동시에 지식계급을 대량으로 주문하였다.

就在这时，一辆汽车停在了纪念碑阁前，里面下来一对洋人夫妇。男人在说，女人在听，就这样他们绕纪念碑阁前前后后走了一圈，女人还照了照片。

如果大院君看到这样的光景……P这样想着，不由得嘴角浮现一丝笑意。

3

大院君是韩末的'唐吉诃德'。他试图以瓢阻挡雷电，结果不用说，瓢肯定是四分五裂了。就算朝鲜这块小地方，历史也没有让它继续落后下去。

甲申政变的嫩芽萌发，经历了日韩合并这一激剧的历史变迁，自由主义的思潮在己未年终于迈出了脚步。

竖起自由主义新旗帜的'市民'们气势腾腾。

"两班？哼！难道有谁是一只脚吗？就你们是两脚(译注：韩语里两班与两脚音相似)？"

"法律面前人人平等。"

"钱……有钱的话做什么都成。"

新兴的资产阶级打着民主主义的招牌安抚着农民和工人，他们和经济上有势力的封建贵族们挂钩，同时还大量地订制了知识阶级。

유자천금이 불여교자일권서(遺子千金 不如敎子一卷書)라는[27] 봉건시대의 진리가 자유주의의 세례를 받아 일단의 더 발전된 얼굴로 민중을 열광시키었다.

"배워라. 글을 배워라…… 지식만 있으면 누구나 양반이 되고 잘살 수가 있다."

이러한 정열의 외침이 방방곡곡에서 소스라쳐 일어났다.

신문과 잡지가 붓이 닳도록 향학열을 고취하고 피가 끓는 지사(志士)들이 향촌으로 돌아다니며 삼촌의 혀[28]를 놀리어 권학(勸學)을 부르짖었다.

"배워라. 배워야 한다. 상놈도 배우면 양반이 된다."

"가르쳐라. 논밭을 팔고 집을 팔아서라도 가르쳐라. 그나마도 못하면 고학이라도 해야 한다."

"공자왈 맹자왈[29]은 이미 시대가 늦었다. 상투[30]를 깎고 신학문을 배워라."

"야학을 설시하여라."

재등(齋藤) 총독이 문화정치[31]의 간판을 내어걸고 골골이[32] 학교를 증설하였다.

보통학교의 교장이 감발[33]을 하고 촌으로 돌아다니며 입학을 권유하였다. 생도[34]에게는 월사금을 받기는커녕 교과서와 학용품을 대어주었다.

민간의 유지는 돈을 걷어 학교를 세웠다. 민립대학[35]도 생기려다가 말았다. 청년회에서 야학을 설시하였다. 갈돕회가 생겨 갈돕만주 외우는 소리가 서울의 신풍경을 이루었고 일반은 고학생을 존경하였다.

遗子千金不如教子一卷书是封建时代的真理，它经过自由主义的洗礼以更进步的面貌激起了民众的热情。

"学习吧！识字吧！……只要有知识谁都能成为贵族，过上好日子。"

到处充满了这样的激情叫喊，声震天宇。

报纸和杂志不惜笔墨地鼓吹求学，热血的志士走遍乡村磨破了三寸之舌，鼓吹着教育。

"学吧！一定要学！贱民学了就是贵族。"

"教吧！就算卖田卖房也得送孩子上学。再不成，就算半工半读也要学。"

"孔子曰，孟子曰的时代早就过时了，剪了发髻，学习新学问吧。"

"开设夜校吧。"

斋藤总督打着文化政治的招牌增设了各类学校。

普通学校的校长席不暇暖地奔走农村劝导上学，别说向学生收费了，连教材和学生用品都免费提供。

民间的有志之士捐款盖起了学校，还尝试过建立民办大学。青年会也设置了夜校。互助会创办开来，'互助馒头'的叫卖声成了汉城的新风景，苦读的学生也成了受尊敬的对象。

여학생이라는 새 숙어가 생기고 신여성이라는 새 여인이 생기어 났다.

이와 같이 조선의 관민[36]이 일치되어 민중의 지식 정도를 높이는 데 전력을 하였다. 즉 그들 관민이 일치하여 계획한 조선의 문화 정도는 급속도로 높아갔다.

그리하여 민중의 지식 보급에 애쓴 보람은 나타났다.

면서기를 공급하고 순사를 공급하고 군청 고원을 공급하고 간이 농업학교 출신의 농사 개량 기수(技手)[37]를 공급하였다.

은행원이 생기고 회사 사원이 생기었다. 학교 교원이 생기고 교회의 목사가 생기었다.

신문기자가 생기고 잡지기자가 생기었다. 민중의 지식 정도가 높았으니 신문 잡지 독자가 부쩍 늘고 의사와 변호사의 벌이가 윤택하여졌다.

소설가가 원고료를 얻어먹고 미술가가 그림을 팔아먹고 음악가가 광대의 천호(賤號)[38]에서 벗어났다.

인쇄소와 책장사가 세월을 만나고 양복점 구둣방이 늘비하여졌다.

연애결혼에 목사님의 부수입이 생기고 문화주택[39]을 짓느라고 청부업자가 부자가 되었다. 그리하여 부르조아지는 '가보[40]'를 잡고 공부한 일부의 지식꾼은 진주(다섯끗)를 잡았다.

그러나 노동자와 농민은 무대를 잡았다. 그들에게는 조선의 문화의 향상이나 민족적 발전이나가 도리어 무거운 짐을 지어주었을지언정 덜어주지는 아니하였다. 그들은 배(梨) 주고 속 얻어먹은 셈이다[41].

女学生这一新的词语出现了，所谓'新女性'的新时代女性也登场了。

如此，朝鲜官民上下一心致力于提高民众的知识水平，即在官民共同计划下，朝鲜文化素质急速地提升了。

这种为民众普及知识所做的努力开始有了成果。

不仅培养出了面书记、巡查、郡厅的雇员，还培养出了简易农业学校出身的农业改良技术员。

另外，银行职员、公司职员、学校教员和教会的牧师也登场了。

还出现了报社记者和杂志社记者。民众知识水平的提高使报纸、杂志的读者数剧增，医生和律师的收入也大大提高了。

小说家靠稿费糊口，美术家卖画为生，音乐家摆脱了'卖唱'的贱名。

印刷所和书商碰到了好商机，西装店和鞋铺如雨后春笋。

恋爱结婚增加了牧师的副收入，忙着修建新型住宅的承包商变成了富翁。资产阶级攥住了'家宝'*，而一部分知识人则握住了'珍珠(五分)'。

工人和农民成了舞台的主角，但朝鲜文化或民族的发展不但没有减轻他们的负担，反而加重了他们的包袱。他们可算是给人送梨，自己讨梨核吃。

---

* 家宝：与下文的'珍珠'均为音译。家宝，珍珠是花牌(又称花札)赌博游戏的用语，花牌源于日本，朝鲜后期传入朝鲜半岛。家宝指能赢得最多筹码的牌式，而珍珠则赢得较少的筹码。

(20여자 삭제-편자)

인텔리…… 인텔리 중에도 아무런 손끝의 기술이 없이 대학이나 전문학교의 졸업증서 한 장을 또는 조그마한 보통 상식을 가진 직업 없는 인텔리…… 해마다 천여 명씩 늘어가는 인텔리…… 뱀을 본 것은 이들 인텔리다.

부르조아지의 모든 기관이 포화상태가 되어 더 수요가 아니 되니 그들은 결국 꼬임을 받아 나무에 올라갔다가 흔들리는 셈이다[42]. 개밥의 도토리[43]다.

인텔리가 아니 되었으면 차라리(7~8자 삭제-편자) 노동자가 되었을 것인데, 인텔리인지라 그 속에는 들어갔다가도 도로 달아나오는 것이 99%다. 그 나머지는 모두 어깨가 축 처진 무직 인텔리요, 무기력한 문화 예비군 속에서 푸른 한숨만 쉬는 초상집의 주인 없는 개들이다[44]. 레디 메이드 인생이다.

4

"제길!"

P는 혼자 두덜거리며 지금까지 섰던 기념비각 옆을 떠났다.

(80여자 삭제-편자)

P는 자기 자신이고 세상의 모든 일이고 모두 짜증이 나고 원수스러웠다[45].

광화문 큰 거리를 총독부 쪽으로 어슬어슬 걸어가노라니 그의 그림자가 짤막하게 앞에 누워간다. P는 그 자기 그림자를 꽉 밟고 싶었

〔此处删除20余字〕

知识分子……知识分子中也有没工作的，他们没什么本领，只有张大学或专科学校的文凭，和一点点常识……这样的知识分子每年生产出一千多名……知识分子就如同是受到蛇诱惑的亚当和夏娃。

资产阶级所有的机关都处于饱和状态，无法再增员。他们在种种鼓吹的诱惑下，一味地向上攀，结果却无机会一展身手，成了狗食里的橡子啊，无人理睬。

如果没成为知识分子的话，那还不如做个〔7-8字被删〕劳动者，就算成了劳动者，有99％马上就会逃离劳动队伍。那剩下来的，只是垂着肩膀的待业的知识分子，他们只能在那些无力的文化预备军当中，吐着寒气，像是没有主人的丧家犬。这就是Ready-made 人生。

4

"去他妈的！"

一直站在纪念碑阁旁的P，嘟囔着离开了。

〔此处删除80多字〕

P对自己本身，对这个世界的所有事，都感到烦躁和怨恨。

P走在光化门前的大街上，沿着总督府的方向，慢腾腾地跺着步子，脚下短小的影子也斜躺着往前移。P恨不得在上

다. 그러나 발을 내어디디면 그림자도 그만큼 앞으로 더 나가곤 한다. 이 그림자와 자기 자신에서 그리고 그림자를 밟으려는 자기 자신과 앞으로 달아나는 그림자에서 P는 자기의 이중인격의 모순상(相)을 발견하였다.

동십자각 옆에까지 온 P는 그 건너편 담배가가 앞으로 갔다.

"담배 한 갑 주시요."

하고 돈을 꺼내려니까 담배가가 주인이

"네, 마콥[46]니까?"

묻는다.

P는 담배가가 주인을 한번 거듭떠보고 다시 자기의 행색을 내려 훑어보다가 심술이 버쩍 났다. 그래서 잔돈으로 꺼내려던 것을 일부러 일원짜리로 꺼내 드는데 담배가가 주인은 벌써 마코 한 갑 위에다 성냥을 받쳐 내어민다.

"해태[47] 주어요."

P는 돈을 들여밀면서 볼먹은[48] 소리를 질렀다. 그러나 담배가가 주인은 그저 무신경하게 "네" 하고는 마코를 해태로 바꾸어주고 팔십오 전을 거슬러 준다.

P는 저편이 무렴해하지[49] 아니하는 것이 더욱 얄미웠다.

그는 해태 한 개를 꺼내어 붙여 물고 다시 전차길을 건너 개천가로 해서 올라갔다. 이제는 포켓 속에 남은 것이 꼭 삼 원 하고 동전 몇 푼이다. 엊그제 겨울 외투를 사 원에 잡혀서 생긴 것이다.

방세와 전깃불 값이 두 달치나 밀리었다. 삼 원은 방세 한 달치를 주고 일 원에서 전등삯 한 달치를 주고도 싶었으나 그러고 나면 그 나머지로 설렁탕이나 호떡을 사먹어도 하루 밖에는 못 지낸다. 그래 그

面狠狠地踩上一脚，但脚一往前踩，影子就逃得更远。在影子和自己之间，还有在想踩影子的自己和向前逃的影子之间，P发现了自己双重人格的矛盾。

来到了东十字阁旁的P，往对面的香烟铺走去。

"给我一盒烟。"

说着，他正要掏钱，烟店主人问道：

"好，要MAGO的吗？"

P瞟了店主一眼，又看了看自己的穿着，心里较起了劲，就故意把本来要掏出的零钱换成了一块的钞票。这时，烟店主人早就把火柴放在一盒MAGO上递了过来。

"给我HAITAI精装。"

P猛地把钱一推，粗着声音道。然而烟店主人毫不在意地说了声"好。"，就将MAGO换成了HAITAI，找了他85分。

P对店主这种无动于衷的态度更是生厌。

他掏出一根烟抽了起来，重新穿过电车路，沿着溪边向上走。现在他口袋里只剩下3块纸钞和几枚硬币了。那可是昨天用冬衣抵押来的4块钱。

房租和电费已经拖欠两个月了。本来3块想用来交一个月的房租，还有1块想着交一个月的电费，那剩下的买碗牛杂汤或者糖馅饼吃也只够撑一天。这1块钱即便放在兜里揣着，

대로 넣어두고 한 이틀 지내는 동안에 일 원이 거진 달아났던 판인데 공연한 객기를 부리느라고 당치도 아니한[50] 해태를 샀기 때문에 이제는 일 원 돈은 완전히 달아나고 삼 원만 남은 것이다.

P는 포켓 속에 손을 넣고 잔돈과 지폐를 섞어 삼 원 남은 돈을 만지작거렸다. 그러면서 왼편 손으로는 손가락을 꼽아가며 삼 원을 곱쟁이쳐[51] 보았다.

육원 십이원 이십사원 사십팔원 구십육원 백구십이원. 팔원 모자라는 이백원…… 사백원 팔백원 일천육백원 삼천이백원 육천사백원 일만이천팔백 원. 팔백원은 떼어버리고 이만사천원 사만팔천원 구만육천원 십구만이천원 삼십팔만사천원 칠십육만팔천원 일백오십삼만육천원……

삼 원을 열여덟 번만 곱집으면[52] 일백오십만 원이 된다. 일백오십만 원 그놈이 있으면…… 이렇게 생각하매 어깨가 으쓱해졌다.

삼 원의 열여덟 곱쟁이가 일백오십만 원이니 퍽 쉬운 일이다…… 그놈만 있으면 백만 원을 들여서 오십 전짜리 십육 페이지 신문을 하나 했으면 위선 K사장의 엉엉 우는 꼴을 볼 수가 있을 것이다.

그러나 아쉬운 대로 십오만 원만 있어도 일만오천 원 아니 일천오백 원만 있어도 아니 일백오십 원만 있어도 십오 원만 있어도 위선 방세와 전등삯을 주고 한 달은 살아가겠다.

P는 한숨을 내쉬었다. 한 달? 한 달만 살고 나면 그 담은 어떻게 하나?…… 그래도 몇백 원은 있어야지, 아니 몇천 원은, 아니 몇만 원은……

P는 늘 하는 버릇으로 이런 터무니없는 공상을 되풀이하였다.

그는 최근 이러한 공상을 하면서부터 취직을 시들하게 여겼다.

恐怕不用两天也就花光了。结果自己为一时显摆，买了不合身份的烟，现在1块纸钞也无影无踪，就剩3块多了。

P把手伸到口袋里，不停摆弄着这3块多的硬币和纸钞，并掰着左手指头拿3块钱乘了起来。

6块、12块、24块、48块、96块、192块，差8块就200了……4百、8百、1千6、3千2、6千4、1万2千8。去掉8百，就是2万4、4万8、9万6、19万2、38万4、76万8、153万6……

只要把3翻番18次，就是150万。如果有了这150万……这样想着，他耸了耸肩。

3块翻番18次就是150万，相当简单的事情……只要有那些钱，花100万办个50分一份的16页报纸，就马上可以看到K社长哇哇大哭的样子了。

不过可惜的是，别说有15万，就算有1万5，不，1千5，不不，150或者15块也好，都能先把房租和电费付了，过上一个月。

P叹了一口气，一个月？只能过一个月，那以后怎么办？……怎么也得有几百块，几千块，不，几万块才行……

P不断地重复这种荒谬的空想，几乎成了习惯。

就因为反复做着这种白日梦，找工作的渴望渐渐冷却了下来。

취직이 된댔자 사오십 원이나 오륙십 원의 월급이다. 그것을 가지고 빠듯빠듯 살아간들 무슨 아기자기한 재미가 있을 턱도 없는 것이다.

가령 근실히[53] 해서 월괘저금[54] 같은 것도 하고 집도 장만하고 여편네도 생기고 사장이나 중역들의 눈에 들어 지위도 부장쯤으로는 올라가고, 그리하여 생활의 근거도 안정이 되고 하면 지금 같은 곤란은 당하지 아니하겠지만, 그러나 P에게는 아직도 젊은 때의 야심이 있어 그러한 고식된[55] 안정이나 명색없는[56] 생활은 도리어 피하고 싶었던 것이다. 좀더 남의 눈에 띄며 좀더 재미있고 그리고 자유로운 생활—

물론 그는 지금이라도 누가 한 달에 삼십 원만 줄 테니 와서 일을 해달라면 마치 주린 개가 고기를 보고 덤비듯이 덮어놓고 덤벼들[57] 것이다. 그러나 속으로는 그와 딴판으로 배포를 부리고 있는 것이다.

P가 삼청동으로 올라가느라고 건춘문 앞까지 이르렀을 때에 저편에서 말쑥하게 봄 치장을 한 여자 하나가 마주 내려왔다.

역시 삼청동 근처에 사는 여자인지 P와는 가끔 마주치는 여자다.

P는 그 여자와 만날 때마다 일부러 눈익혀 보지 아니하는 체는 하면서도 실상은 고비샅샅[58] 관찰을 하였고, 그리고 속으로는 연애라도 좀 했으면 하던 터이었다. 무엇보다도 동그스름한 얼굴에 이목구비가 모두 모지지[59] 아니하고 얼굴의 윤곽이 둥글 듯이 모가 나지 아니한 것, 그래서 맘자리[60]도 그렇게 둥글려니 하는 것이 P의 마음을 끈 것이다.

그 여자는 자주 만나는 이 헙수룩한 양복쟁이— P를 먼빛으로도 알아보았는지 처녀다운 조심스런 몸매로 길을 가로 비껴 가까이 왔다.

他想，就算找到工作了，一个月工资也不过四五十块到五六十块。这点钱也就够紧巴巴地过日子，哪有什么乐趣可谈。

假设勤奋工作，每个月存上点钱，买个房子、娶个老婆，得到老板或重要人物的重视，做个部长什么的，那样生活才算稳定，不会像现在这样吃苦受累。但是对于P来说，他还有着年轻的野心，那种一时的安稳、没有内容的生活却是他避之不及的。他想要的是更风光、更生动的，自由的生活。——

当然，现在要是有人给他月薪30块让他去工作的话，他也会像饿狗见到肉一样，不由分说地扑上去，但是他心里却藏着和表面完全相反的想法。

P朝着三清洞方向往上走，到了建春门前面的时候，对面来了一个穿着春装，白白净净的女人，她正往下走。

她好像也是住在三清洞附近，P经常碰见这个女人。

P每次碰见这个女人，都装做一副不在意的样子，看都不看，实际上却偷偷地细细打量，很想和她谈个恋爱。特别是女人圆润的脸上，五官搭配得恰到好处，脸圆圆的没有棱角，可想女人的心肠也应该很宽容大度，这一点深深地吸引着P。

虽然还离得老远，女人好像认出这一身蓬乱的西装客——P来，马上闺秀般小心翼翼地靠向路边继续往前走，和P渐渐拉近了距离。

P는 고개를 꼿꼿이 쳐들고 앞만 치어다보면서도 속으로는

'저 여자가 지금 내 옆으로 다가와서 조그만 소리로 정답게 구애(求愛)를 한다면? 사뭇 들여안긴다면?…… 어쩔꼬?'

이런 생각을 하면서 히죽이 웃는데 여자는 벌써 지나쳐 버렸다.

"흥! 어쩌긴 무얼 어째?…… 이년아, 일 없다는데 왜 이래! 하고 발길로 칵 차내던지지."

하고 P는 어깨를 으쓱하였다.

삼청동 꼭대기에 있는 집— 집이 아니라 삭월세로 든 행랑방[61]—에 돌아왔다. 객지에 혼자 있으니 웬만하면 하숙에 있을 것이로되 방값이 밀리고 그것에 졸릴 것이 무서워 P는 방을 얻어가지고 있던 것이다.

먹는 것이야 수중에 돈이 있는 데에 따라 호떡도 설렁탕도 백화점의 런치도, 그렇잖고 몇 끼씩 굶기도 하여 대중이 없었다.

볕 구경을 잘 못해서 겨울에도 곰팡이가 슬고 이불을 며칠씩 그대로 펴두는 방바닥에서는 먼지가 풀씬풀씬[62] 올랐다.

하도 어설퍼 앉으려고도 아니하고 방 가운데 우두커니 서서 있노라니까 안방문 여닫는 소리가 들리며 주인 노파가 나와서 캑하고 기침을 한다. P는 또 방세 졸릴 일이 아득하였다.

그러나 노파는 방세보다도 위선 편지 한 장을 들이밀어 준다. 고향의 형에게서 온 것이다.

편지를 뜯어 읽고 난 P는 말가웃(一斗半)[63]이나 되게 큰 한숨을 푸 내쉬었다. 그러고는 편지를 박박 찢어버렸다.

P直直地抬着头，目不斜视地向前看，心里却想：

"如果那个女人走过来，轻声地向我求爱，一下子靠到我怀里……这可怎么是好？"

就这样喜滋滋地想着想着，那女人已经走远了。

"哼！有什么可怎么好的？……就说'臭娘们儿，我对你没什么兴趣，靠过来干嘛！'说完后一脚踢开。"

说完他洋洋得意地耸了耸肩。

P回到了位于三清洞最上面的家——算不上家，只是租下的一间房。孤身在外最好在屋主家搭伙，但P害怕房东讨索拖欠的租金，就只租了房子。

吃的嘛，手上有钱的时候，就吃糖饼、牛杂汤、百货商店的午餐什么的，没钱的时候饿上几顿，都是没法预测的事。

P的房间采光不太好，连冬天都发霉，被子一连几天都那样摊铺在地上，扬起噗噗的灰尘。

实在是不像样，坐都没法坐。P呆呆地竖在房中间，这时里屋传来了开关门的声音，屋主老婆婆走了出来，咯了一声，P琢磨着她又是来催房租的。

但老婆婆没提房租，先推过来一封信，是老家兄长来的信。

P拆开信看完，"呼……"重重地长叹了一口气，三两下就把信嗤嗤地给撕了。

5

편지의 요건은 P의 아들에 관한 것이다.

P에게는 연전[64]에 갈린 아내와 사이에 생긴 창선이라는 아들이 있다. 금년에 아홉 살이다.

아내와 갈릴 때에 저편에서 다만 어린애만이라도 주었으면 그것을 데리고 길러가는 재미로 혼자 사는 세상에 낙을 붙이겠다고 사정하였다. 그리고 적어도 중학까지는 마치게 하겠다는 것이었다.

그렇게 했으면 P도 한 짐을 덜었을 것이다. 그러나 그는 듣지 아니하였다.

어릴 적부터 소박데기 어미의 손에서 아비의 원망과 푸념을 들어가면서 자란 자식은 자란 뒤에 그 아비에게 호감을 가지지 못한다. P는 자식을 꼭 찾고 싶은 것은 아니나 아뭏든 장성하면 아비라고 찾아올 터인데 그때에 P는 이미 늙고 자식은 팔팔하게 젊은 놈이 옛날에 제 어미를 소박한 아비라서 아니꼽게 군다면 그것은 차마 못 당할 노릇이다.

이러한 생각으로 P는 창선이를 내주지 아니한 것이다. 그러나 빼앗아 놓고 보니 이제 겨우 네댓 살밖에 아니 먹은 것을 자기 손으로 어찌할 수가 없다. 그리하여 할 수 없이 어렵사리 지내는 그 형에게 맡기어놓고 다시 서울로 올라온 것이다. 보통학교에 다닐 나이가 되면 서울로 데려오겠다고 해두고.

P의 형은 작년에 조카를 보통학교에 입학시키었다. 그러나 극빈 축에 드는 집안인지라 몇 푼 아니 되는 월사금[65]과 학비를 대지 못하

5

来信的内容跟 P 的儿子有关。

P 和前妻有个孩子，叫昌善，今年 9 岁了。

离婚时，妻子只要求要孩子，她说抚养孩子能给自己孤单的生活添点儿乐趣，并且说好最少也会让孩子读到初中。

如果依了妻子的话，P 也能减轻点儿负担，但他并没有答应。

他想，孩子如果从小在受冷落的母亲身边长大，听惯了母亲对父亲的抱怨和牢骚，那么成年之后也不会对父亲产生好感的。P 也并不是非要孩子不可，反正孩子长大后总是要来找父亲的，那时候 P 已经老了，儿子却是朝气蓬勃的年轻人，要是儿子因父亲当年冷落了母亲而心存芥蒂，暗怀不满的话，那自己会非常难堪的。

因着这种想法，P 没有把孩子给前妻。可是把孩子抢过来后才发现自己根本无法照顾这个只有 4 岁的孩子，所以他不得不把孩子托付给生活艰难的兄长，然后回到汉城来，说好等孩子到了上小学的年纪就把他接来汉城。

P 的兄长去年让昌善入学了，但由于家境赤贫，连没几个钱的杂费和学费都交不起，中途就给孩子退学了。要送孩子入学

여 중도에 퇴학시켰다. 애초에 입학시킬 상의[66]로 P에게 편지를 했을 때에 P는 공부 같은 것은 시켰자 소용이 없으니 차라리 뼈가 보드라운 때부터 생일(勞動)을 시키라고 하였다. P의 형은 그러나 백부(伯父)의 도리로나 집안의 체면으로나 창선이를 생일을 시킬 수가 없었다. 차라리 자기 손에 두어 헐벗기고 헐입히면서[67] 공부도 시키지 못하느니 제 아비인 P더러 데려가라고 작년부터 편지를 하던 것이다.

금년도 입학 시기가 당하매 P의 형은 P에게 누차 편지를 하였다. 금년에 입학을 시키지 못하면 명년[68]에는 학령이 초과되어 들여주지 아니할 것이니 어서 데려다가 공부를 시키라는 것이다.

"그 어린 것이 굶기를 먹듯 하고 재주는 있으면서 남의 집 아이들이 학교에 다니는 것을 부러워하는 꼴은 차마 애처로와 볼 수가 없다. 차라리 이 꼴 저 꼴 보지 아니하는 것이 속이나 편하겠다."

이번 편지에는 이러한 구절이 있고 끝에 가서

"여비가 몇원 변통되면 차를 태우고 전보 칠 테니 정거장에 나와 데려가거라. 나도 웬만하면 객지에 혼자 있는 너에게 어린 자식을 떠맡기듯이 보내겠느냐마는 잘못하다가 그것을 굶겨 죽이겠기에 생각다 못하여 단행하는 것이다."

이러한 말이 씌어 있었다.

P는 박박 찢은 편지를 돌돌 뭉쳐 방구석에 내던지고 한숨을 푹 내쉬었다.

이제는 자식을 데리고 있기가 피할 수 없이 되었는데, 어떻게 했으면 좋을까 하는 것이다. 그는 형이 원망스럽고 아니꼬왔다.

굳이 제 아비를 따라 보낸다는 것이 아니라 부득부득 공부를 시키려는 것 때문이다. 기왕 서울로 보내나 시골서 데리고 있으나 고생시

时，P的兄长写了信和P商量过，那时P就说读书没什么用处，还不如趁早让孩子去做工。但P的兄长觉得身为伯父对孩子有责任，加上顾及家门的体面，不忍让昌善做劳力活，而且昌善跟着自己，穿也穿不暖，书也读不起，与其这样，不如让他跟着爹。于是，从去年开始，P的兄长就一直写信催促这事。

今年又到了入学的时候，P的兄长屡次来信催促，说是如果今年再不送去上学，明年过了入学的年纪，学校就不收了，要P赶紧把孩子接走好送去上学。

"这孩子挺机灵的，在我这有上顿没下顿的，看到别人家孩子上学，一副羡慕的样子，实在是让人看着心酸。眼不见为净，这样心里也好受一些。"信里有这么一句。

结尾则写着：

"等我把路费筹够，就送昌善上车，到时给你发电报，你到车站去接他吧。我也不想把孩子交给独自在客地的你，但实在是没有办法才断然这么做，毕竟不能眼看着孩子饿死。"

P把撕碎的信纸揉成团丢到角落，深深叹了口气。

现在要带着孩子生活的事已无法再逃避了，可该如何是好呢。他觉得兄长又可恶又可恨。

P知道，其实兄长把孩子送过来并不是要让孩子跟着爹，而是一心想让孩子读书。但是不管是在汉城还是在农村，孩子都

키기는 일반이니 차라리 시골서 일찍부터 생일이나 시켰으면 P에게
는 여러 가지로 좋을 것이었다.

"흥! 체면! 공부! 죽여도 인텔리는 만들잖는다."

P는 혼자 이렇게 두덜거렸다.

"집에서 온 편지유? 무슨 걱정이 생겼수?"

말거리를 찾지 못하여 머뭇거리고 섰던 안방 노인이 동정이나 하
는 듯이 이렇게 묻는다.

"아니요."

P는 마지못해 코대답⁶⁹을 하였다.

"필경 무슨 걱정이 생긴 게구려!"

노인은 자기의 말거리를 만들려고 아니라는데도 이렇게 걱정을
내어놓는다.

"그게 모다 가난한 탓이지…… 저렇게 젊고 똑똑한 이가 저게 모다
가난한 탓이야! 어데 구실(職業)자리⁷⁰ 말한다더니 아직 아니 됐수?"

"네 아직……"

"거 큰일났구려! 어서 돼야 할 텐데…… 나두 꼭 죽겠수…… 이 늙
은 것이!…… 돈 좀 마련되잖았수?……"

"네, 아직 좀……"

"저걸 어쩌나! 오늘은 물값이야 전깃불 값이야 사뭇 받으러 달려
들 텐데!"

"메칠만 더 미루십시오. 설마하니 마나님이야 아니 드리겠읍니
까……"

"아무렴! 실수야 없을 줄 알지만 내가 하도 옹색하니깐 그러는 거
지……"

一样要受苦，既然这样还不如让孩子早早在农村干劳力活。这样，从哪方面看，对P都有好处。

"哼！面子！学习！就算让他去死，我也不让他去做什么知识分子。"

P自言自语地嘟囔着。

"家里来的信么？遇上什么麻烦哪？"

找不到话题，一直呆在那儿的屋主老婆婆用同情的口吻问道。

"没有。"

P不情愿地哼道。

"一定是遇上什么麻烦啰！"

P都说没有了，老婆婆没话找话，还是担忧地说道。

"都是因为穷啊……这么聪明的年轻人，都是没钱害的！不是说去找工作么，还没成？"

"是，还没……"

"这可麻烦啰！得赶紧成才行啊……我也活不久了……这把老骨头！……筹到点钱了没有？……"

"没，还没有……"

"这可怎么办！今天收水费电费的可是会来催的啊！"

"再宽限几天吧。我还能不给吗？……"

"话是没错！我知道你不会不给，只是我手上也没钱，才这样……"

P는 노인이 지껄이게 두어두고 혼자 생각하였다. 전에 아는 집에서 셋방을 얻어 들었을 때에는 두 달이고 석 달이고 세가 밀려야 조르는 법이 없었다.

밀려도 조르지 아니하는 아는 집…… 이것이 P는 도리어 미안해서 이곳으로 옮겨온 것이다. 옮겨와 가지고 막상 졸림질을 당하니 미안해도 졸리지는 아니하던 옛집이 그리워지는 것이다.

노인이 문을 가로막고 서서 수다스런 소리로 더 지껄이려고 하는데 마침 P의 동무 M과 H가 찾아왔다.

"어데 나가나?"

M이 그렇잖아도 벌씸한 코를 한 번 더 벌씸하고[71] 사이 벌어진 앞니를 내어보이며 싱끗 웃는다.

몸집은 M과 같이 통통하지만 키가 작아 M의 뒤에 가려섰던 H가 옆으로 나서며

"안녕합시요."

하고 인사를 한다.

P는 싱끗이 웃었다. 이 M과 H는 같은 하숙에 있는데 두 사람은 곧잘[72] 같이 돌아다닌다. 같이 가는 것을 나란히 세워놓고 보면 하나는 키가 커서 우뚝하고 하나는 키가 작아서 납작 붙어가는 것 같다.

얼굴도 M은 우둘부둘한[73] 게 정객[74] 타입으로 생기었고— 잘못하면 복싱 링에 내세워도 좋겠고— H는 안존한 게 사무원 타입이다.

일상의 언행을 보아도 H는 무슨 이야기가 자기 전문인 법률에 관한 것에 다들리면[75] 육법전서의 조목을 따르르 외우면서 이러고저러고 하다고 설명을 하고 M은 동경서 학생 ××에 제휴[76]를 했던 만큼, 그리고 전문이 정경과인 만큼 좌익진영에서 쓰는 어투가 그대로 나온다.

P由着老人家在那儿没完没了地说，自己想自己的。以前在认识的人那儿租房子的时候，就算房租欠上两三个月都不会被催着要。

欠着房租也不来催……P实在是对旧识的房主过意不去才搬来这儿。搬过来后被追着要钱，现在他对那个不催讨的旧房主充满了歉意和怀念。

正在老婆婆挡在门口还想继续絮叨的时候，P的朋友M和H来了。

"要去哪儿啊？"

M的鼻翼本来就一张一合的，现在他又哼哧着，露出有齿缝的门牙笑了起来。

H身材和M一样胖鼓鼓的，只是因为个头矮了一点，被挡在M身后，这时突然闪了出来，说：

"大家好啊！"

打了声招呼。

P轻轻地笑了一下。M跟H同在一个地方寄宿，经常成双入对地出入。他们并排一起走的时候，一个高高地杵着，一个矮得像是贴着地面一样。

看外貌，M肥头肥脑的，像个政客一样——搞不好送去打拳击都没问题——H则安安静静的像个办事员。

平时，H只要碰到跟自己法律专业相关的话题，就滚瓜烂熟地背着六法全书的条目，这样那样地仔细说明。而M不愧是政治经济专业的，他还在东京参加过ＸＸ学生组织，说话时带着左翼阵营的味道。

"여전히 모다 동색(冬色)이 창연하군[77]!"

P는 두 사람의 특특한 겨울 양복을 보고, 그리고 자기의 행색을 내려보며 웃었다.

M이 신을 벗고 들어와 먼지 앉은 책상 위에 걸어앉으며[78]

"춘래불사춘일세[79]."

하고 한마디 외운다. H도 따라 들어와 한편에 앉으며 한마디 한다.

"아직 괜찮아…… 거리에서 보니까 동복 입은 사람이 많데……"

"괜찮기는 무어 괜찮아…… 우리가 길로 돌아다니니까 사방에서 아이구 아야! 소리가 들리데."

"왜?"

"봄이 발 밑에서 짓밟히느라고."

"하하하하."

세 사람은 소리를 내어 웃었다.

"참 시험 본 것 어떻게 되었소?"

P는 H가 일전에 총독부에서 본 고원[80] 채용시험을 생각하고 물어보았다.

"말두 마시우…… 이제는 꼭 들어앉어 공부나 해가지고 변호사 시험이나 치겠소."

사람이 별로 변통성도 없고 그렇다고 여기저기 반연[81]도 없어 취직이 여의하게[82] 되지 못하는 것을 볼 때에 P는 가엾은 생각이 늘 들곤 하였다.

"가만 있게…… 어서 변호사 시험만 파스하게. 그러면 이제 내가 백만원짜리 주식회사를 조직해 가지고 자네를 법률고문으로 모셔 옴세."

"大家依旧还是严严寒冬啊！"

P看了看两人厚墩墩的笨拙的冬装西服，又看了看自己的样子，不禁笑了起来。

M脱了鞋进屋，一屁股跨坐在布满灰尘的书桌上，开口吟诵道：

"春来不似春。"

H也跟进来坐在一边，说道：

"现在还可以……路上还有不少穿冬装的人……"

"什么还可以……我们走在路上，都能听见周围的人'哎哟！哎呀！'的叹声。"

"为什么？"

"春天就这么在脚下被糟蹋了。"

"哈哈哈。"

三个人大声地笑了起来。

"对了，考试结果怎么样啊？"

P想起不久前H在总督府参加雇员考试的事。

"别提了……现在呢，我打算坐下来好好读书，考考律师。"

H这个人不怎么会变通，加上也没有什么关系，求职总不顺利。P每每想到H，就觉得他可怜兮兮的。

"别急……你快把律师执照考出来，到时候我就拿个几百万开家股份公司，聘请你做法律顾问。"

이것은 M이 늘 농삼아 하는 농담이다. M도 1년 동안이나 취직운동을 하면서 지냈건만 그는 되레 배포가 유하다[83]. 조금 더 재빠르게 했으면 M은 벌써 취직이 되었을는지도 모르나 그는 타고난 배포와 그리고 남에게 아유구용[84]을 하기 싫어하는 성질로 말하자면 취직전선의 낙오자다.

별로 만나야 할 일도 없다. 그러나 제각기 혼자 있으면 우울해지니까 이렇게 서로 찾으며 자주 만나게 된다.

만나 앉아서 이야기라도 지껄이면 그동안만은 명랑하여진다. 지금 서울 안에 P니 M이니 H니와 매일 만나 하는 일 없이 돌아다니고 주머니 구석에 돈푼 있으면 서로 털어 선술잔[85]이나 먹고 하는 룸펜의 패가 수없이 많다.

무어나 일을 맡기었으면 불이 번쩍 일게 해낼 팔팔한 젊은 사람들이다. 그렇건만 그들은 몸을 비비 꼬고[86] 있다.

아무데도 용납치 못하는 사람들이다. ××적 ××에서 그들을 불러들이기에는 ××적 ××의 주관적 정세가 너무도 미약하다. 그것은 그들의 몇 부분이 동경서 학생으로 있을 시절에는 그 속에서 활발하게 ××을 계속하던 것이 조선에 나오면서 탈리되는[87] 것으로 보아 그러한 해석을 내리지 아니할 수가 없다.

그렇다고 부르조아의 기성 문화기관에 들어가자니 그곳에서는 수요를 찾지 아니한다. 레디 메이드로 된 존재들이니 아무 때라도 저편에서 필요해야만 몇씩 사들여간다.

M이 마코를 꺼내놓고 붙여 문다. P는 포켓 속에 들어 있는 해태를 차마 내놓기가 낯이 따가와 M의 마코를 집어당겼다.

(80여 자 삭제-편자 주)

这是M经常开的玩笑。虽然他找工作也有一年多了，但却总是不徐不疾的。如果再积极点的话，也许早就找到工作了。那天生的慢性子和不屑于阿谀奉承的性格，让他找工作毫无进展。换句话说，他是求职战线上的败兵。

这几个人其实也没必要见面，只是独自一个人会变得忧郁，所以才相互往来常碰个面。

即便见了面，只是坐下来磨磨嘴皮子，但至少那点时间里心境也能开朗一些。如今，在汉城像P、M和H这样成天无所事事，兜里只要有点钱便翻出来买酒喝的无业游民，一群一群的，数不胜数。

这些年轻人，无论接上什么工作，都能冲劲十足地完成。但本应生龙活虎的他们，现在却只能缩手缩脚的。

没有一个地方肯接纳他们。要启用他们的ＸＸ的ＸＸ，在主观的局势上还使不上力。这些人中有几个在东京留学时积极地进行过ＸＸ，但回到朝鲜便脱离了这一运动。从这来看，也只能这样解释。

就算那样，即便他们想进资产阶级的文化机构，那儿也不需要他们。像他们这种 ‘Ready-made’ 的人，也只有在对方需要的时候才有几个能被挑走。

M把MAGO拿出来点上，P也抽出来一根，他实在是没脸掏出口袋里的HAITAI。

〔此处删除80余字〕

P는 설명을 시작한다. P 자신 그러한 장난 비슷한 공상은 하면서 일단 해보라고 하면 주저할 것이지만 어쨌거나 그랬으면 통쾌하리라는 것이다.

"먼점 경무국에 들어가서 아주 까놓고 이야기를 한단 말이야. 우리가 지금 대상으로 하는 것은 총독부가 아니라 조선의 소위 민간칙 유지들이니까 간섭을 말어달라고."

"그러면 관허(官許)[88] 메이데이[89]로구만."

"그래 관허도 좋아…… 그래 가지고는 기에다가는 무어라고 쓰느냐 하면 '우리에게 향학열을 고취한 놈이 누구냐?' …… 어때?"

"좋지!"

"인테리에게 직업을 대라…… 이렇게 노래를 지어 부르거든."

(10여자 삭제-편자 주)

"응…… 유지와 명사의 가면을 박탈시키라고 ……한 십 명이 그렇게 데모를 한단 말이야!"

"하하하하."

M은 이렇게 웃고 H는 시원찮게 핀잔을 준다.

"드끄럽소[90] 여보…… 아 글쎄 멀끔멀끔한[91] 양복쟁이들이 종로 네거리로 기를 받고[92] 그렇게 다녀봐! 애들이 와서 나 광고지 한 장 주, 하잖나."

"하하하하."

"허허허허."

창 밖에서 냉이장수가 싸구려 소리를 외치고 지나간다. M이 그에 응하여

"이크! 봄을 떰핑하는구나[93]!"

P 开始说明起来，他虽自己也做着那种玩笑般的空想，但要让他做的话可能还会踌躇不决。不过，不管怎样，真那样的话会让人大快人心。

"先去警务局把话挑明了，让他们不要干涉。我们现在诉求的对象不是总督府，而是所谓的朝鲜民间有志之士。"

"那就申请在五一劳动节吧。"

"好，正式申请也好……如果问旗子上写什么的话，那就说'是哪个家伙在鼓吹求学热呢？'……怎么样？"

"不错！"

"给知识分子工作！……就这么编成歌来唱吧。"

〔此处删除10余字〕

"嗯……把有志之士和名仕的假面具给摘下来……几十个人一块游行示威。"

"哈哈哈哈。"

M大笑起来，H泼了冷水：

"吵死了！……啊，怎么说呢……几个人穿着整整洁洁的西服，拿着旗子聚在钟路十字路口，你们去试试吧！我看只会招来要广告纸的孩子罢了。"

"哈哈哈哈。"

"呵呵呵呵。"

窗外卖荠菜的商贩叫卖着走过去。M也跟着喝道：

"哎嗨，甩卖春天啰！"

"흥, 경제학자라 달르군…… 참 우리 하숙에서는 채소를 좀 멕여 주어야지!"

"밥값을 잘 내보지."

"그도 그렇지만."

"나는 석 달치 밀렸네."

"나도 그렇게 될걸."

"그러니까 나처럼 이렇게 아파트 생활을 해요."

이것은 P의 말이다. 아파트라고 말해놓고도 서글퍼서 허허 웃었다.

"조선식 아파트! 그렇지만 우리가 아파트 생활을 했다면 아마 두 어 달 전에 굶어 죽었을걸."

"나는 돈을 보면 초면 인사를 해야 되겠네…… 본 지가 하도 오라 서 낯을 잊었어."

"여보게."

하고 M이 의젓하게 H를 달군다[94].

"돈 구경한 지 오래 됐다지?"

"응."

"존 수가 있네."

"멋?"

"자네 책 좀 삼사(三四) 구락부에 보내세."

"싫으이."

"자네 돈 구경하고…… 구경하고 나서 그놈으로 한잔 먹고……"

"한잔 말이 났으니 말이지 요즘 같으면 술이나 실컨 먹고 주정[95]이 라도 했으면 속이 시언하겠네."

"그러니까 말이야…… 가세. 가서 다섯 권만 잽혀."

"哼，经济学者就是不一样啊……说起来，我们的房主也该给我们吃点蔬菜了！"

"先把饭钱交清了再说吧。"

"那倒是。"

"我都欠了三个月了。"

"我也差不多。"

"所以叫你们像我一样住公寓嘛！"

这是P说的。说起公寓，P悲愁地苦笑起来。

"朝鲜式公寓！但要是我们在公寓生活的话，说不定两三个月前就饿死了。"

"我见了钱一定得行个见面礼……好久不见，都忘了它的模样了。"

"喂！"

M一本正经地开起H的玩笑来。

"好久没看见钱了吧？"

"嗯。"

"有个好办法啊。"

"什么？"

"你的书挑几本送去三四俱乐团吧。"

"不干！"

"钱哪，你先拿来玩赏玩赏……之后拿来买酒……"

"说到酒，像最近这种情况，如果喝个过瘾，耍个酒疯，那该多痛快啊！"

"就是说嘛！……走吧，先抵押五本去。"

"일 없다."

"내가 찾어주지."

"흥."

"정말이야."

"싫여."

6

그날 밤.

P와 M은 H를 졸라 그의 법률책을 잡혀 돈 육 원을 만들어 가지고 나섰다.

선술집에 가서 엔간히 취하도록 먹은 뒤에 C라는 카페에 가서 술 두 병을 놓고 자정이 되도록 노닥거렸다.

그곳에서 나올 때는 육 원 돈이 이 원 남았다. 이 원의 처지를 생각 하던 세 사람은 일제히 동관으로 가기로 하였다.

세 사람이 모두 다리가 비틀거렸다. 그 중에도 P는 더욱 취하였다.

닐리리 가락으로 들어박힌 갈보집[96].

다 쓰러져 가는 초가집을 세 사람이 아는 집 들어서듯이 쑥쑥 들어서니

"들어옵시요."

"어서옵시요."

라고 머리 딴 계집애와 배가 북통[97] 같은 애밴 계집이 마루로 나선다.

P가 무심결에 해태곽을 꺼내어 붙여 무니까 머리 딴 계집애가 P의 목을 걸싸안고 볼에다 입을 쪽 맞추더니

“没门！”

“我来找。”

“哼！”

“说真的。”

“不干！”

6

那晚。

P和M缠着H，拿他的法律书当了6块钱，一起出门了。

在小酒摊喝得差不多醉了之后，又去了一家叫C的酒馆，叫了两瓶酒，东拉西扯地聊到子夜。

从那儿出来的时候，6块钱剩了2块。三个人想着如何处置这2块钱，最后一致决定去东关逛窑子。

三个人全都步履踉跄，P更是喝得烂醉。

充斥着靡靡之音的红灯户。

三个人熟门熟户地快步走进一间几乎要倒塌的草屋。

“快请进。”

“欢迎光临。”

一个扎着辫子的丫头和一个肚子圆鼓鼓的怀孕的女人打着招呼站了出来。

P无意中掏出了HAITAI，点起一根叼在嘴边，扎辫子的丫头麻利地挂在P的脖子上，噘着嘴亲了一下他的脸。

"나도 하나."

하고 손을 벌린다. P는 기가 막혀 담배곽을 내미는데 H와 M은 박수를 하며

"부라보!"

하고 굉장하게 큰소리로 외친다.

건넌방에 들어가 앉으니 마루에서 따그락따그락 소리가 난다.

배부른 계집은 푸대접을 받고 머리 딴 계집애가 H와 M의 손으로 옮아다니면서 주물린다. 깩깩 소리를 지르고 엄살을 한다. 말을 붙이고 대답을 주고받고 하는 것이 H와 M은 전에 한번 와본 집인 듯하다.

술상이 들어왔다.

잔은 사발만한데 술주전자는 눈알만하다. 술을 부어놓으니 M이 척 받아놓고는 노래를 투정한다. 계집애는 그보다 더 약아 제가 그 술을 쭉 들여마시고는 빈 잔만 M의 입에 대어준다.

P는 개수물[98]같이 밍밍한 술을 두어 잔 받아먹는 동안에 비위가 콱 거슬려서 진정[99]하느라고 드러누웠다.

H가 계집애를 무릎에 올려놓고 신이 나서 노래를 부른다. 물론 고저도 장단도 맞지 아니하는 노래다.

M이 애밴 계집을 실컷 시달려주다가 머리 딴 계집애를 빼앗아가더니 귀에 대고 무어라고 속삭거린다. 그러면서 둘이서 연해 P를 건너다보며 싱긋벙긋 웃는다.

조금 있다가 계집애가 P에게로 오더니 귀에다 입을 대고 속삭인다.

"저이가 나더러 당신하고 오늘 저녁…… 응 어때?"

"그래라."

P는 불쑥 성난 것처럼 대답했다.

"也给我一根。"

丫头说着伸出手来。P觉得很荒唐，但还是递出了烟盒。H跟M拍手大声喊道：

"BRAVO！"

然后走进对面房间坐下。厅里传来嘎达嘎达的声音。

大肚子女人被冷落，扎辫子的丫头在H和M之间移来转去地被捏揉着，装模作样地咯咯叫着。他们说说笑笑，有问有答，看来，H和M像是之前来过。

矮脚酒桌抬了进来。

杯子跟碗一样大，酒壶却小得跟眼珠子似的。丫头刚把酒斟上，M就赶紧接过去，还非缠着要听个曲子。丫头比他手脚还快，抢过酒一口气喝光，只把空杯子放到M嘴边。

P喝了两三杯像白开水似的淡而无味的酒，突然觉得反胃，就躺下想缓一缓。

H让那丫头坐到自己膝盖上，尽情地唱起来，那歌当然是荒腔走板。

M和大肚子女人尽情地纠缠过一番后，把扎辫子的丫头搂了过去，在她耳边悄悄地说了什么。俩人还一边瞧着P，一边嘻嘻哈哈地笑起来。

过了一会，这个丫头向P走过来，凑到他耳边说起悄悄话。

"那人让我今晚和你……嗯，怎么样？"

"随便吧。"

P突然像生气似地回答道。

"아이! 승거워!"

계집애는 P를 한번 꼬집어주고 다시 M에게로 달아났다.

M에게로 가서 또 무어라고 속삭거리더니 재차 와 가지고는 귓속
말을 한다.

"자고 가, 응."

"그래 글쎄."

"꼭."

"응."

"정말."

"응."

술은 네 주전자가 들어왔는데 세 사람 손님은 두서너 잔씩밖에 아
니 먹었다. 그 나머지는 다 저희가 먹었다. 계집애가 술이 곤주[100]가
되게 취해가지고 해롱해롱[101] 까분다.

술값을 치르는 것을 보고 P도 따라 일어섰다. M이 몸뚱이로 슬쩍 밀
어서 방안으로 들여보내고 뒤에서 계집애가 양복 뒷깃을 잡아당긴다.

"그래라. 자고 간다."

P는 방 가운데 벌떡 드러누웠다.

"너희 집이 어디냐?"

계집애가 옆에 와서 앉는 것을 보고 P가 물었다.

"××도 ××"

"언제 왔니?"

"작년에."

P는 몸을 일으켰다. 또 속이 왈각 뒤집혀 좀더 진정하려고 하는 생
각인데 계집애가 콱 밀어뜨린다.

"哎呀，真没趣！"

丫头掐了P一下，又跑向了M。

她跟M又悄悄地说了些什么，再回到P身边耳语起来。

"睡一晚再走，嗯。"

"这个……"

"一定啊！"

"嗯。"

"真的！"

"嗯。"

酒上了四壶，三个客人才喝了不到三四杯，剩下的都是姑娘们喝了，她们喝得烂醉，轻轻佻佻不知分寸。

P看到他们在付酒钱，也跟着站了起来。M用身子轻推了一下，把他推进了房间里，丫头则从后面拽着他的西服领子。

"好吧，就在这过夜。"

P索性躺在了房中间。

"老家在哪？"

P看见丫头来到他旁边坐下，就问道。

"XX道XX。"

"什么时候来的？"

"去年。"

P坐起身来，胃里又开始翻腾起来。他想镇定一下，突然被丫头一下子推倒了。

"나이 몇살이냐?"

"열여덟."

"부모는?"

"부모가 있으면 여기서 이 짓을 해?"

"왜 이 짓이 나쁘냐?"

"흥…… 나도 사람이야."

"에꾸[102]! 나는 네가 신선인 줄 알았더니 인제 알고 보니까 사람이로구나!"

"드끄러!"

계집애는 눈을 쪽 흘기고는 갑자기 웃으면서 P의 목을 그러안는다.

"자고 가 응."

"우리 마누라한테 자볼기[103] 맞고 쫓겨난다."

"그러면 내한테 와서 나하고 살지…… 여기 내 빚 팔십 원만 물어주면……"

"팔십 원이냐?"

"응."

"가겠다."

P는 또 일어나려는 것을 계집이 껴안고 놓지 아니한다.

"자고 가…… 내가 반했어."

"아서라[104]."

"정말!"

"놓아."

"아니야. 안 놓아. 자고 가요 응…… 자고…… 나 돈 좀 주어."

"돈? 내가 돈이 있어 보이니?"

"多大了？"

"18了。"

"爹娘呢？"

"爹娘在，还用在这儿干这个？"

"怎么，干这个不好？"

"哼！……我也是人啊。"

"哎哟！我还以为你是神仙呢，现在才知道你也是人啊！"

"讨厌！"

丫头瞥了P一眼，突然笑着搂住他的脖子。

"在这儿过夜嘛，嗯。"

"我媳妇会打我，把我赶出去的。"

"那你就来我这儿跟我过……帮我把这儿的80块债还上……"

"80？"

"嗯。"

"我还是走吧。"

P又想着起身，可丫头紧紧地抱着他不放。

"在这儿睡……我看上你了。"

"得了吧。"

"真是的！"

"放手！"

"不，不放。在这儿睡嘛，嗯……睡嘛……给我点钱。"

"钱？我看着像有钱吗？"

"돈 소리가 절렁절렁 나는데?"

미상불 P의 포켓 속에서는 아까부터 잔돈 소리가 가끔 잘랑거렸다.

"자고 나 돈 조꼼 주고 가 응."

"얼마나?"

"암만도 좋아…… 오십 전도, 아니 이십 전도."

계집애의 말이 떨어지기도 전에 P는 불에 덴 것같이 벌떡 일어섰다. 일어서면서 그는 포켓 속에 손을 넣어 있는 대로 돈을 움켜쥐어 방바닥에 홱 내던졌다. 일원짜리 지전 두 장과 백통전이 방바닥에 요란스럽게 흐트러진다.

"아따 돈!"

해던지고는[105] P는 뛰어나왔다. 그의 눈에는 눈물이 괴었다.

7

P는 정조(貞操)적으로 순진한 사나이가 아니다. 열네 살 때에 소꿉질 같은 장가를 갔고 그 뒤 동경 가서 있을 동안에 거기 여자와 살림도 하였다.

조선에 돌아와 직업을 가지고 있는 사이에 기생과 사귀어 한동안 죽을동살동 모르게 지내기도 하였다.

그 밖에도 정 두어 지낸 여자가 두엇 더 있다. 그러나 삼십이 되도록 지금까지 유곽[106]을 가거나 은근짜[107] 집을 가거나 동관의 색주가 집에 가서 잠자리를 한 일은 없다.

"当啷当啷地响着钱的声音呢？！"

确实，从刚才开始，P兜里的零钱就偶尔当啷几声。

"睡一晚，给我点钱再走，嗯。"

"多少？"

"给多少都行……50分，不，20分也行。"

在丫头话落之前，P就像被火燎了似的，一下子站了起来。他边站起来边把手伸进兜里，一把抓出里面的钱，狠狠地扔到房间地上。两张1元纸钞和白铜钱当啷地散落在地上。

"哇！钱！"

P扔下钱跑了出来，他的眼里满含着泪水。

7

说起和女人的关系，P算不上单纯。14岁，他玩家家似地成过亲，之后在东京还和那儿的女人一起生活过。

回到朝鲜，有工作的时候，他还跟妓女交往，过了一段醉生梦死的日子。

除此之外，还有过两三个情人。但虽已30的人了，他从来也没在妓院或卖淫女的家或是东关的色情酒家过过夜。

그것은 P의 괴벽이다. 어떠한 여자를 물론하고 그가 정이 들지 아니한 여자면 절대로 관계를 아니한다는 것이다.

그 대신 한번 P의 눈에 들고 따라서 정이 들면 아무것도 돌아보지 아니하고 심각한 열정에 맡기어 완전히 그 여자를 움켜쥐어 버리며, 또한 그 여자에게 전부를 내주어 버린다. 그리하여 그는 늘 All or nothing을 말한다.

이것이 처세상 퍽 이롭지 못한 것을 P도 잘 안다. 또 공연한 승벽이요 고집인 줄 알건만 그는 그것을 고치지 못한다.

이날 밤에도 그는 그 계집애를 조금도 어떻게 하겠다는 생각은 나지 아니하였다.

술취한 끝에 속이 괴로우니까 진정을 하자는 판인데 "오십 전 아니 이십 전도 좋아" 하는 소리에 버쩍 흥분이 된 것이다.

너무도 인간이 단작스럽고[108] 악착스러운 것 같았다. P가 노상 보고 듣는 세상이 돈을 중간에 놓고 악착스럽게 아등바등하는 것임을 모르는 바는 아니나 정조 대가로 일금 이십 전을 요구하는 것은 처음 보았다.

P는 그러한 여자가 정조를 파는 데 무신경한 것도 잘 알고 있으며, 따라서 그것이 비도덕이니 어쩌니 하는 것도 아니다.

그의 관점과 해석은 그런 것보다 더 나아간 입장에 있었다.

그러나 '이십 전만 주어도' 소리에는 이것저것 생각하고 헤아릴 나위도 없었다. 더럽고 얄미우면서 그러면서도 눈물이 괴었다. 삼 원쯤 되는 전재산을 털어 내던지고 정신없이 뛰어나온 것이다.

술취한 P를 혼자 남겨둔 H와 M은 골목에 기다리고 서서 있었다. P가 뛰어나오는 것을 보고 그들은 위선 농을 건넨다.

那是P的怪癖。无论什么样的女人，只要没有产生感情，绝对不会跟对方发生关系。

若是P看上哪个女人，产生了感情，那他就会不顾其他，放任灼烧的热情，牢牢地抓住那个女人，并把自己的全部都交付出去。所以他总是把'All or nothing'挂在嘴上。

P也很清楚这对自己的人际往来并无帮助，而且也明白这好胜癖、执拗是徒然无功的，可他就是改不过来。

那个晚上，P一点儿也没想过要跟那个丫头怎么样。

因为醉酒胃里不好受，正想休息休息，"50分，不，20分也行"的话，猛地刺激了他。

人实在太过卑鄙龌龊了。他并不是不知道，自己所身处的这个世界是以钱为中心，展开着龌龊的勾当，可是贞操只卖20分钱，他还是第一次遇上。

P也知道那样的女子对卖身已经麻木，所以也不是要指责她那样做不道德或者什么的。

其实，他对这件事的看法和解释已超越了道德考量。

但是'只给20分也行'的声音，使他连思考和理解的余地都没有了。虽然感觉又肮脏又嫌恶，可还是不禁流泪，于是把将近3块的所有财产一把丢出，匆匆地跑了出来。

刚才H和M把醉酒的P独自一人留下，就站在巷子里等着。他们见P跑出来，就先开起了P的玩笑。

"한턱 하오."

"장가 간 턱 하게."

P는 고개를 흔들었다. 그리고 멍하니 서서 생각을 하였다.

다분[109]의 가면 밑에서 꿈틀거리는 인도주의에 몹시 증오를 느끼는 P는 이날 밤 자기의 행동을 어떻게 해석할지 몰라 괴로와하였다.

내일을 굶어야 할 그 돈이지만 돈이 아까운 것이 아니다. 정조 값으로 이십 전을 주어도 좋다는데 왜 정조는 퇴하고 돈만 있는 대로 다 떨어주었는가? 왜 눈에 눈물은 괴었는가?

8

P는 머리가 띵하고 속이 뉘엿거리어[110] 정신을 차릴 수가 없었다. 그는 두 친구에게 인사도 변변히 하지 아니하고 코를 벤 듯이 삼청동으로 올라왔다. 어서 바삐 좀 드러눕고만 싶었던 것이다.

아무리 방구들은 차고 지저분하게 늘어놓았어도 제 처소는 반가운 것이다. 더구나 몸이 괴로울 때는!

P는 누더기 양복이나마 벗으려고도 아니하고 그대로 펴두었던 이부자리 속에 몸을 파묻었다. 드러누우니 취기가 새삼스레 더하여 영영 옷 벗을 생각도 잊어버리고 그대로 잠이 들었다.

얼마를 자고 났는지 괴로와 부대끼다 못하여 잠이 깨었을 때는 목이 타는 듯이 말랐다.

물은 없다. 물이 없어 못 먹느니라 생각하니 목은 더 말랐다.

"请客吧。"

"结婚该请客啊。"

P摇了摇头，楞着站在那想着什么。

他异常憎恶隐藏在假面下蠢蠢欲动的人道主义，现在却因不知该如何解释自己今晚的行动而感到痛苦。

虽然没了那钱明天就得挨饿，可现在他心疼的不是那钱。那丫头的贞操只卖20分，可自己为什么拒绝了贞操，而把所有的钱都扔下了呢？为什么眼里满含着泪水呢？

8

P的头昏沉沉的，直想吐，一点也提不起精神来。他现在只想赶快躺下，也没跟朋友正式道别，就急匆匆地回到了三清洞。

即便屋里再凉，房间再乱，自己的窝都是最舒心的，更何况是身心疲惫的时候！

P连脱掉破烂西服的念头都没有，就直接钻进了一直铺在地板上的被子里。他躺在那儿，再加上酒劲儿又慢慢上来了，便完全忘了要脱衣服，就那么睡着了。

也不知道睡了多久，P感觉越来越难受，结果被折腾起来的时候，嗓子里像着了火一样。

没有水。P想到没有水，嗓子就更渴了。

밤은 어느 때나 되었는지 짐작할 수가 없다. 전등은 그대로 켜져 있다. 밖에서는 사람 지나다니는 발자국 소리도 들리지 아니한다. 전차 갈리는 소리도 들리지 아니하고 가끔가다가 자동차의 경적이 딴 세상의 소리같이 감감하게 들리어온다.

밤이 깊지 아니했으면 잠긴 안대문을 두드려 주인 노인에게라도 물을 청하겠지만 이 깊은 밤에 그리하기도 미안하다. 그것도 방세나 여일하게[111] 내었을세 말이지 얼굴 대하기를 이편에서 피하는 판에 차마 못할 일이다.

물지게 장수의 삐득거리는 소리가 들리나 하고 귀를 기울였으나 감감히 소리가 없다.

목은 더욱더욱 말라 들어온다. 입술이 바싹 마르고 입안이 침기가 없고 목구멍이 바삭바삭 소리가 날 듯이 마르고, 그러고는 창자 속까지 말라 내려가는 듯하다.

방금 미칠 듯하다.

눈앞에 용용하게[112] 흘러가는 푸른 한강이 어릿어릿하고[113] 쏴 쏟아지는 수통 꼭지가 보이는 듯하다.

P는 배고픈 고비는 많이 겪어 보았으나 이대도록도 목마른 참은 당하기 처음이다.

배는 고프면 기운이 없이 착 가라앉을 뿐이었지만 목이 극도로 마름에는 금시 미치고 후덕후덕[114] 날뛸 것 같다.

일어나서 삼청동 꼭대기로 올라가면 산골짜기의 물도 있고 또 우물도 있기는 하다. 그러나 이 어두운 밤에 어디가 어딘지 보이지 아니할 테고 또 우물에는 두레박도 없을 것이다.

也不知道是夜里几点，电灯就那么开着，外面人来人往的脚步声都静了下来，电车行驶的声音也听不到了，偶尔有汽车鸣笛声遥遥传来，就如同来自另外一个世界。

如果夜不是很深，哪怕敲开里院大门向屋主老婆婆要点水也好，可这大半夜里也不好意思去敲门。再说，那也得按时交了房租才好去讨水喝，最近正交不出房租而想尽办法躲着不见面呢，怎么好意思去要水喝呢。

他竖着耳朵使劲听，可担水货郎嘎吱嘎吱的声音却渺无讯息。

嗓子感到更加干渴，嘴唇干巴巴的，嘴里一点口水都没有，嗓子眼儿干得沙沙作响，那种干渴似乎连肚肠都要干掉了。

P好像马上就快疯掉了。

眼前依稀渺茫地出现滔滔流淌的碧绿汉江，还有哗哗作响的水龙头。

P经常要忍饥挨饿，但今天这么渴却是头一遭。

肚子饿的话也只是浑身没劲而已，而口渴到极点的话，人就像要疯了一样没法静下来。

起来爬到三清洞最高端的话，有溪水，也有井水。可现在外面漆黑一片，伸手不见五指，而且不见得井边就会有吊桶。

겨우겨우 참아가며 몇 시간을 삐대었다[115]. 실상 한 시간도 못되는 동안이지만 P에게는 여러 시간인 듯만 싶었다.

그런 뒤에 겨우 물지게 소리를 듣고 그는 수통 있는 곳을 찾아 뛰어나갔다.

사정 이야기도 변변히 하지 아니하고 쏟아지는 수통 꼭지에 매달리어 한 동이는 되리시피 냉수를 들이켰다. 물장수가 어이가 없어 멀끔히 치어다보고만 있다가 P의 꾸벅하고 돌아서는 등 뒤에다 혀를 끌끌 찬다.

밥보다도 더 다급하게 그립던 물을 실컷 들이켜고 나니 찌뿌등하게[116] 엉킨 듯 불쾌하던 취기(醉氣)도 저으기 걷히고 정신이 말쑥하여졌다.

P는 새삼스레 양복을 벗어던지고 다시 자리에 파묻혔다. 이제는 잠이 십리나 달아나고 눈이 초랑초랑하여진다[117]. 그러면서 어젯밤 일이 머리에 떠오른다.

그것은 마치 못 먹을 것을 먹은 것처럼 께름칙한 기억이다. 아무렇게나 씻어 넘겨버리재도, 그러나 머리 한구석에 박혀 가지고 사라지려 하지 아니하는 어룽(瑕疵點)[118]과 같다. 어떻게 해서라도 시원스러운 해석을 내리고라야 마음이 놓일 것 같다.

정조 대가(貞操代價)로 일금 이십 전을 부르는 여자……

방금 세상에는 한번 정조를 빼앗긴 것으로 목숨을 버려 자살하는 여자가 있다. 그러는 한편 '이십 전도 좋소' 하는 여자가 있다.

여자의 정조가 그것을 잃었다고 자살을 하도록 그다지도 고귀한 것이라면 '이십 전에도 팔겠소' 하는 여자가 눈을 멀끔멀끔 뜨고 살아 있는 사실은 무엇으로 설명할 것인가?

他好不容易熬了几个小时，其实也就不到一个小时，但对P来说，却仿佛是漫长的数小时。

终于听到了送水货郎的声音，他忙跑出去直奔水桶边。

顾不上打招呼，P就趴到了哗哗作响的水龙头下，痛痛快快地喝了差不多一罐儿的凉水，然后躬身意思了一下转身而去。送水货郎先是感到荒唐，愣愣地看着，待P转身才喷喷地咂起了舌头。

极度燥渴的P喝了个痛快，那令人不快的乱糟糟的醉意多少收敛了，脑子也清醒了过来。

P这才脱下西服扔到一边，重新钻进被窝里。现在睡意全无，眼睛亮闪闪的，他又想起了昨晚的事。

那段记忆，就仿佛是吃了不该吃的东西，腻歪得很，不管怎么洗，怎么想蒙混过去，可还是稳稳地钉在了心里的一角，就如同不会消失的斑点一样。无论如何也得给自己个爽快的解释才能释怀。

贞洁喊价二十分的女人……

这世上有些因为失去了贞洁而放弃生命自杀的女人，反之也有‘只要二十分就行’的女人。

女人的贞洁如果高贵到失去了就要自杀的话，那么‘只为了二十分就卖身’的女人，却连眼都不眨一下，这样的现象，又该如何解释？

또 정조를 '이십 전에도 팔겠소' 하는 여자가 있도록 그것이 아무렇지도 아니한 것이라면 그것을 한번 빼앗긴 때문에 생명을 내버리는 여자가 있는 것은 무엇으로 설명할 것인가?

이 두 여자가 모두 건전한 양심의 소유자라고 볼 수는 없다.

그러나 그 가운데 나무라기로 들면 차라리 정조를 빼앗긴 것으로 자살한 여자를 나무랄 것이지 '이십 전에 팔겠소' 하는 여자를 나무랄 수가 없다.

열여섯 살부터 시작하여 이래 삼 년이나 색주가집으로 굴러다니는 여자다.

언제 누구에게 귀떨어진[119] 도덕 관념이나 정당한 인생관을 얻어들은 적이 없을 것이다.

술잔을 들고 앉아 한잔이라도 오는 손님에게 더 먹이어 한푼어치라도 주인의 수입을 도와주면 칭찬이 오니 그만이다.

"고년 어여쁘다. 나하고 ××"

하고 손님이 말하면 그에 좇아 비록 조발(早發)[120]일지언정 생리적 만족을 얻는 한편 그야말로 단돈 이십 전이라도 벌면 그만이다.

옆에서 그것을 시키기는 할지언정 그것이 나쁘다고 가르쳐주는 사람이 있을 턱이 없는 것이다. 사실 일반 매춘부[121]가 정조적으로 양심을 가진 듯이 보인다는 것은 그 대부분이 되레 한 가식(假飾)에 지나지 못하는 것이다.

그것은 그들에게 있어서 일종의 정당성을 가진 노동인 것이다.

그러니까 그것을 보고 불쌍하다고 여기고 동정을 하는 것은 위문이 폐문[122]이다.

지금 세상은 정당한 성도덕(性道德)이 서서 있는 때도 아니다.

　　'只要二十分就卖' 的女人，如果意味的是贞洁没有任何意义的话，那因一次的失贞就放弃生命自杀的女人，又该怎样来理解呢？

　　不能说这两种女人的心态都是健全的。

　　但是，区辨是非对错的话，还不如指责因失贞而自杀的女人，'只要二十分就卖' 的女人倒是无可厚非的。

　　16岁开始，就在色情酒家滚打了三年多的女人。

　　她从来没有在谁那里听闻过什么道德观和正当的人生观。

　　她举着酒杯，想的只是怎么再多灌客人一杯，怎么帮老板哪怕多挣一分钱，得个称赞而已。

　　"小娘儿们，蛮漂亮的嘛！和我××。"

　　客人这样说，就跟着去。虽然算过早，但既能得到生理上的满足，又能挣二十分钱。

　　周遭的人叫她做那种事，但绝对没有人告诉她那种事是不好的。妓女一般在贞洁问题上，看起来好像还有着良心，但实际上其中大部分只是装模作样而已。

　　对她们来说，那种事情是一种有着正当性的劳动。

　　因此，认为她们不幸而施与同情，其实是多此一举，毫无意义的。

　　而且，现在也不是能讲性道德的时代。

그것은 한 세대(世代)에 여러 가지의 시대사조가 얼크러져 있는 때문이다. 그러니까 여자의 정조에 대하여도 일률적으로 선악과 시비를 가릴 수는 없는 것이다.

하룻밤 몸값을 '이십 전도 좋소' 하는 여자, 그에게는 다른 사람이 갖는 성도덕도 없고 따라서 자신을 타락이라서 슬퍼하지도 아니한다.

그 여자 자신을 나무랄 필요도 없는 것이요, 동정을 할 며리[123]도 없는 것이다. 그 여자 자신은 결코 불쌍한 사람이 아니다.

예수의 사랑(?)도 아무리 그 사랑이 크고 넓다 했을지언정 그것은 '불쌍한 사람' '죄지은 사람' 에게 미칠 수 있는 것이다.

'불쌍하지 아니한' '죄짓지 아니한' 동관의 색주가 계집애에게는 누구의 동정이나 사랑도 일없는[124] 것이다.

"뭣? 관념적이라고?"

그렇다. 관념적이라도 할 수 없다. 그러나 그것은 그 여자의 주관을 객관화한 것이다. 그러니까 그것은 한 엄연한 현실이다.

(30여 자 삭제-편자 주)

또 그 병적 현실에 메스를 대는[125] 것은 집단의 역사적 문제지만 룸펜[126] 인텔리[127]의 결벽과 흥분쯤으로는 문제도 되지 아니한다.

다만 취객이 삼 원 각수[128]를 던져주었음으로 해서 그 여자는 감격 없는 기쁨을 맛보았을 뿐일 것이다.

"이게 웬 떡이냐…… 어제 저녁에 꿈이 갠찮더니 이런 땡을 잡을 영으루 그랬구나.…… 웬 얼간망둥이냐."

그 계집애는 응당 그렇게밖에는 더 생각되지 아니하였을 것이다. 그것이 결코 무리가 없는 당연한 일이다.

因为在一个各种思潮交混的时代，无法一律地用善与恶，是与非的基准来论断女性的贞洁。

就拿一个晚上'只要二十分就卖'的女人来说，她既没有别人所谓的性道德，也不会因堕落而感到伤心。

没必要责怪她，也没必要怜惜她，因为她本身绝不是不幸的人。

耶稣的爱(？)也是如此，不管那份爱有多博大，也只是能施予'可怜之人'和'有罪之人'。

既'不可怜'又'没犯罪'的东关的酒家女，她是不需要任何人的同情或爱情的。

"什么？观念上的？"

是的，这也称不上是观念。但这是对这女人主观意识的客观化。所以说，这是明摆着的现实。

〔此处删除30余字〕

更何况，想动刀修整这病态的现实的话，必须从社会整体的历史角度入手，而不是仅靠无业知识分子的洁癖和激情就能解决的。

醉客扔下的三块多钱不会让那个女人感激，只不过让她感到瞬间的喜悦而已。

"天上掉馅饼了呀！……昨晚做了个好梦所以才交上这样的好运……哪来的笨蛋呀？"

那个女人除此以外应该不会有别的想法，这很自然，也可说是理所当然的。

P는 여기까지 생각하고 입맛 쓴 고소를 띠었다.

"흥! 되지 못하게…… 장님이 눈병 앓는 사람더러 불쌍하다고 한 셈인가."

P는 돌아 누우면서 혀를 끌끌 찼다.

9

일천구백삼십사년의 이 세상에도 기적이 있다.

그것은 P가 굶어죽지 아니한 것이다. 그는 최근 일 주일 동안 돈이 생긴 데가 없다. 잡힐 것도 없었고 어디서 벌이를 한 적도 없다.

그렇다고 남의 집 문앞에 가서 밥 한술 주시오 하고 구걸한 일도 없고 남의 것을 훔치지도 아니하였다.

그러나 그동안 굶어죽지 아니하였다. 야위기는 하였지만 그래도 멀쩡하게 살아 있다. P와 같은 인생을 이 세상에 하나도 없이 싹 치운다면 근로하는 사람이 조금은 편해질는지도 모른다.

P가 소부르조아 축에 끼이는 인텔리가 아니요 노동자였더라면 그동안 거지가 되었거나 비상수단을 썼을 것이다. 그러나 그에게는 그러한 용기도 없다. 그러면서도 죽지 아니하고 살아 있다. 그렇지만 죽기보다도 더 귀찮은 일은 그를 잠시도 해방시켜 주지 아니한다.

그의 아들 창선이를 올려보낸다고 어제 편지가 왔고 오늘은 내일 아침에 경성역에 당도한다는 전보까지 왔다.

오정 때 전보를 받은 P는 갑자기 정신이 난 듯이 쩔쩔매고 돌아다니며 돈 마련을 하였다. 최소한도 이십 원은…… 하고 돌아다닌 것이

P想到这儿露出一丝苦笑，

"哼！真是不自量力啊……"

P转身侧躺，撇了撇嘴。

9

1934年，这个世上也有奇迹。

那就是P没有饿死。最近一周他没有任何经济来源，也没有可典当的东西，也没有在哪儿挣到钱。

並且，他也没有在谁家门前乞讨过一口饭，也没有偷过别人的东西。

但他却没有饿死，瘦是瘦了，但活得好好的。如果把世上像P这样的人，一个不剩地都清除掉的话，那些工人说不定会稍微轻松一些。

P是被夹在小资产阶级行列的知识分子，如果他是劳动者的话，这期间要么做了乞丐，要么就用了什么非常手段。但是他连那样的勇气都没有，可即便这样他也没有死，还继续活着。可是还有比死更让他烦的事，使他连短暂的解放都得不到。

P昨天才收到要把他儿子送来的信，今天就接到了电报，说是儿子明日早晨抵达京城站。

上午收到电报时，P突然像发疯似得，手足无措，到处筹钱。最少也得有20块……他东奔西走，直到太阳下山，才勉

석양 때 겨우 십오 원이 변통되었다.

종로에서 풍로[129]니 남비니 양재기니 숟갈이니 무어니 해서 살림 나부랑이를 간단하게 장만하여 가지고 올라오는 길에 전에 잡지사에 있을 때 안 ××인쇄소의 문선과장을 찾아갔다.

월급도 일 없고 다만 일만 가르쳐 주면 그만이니 어린아이 하나를 써달라고 졸라대었다.

A라는 그 문선과장은 요리조리 칭탈[130]을 하던 끝에— 그는 P가 누구 친한 사람의 집 어린애를 천거하는[131] 줄 알았던 것이다.—

"보통학교나 마쳤나요?"

하고 물었다.

"아니요."

P는 솔직하게 대답하였다.

"나이   인데?"

"아홉 살."

"아홉 살?"

A는 놀라 반문을 하는 것이다.

"기왕 일을 배울 테면 아주 어려서부터 배워야지요."

"그래도 너무 어려서 원…… 뉘집 애요?"

"내 자식놈이랍니다."

P는 그래도 약간 얼굴이 붉어짐을 깨달았다. A는 이 말에 가장 놀라운 일을 보겠다는 듯이 입만 벌리고 한참이나 P를 물끄러미 바라다본다.

"왜? 내 자식이라고 공장에 못 보내란 법 있답디까?"

"아니, 정말 그래요?"

强筹到15块。

在钟路简简单单地买了零碎的生活用品，诸如炉子啦、汤锅啦、小铝锅啦、勺子什么的。他拎着往上走的路上，去找了之前在杂志社工作时认识的××印刷厂的校对科长。

P缠着他一定要用一个小孩，也不需要工资，只要能教他做事就行。

校对科长A找了各种托辞之后——他以为P推荐的是熟人家的小孩——

问道：

"小学毕业了吗？"

"没有。"

P坦率地答道。

"多大了？"

"九岁。"

"九岁？"

A吃惊地反问。

"既然是要学做事，当然要打小开始学。"

"那也还是太小了……谁家的小孩？"

"我自己的孩子。"

P这才察觉自己也稍微有点脸红。听到P的话，A大吃一惊，张着嘴，直勾勾地看了他好一会儿。

"怎么了？谁还规定不能送自己的孩子去工厂干活吗？"

"哎！真的要送？"

"정말 아니고?"

"괜히 실없는 소리! ……자제라고 해야 들여줄 테니까 그러시지?"

"아니, 그건 그렇잖애요. 내 자식놈야요."

"그럼 왜 공부를 시키잖구?"

"인쇄소 일 배우는 것도 공부지."

"그건 그렇지만 학교에 보내야지."

"학교에 보낼 처지도 못되고 또 보낸댔자 사람 구실도 못할 테니까……"

"거 참 모를 일이요…… 우리 같은 놈은 이 짓을 해가면서도 자식을 공부시키느라고 애를 쓰는데 되려 공부시킬 줄 아는 양반이 보통학교도 아니 마친 자제를 공장엘 보내요?"

"내가 학교 공부를 해본 나머지 그게 못 쓰겠으니까 자식은 딴 공부를 시키겠다는 것이지요."

"글쎄 정 그러시다면 내가 내 자식 진배없이 잘 데리고 있으면서 일이나 착실히 가르켜 드리리다마는…… 원 너무 어린데 애차랍잖애요¹³²?"

"애차라운 거야 애비 된 내가 더하지오만 그것이 제게는 약이니까……"

P는 당부와 치하¹³³를 하고 인쇄소를 나왔다. 한짐 벗어놓은 것같이 몸이 가뜬하고 마음이 느긋하였다.

그는 집으로 올라가는 길에 싸전¹³⁴에 쌀 한 말을 부탁하고 호배추¹³⁵도 몇 통 사들었다. 그렁저렁 오 원을 썼다.

"难道我说假的吗？"

"说些没用的话！……你以为说自己家孩子我就会答应，所以才这样说的吧？"

"不是，倒不是这样，真是我儿子。"

"那为什么不供他上学呢？"

"在印刷厂干活也是学习呀。"

"话虽如此，但还是应该送学校的呀。"

"现在的情况送不起呀！就算送了也成不了才……"

"这可说不准……像我们这样的人，干着劳力活儿还费尽心思想送孩子上学，您这样有文化的人反而把小学都没毕业的孩子送工厂？"

"我就是上过学才知道那些都没用，所以才让孩子学点别的。"

"怎么说呢，您要是真决定了，我就把他当自己孩子一样带在身边，实实在在地教他……唉，不可怜他小小年纪嘛？"

"说心疼，我这个做爹的当然更心疼，不过对他总有好处的……"

P又是叮嘱又是感激地说了一通客气话，然后走出印刷厂。就像放下包袱一样，他现在浑身轻快，心里也轻松多了。

在回家的路上，他往上走着，经过粮铺要了一斗米，又买了几棵中国大白菜，这买点那买点地花了五块钱。

십 원 남은 중에 주인 노인에게 육 원을 내어주니 입이 귀밑까지 째어진다. 그 끝에 P가 사온 호배추를 내어주며 김치를 담가 달라고 하니 선선히 응낙한다. 그리고 자식을 데리고 자취를 하겠다니까 깍두기야 간장이야 된장 같은 것을 아까운 줄 모르고 날라다 주곤 한다.

10

이튿날 전에 없이 첫새벽에 일어난 P는 서투른 솜씨로 화로밥을 지어놓고 정거장으로 나갔다.

그의 형에게서 온 편지에 S라는 고향 사람이 서울 올라오는 길에 따라 보낸다고 했으니까 P는 창선이보다도 더 낯이 익은 S를 찾았다.

과연 차가 식식거리고 들어서매 인간을 뱉어 내놓는 찻간에서 S가 창선이를 데리고 두리번거리며 내려왔다.

어디서 생겼는지 새까만 '고구라'[136] 양복을 입고 이화표 붙은 학생모자를 쓰고 거기다가 보따리를 하나 지고 무엇 꾸린 것을 손에 들고 차에서 내리는 어린 아이…… 저게 내 자식이니라 생각하니 P는 어쩐지 속으로 얼굴이 붉어지며 한편 가엾기도 하였다.

S가 두 손에 짐을 가득 들고 두리번거리다가 가까이 온 P를 보고 반겨 소리를 지른다. 창선이가 모자를 벗고 학교식으로 경례를 한다. 얼굴을 자세히 보니 네댓 살 적에 보던 것보다 더 한층 저의 외가를 닮았다. P는 그것이 몹시 불만하였다.

"그새 재미나 좋았나?"

S의 하는 첫인사다.

剩下的十块钱里拿出 6 块交给了屋主老婆婆，她乐得都合不拢嘴了。在P拿出刚买的大白菜请求帮忙腌泡菜时，她也很爽快地答应了。一听说P要带着孩子一起住下时，屋主老婆婆就毫不吝啬地把什么腌萝卜啦，酱油啦，大酱啦搬了过来。

10

第二天，P破天荒地大清早就起来了，笨手笨脚地用火炉做了饭，接着出发去车站了。

P的兄长在来信中说，老乡S会顺路带昌善一起到汉城来。好几年没见到昌善了，所以在车站里，P先认出的反而是S。

火车呼哧呼哧地进站了，车箱里的人被吐了出来，S果然带着昌善四处张望着下了火车。

看着从车上下来的小孩，穿着不知从哪儿弄来的黑乎乎的棉服，戴着梨花商标的学生帽，背着一个包袱，手里拎着一捆什么东西……P想到那就是自己的孩子，不由得脸红，打心底里感到怜惜。

S两手满满的行李，他东张西望，当看到P走近，高兴地喊了起来。昌善摘下帽子向P敬了一个学校式的礼。P仔细端详着孩子，觉得他比四五岁时长得更像外婆家里的人了，对此P很是不满。

"近来可好啊？"

S问候道。

"멀 그저 그렇지…… 괜한 산 짐을 지고 오느라고 애썼네."

P는 이렇게 인사 겸 치하를 하였다.

"원 천만에!…… 그애가 나이는 어려도 어떻게 속이 찼는지……
너 늬 아버지 알아보겠니?"

S는 창선이를 돌아보며 웃는다. 창선이는 고개를 숙이고 수줍은지
아무 대답도 아니한다.

P는 S와 창선이를 데리고 구름다리로 올라왔다.

"저의 외할머니가 저 양복이야 떡이야 모다 해가지고 자네 댁에까
지 오셨더라네…… 오서서 어제 떠나는데 정거장까지 나오셨는데
여러 가지 신신당부를 하시데…… 자네에게 전하라고."

S는 P가 그다지 듣고 싶지도 아니한 이야기를 뒤따라오며 늘어놓
는다. 그의 가슴에는 옛날의 반감이 솟쳐올랐다.

"별 걱정 다 하든 게로군…… 내 자식 내가 어련히 할까버 쫓아다
니며 그래!"

"그래도 노인들이라 어데 그런가…… 객지에서 혼자 있는데 데리
고 있기 정 불편하거든 당신에게로 도루 보내게 하라고 그러시
데……"

"그 집에 내 자식이 무슨 상관이 있어서 보내라는 거야?…… 보낼
테면 그때 데려왔을라구……"

P는 그것이 모두 그와 갈린 안해의 조종[137]인 줄 알기 때문에 더구
나 심정이 났다[138]. 화가 나는 대로 하면 어린아이가 입고 온 양복도
벗겨 내던지고 싶었으나 꿀꺽 참았다.

"就那样……麻烦你带着个孩子过来，真是辛苦了。"

P一边问候一边感谢道。

"客气什么呀！……这孩子年纪虽小，心眼多着呢……认得出你爹不？"

S笑着回过头看着昌善。昌善低着头，不知是不是因为难为情，一句也不回答。

P领着S和昌善上了天桥。

"这西服啊年糕什么的，是孩子他外婆带到你家的……老太太过来，昨天要出发的时候还一直送到车站，左叮咛右嘱咐的……要我转交给你。"

S跟在后面絮絮叨叨地说着一些P不是很想听的话。心底的反感再次涌上P的心头。

"瞎操心！……还怕我把自己的孩子怎么着，啰里啰嗦的！"

"老人嘛，都是这样的……老太太说，你一个人孤身在外，要是实在不方便的话，就把孩子再送回去……"

"她们家和我儿子有什么关系，送回去？……要是有送的想法，那时候我会自己带吗？……"

P知道这一切肯定是离婚的老婆在背后操纵的，更是愤怒，真想把孩子身上的西服脱下来扔掉，但还是愤愤地忍住了。

11

일찍 맛보아보지 못한 새살림을 P는 시작하였다.

창선이가 도착한 날 밤.

창선이는 아랫목에서 색색 잠을 자고 있다. 외롭게 꿈을 꾸고 있으려니 생각하매 전에 없던 애정이 솟아오르는 듯하였다.

이튿날 아침 일찍 창선이를 데리고 ××인쇄소에 가서 A에게 맡기고 안 내키는 발길을 돌이켜 나오는 P는 혼자 중얼거렸다.

"레디 메이드 인생이 비로소 겨우 임자를 만나 팔리었구나."

〈新東亞 1934. 5·6·7월호〉

11

P开始了以前没有过的全新的生活。

昌善到汉城的那一晚。

昌善在炕头上呼呼地睡着，P想到他可能在孤独地做着梦，一股先前没有的感情竟油然而生。

第二天一早，P就带着昌善来到XX印刷厂，把他托付给A后，不情愿地走了出来。P自言自语道：

"Ready-made 人生，总算是遇到了识货的人，卖了出去啊！"

《新东亚》1934年5~7月号

레디메이드 人生

1 레디 메이드 인생(ready made 인생) : (임자를 만나야 되는) 기성품 같은 존재.

2 미상불(未嘗不) : 아닌게 아니라.

3 앙모하다(仰慕~) : 우러러 사모하다.

4 직업동냥(職業~) : 일자리를 구걸하는 것.

5 틀어지다 : 꾀하는 일이 어그러지다.

6 표변(豹變) : 마음이나 행동이 갑자기 변함.

7 코똥 : 코로 나오는 숨을 막았다가 갑자기 터뜨리면서 불어 내는 소리.

8 중동(中~) : 사물의 중간 부분. 또는 가운데 토막.

9 플랜(plan) : 계획(計劃). 설계.

10 자룡(子龍)이 헌 창 쓰듯 : 물건을 아끼지 않고 함부로 쓰고 버린다는 뜻. 여기서, 자
   룡(子龍)은 중국 삼국시대의 유명한 장수인 조자룡을 뜻함.

11 불가불(不可不) : 부득불(不得不). 하지 않을 수 없어.

12 억담 : 억지스럽게 하는 말.

13 문맹퇴치(文盲退治) : 글을 모르는 사람을 가르쳐 글 모르는 이가 없도록 하는 일.

14 몰켜오다 : 여럿이 뭉치어 밀려오다.

15 머릿살(을) 앓다 : 어떻게 해야 할지 몰라서 머리가 아플 정도로 생각에 몰두하다.
   골머리(를) 앓다.

16 찌부러지다 : (기세나 의지가) 꺾여 풀이 죽다.

17 찌스레기 : 찌꺼기. 쓸 만한 것을 골라낸 나머지.

18 혐의쩍다(嫌疑~) : 의심할 점이 있다. 꺼려하고 싫어할 만한 점이 있다.

19 코떼다 : 무안하리만큼 핀잔을 맞다.

20 덕석 : 추울 때 소의 등에 덮어 주는, 멍석처럼 만든 덮개.

21 말쑥말쑥하다 : 매우 말쑥하다. 지저분하지 않고 깨끗하다

22 고기작거리다 : (종이, 피륙 따위가) 구김살이 생기게 자꾸 구기다.

23 돈키호테 : 돈키호테형(Don Quixote 型). 현실을 무시하고 자기 나름의 정의감에
   따라 저돌적으로 행동하는 인간을 비유하는 말.

24 갑신정변(甲申政變) : 조선 고종 21년(갑신, 1884)에 김옥균, 박영효, 홍영식을 중심
   으로 한 개화당이 수구당을 몰아내고 혁신적인 정부를 세우기 위하여 일으킨
   정변.

25 신흥(新興) : (어떤 사회적 현상이나 사실이) 새로 일어남.

26 부르조아지(프, bourgeosie) : 자본가 계급에 속하는 사람.

27 유자천금이 불여교자 일권서(遺子千金 不如敎子 一卷書)라 : 자식에게 많은 돈을 남
   기는 것은 한 권의 책을 가르치는 것만 같지 못하다는 말.

28 삼촌(三寸)의 혀 : 세치의 길이밖에 안 되는 사람의 혀. 중국 춘추 전국 시대 모수
   (毛遂)라는 사람이, 세 치의 혀로 초(楚) 나라로 하여금 구원병 20만을 파견하게
   했다는 고사에서 나온 말.

29 공자왈 맹자왈(孔子曰 孟子曰) : 공자, 맹자를 거론하며, 유교의 가르침을 아는 체 하는 것. '실천은 없이 헛된 이론만 일삼음'을 비유하는 말.

30 상투 : 예전에, 성인 남자의 머리털을 끌어올려 정수리 위에 틀어 감아 맨 것.

31 문화정치(文化政治) : 힘으로써 통치하지 아니하고, 교화(敎化)로써 다스리는 정치.

32 골골이 : 고을고을마다. 또는 골짜기마다.

33 감발 : 먼 길을 떠날 때나 막일을 할 때, 버선 대신 발에 감는 좁고 긴 무명.

34 생도(生徒) : 이전에, '중등 학교 이하의 학생'을 이르던 말.

35 민립대학(民立大學) : 민간에서 설립하는 대학.

36 관민(官民) : 관리와 백성.

37 기수(技手) : 기술자

38 천호(賤號) : 업신여겨 푸대접하여 부르는 말.

39 문화주택(文化住宅) : 생활하기에 편리하고 건강과 위생에 알맞게 꾸민 신식 주택.

40 가보(カブ) : 화투 등의 노름에서, 아홉 끗을 일컫는 일본말.

41 배(梨)(를) 주고 속 얻어먹다 : 큰 이익은 남에게 빼앗기고 자기는 거기서 조그만 이익만 얻는다.

42 나무에 올라갔다가 흔들리는 셈 : 감언이설에 속아 위험한 곳이나 불행한 처지에 빠진다는 말.

43 개밥의 도토리 : '따돌림을 받아 축에 끼지 못하는 사람'의 비유.

44 초상집의 주인 없는 개 : 굶주려서 여기저기 기웃거리고 다니는 사람을 이르는 말.

45 원수스럽다(怨讐~) : 원수처럼 생각되는 데가 있다.

46 마코 : 일제 시대의 담배 이름.

47 해태 : 일제 시대의 담배 이름.

48 볼먹다 : 말소리에 성난 기색을 띠다.

49 무렴해하다(無廉~) : 염치가 없음을 느껴 스스로 마음에 겸연쩍어하다.

50 당치도 아니하다(않다) : 사리에 맞지 않다.

51 곱쟁이치다 : 곱치다. 곱절로 셈하다.

52 곱집다 : 곱절로 셈하다.

53 근실히(勤實~) : 부지런하고 진실하게.

54 월괘저금(~貯金) : 매월 정해 놓고 하는 저축.

55 고식되다(姑息~) : 우선에는 탈이 없고 편안하게 되다.

56 명색없다(名色~) : 쓸모없다. 그럴듯한 실속이 없다.

57 주린 개가 고기를 보고 덤비듯이 : 몹시 배고픈 끝에 먹을 것이 생겼다는 말.

58 고비샅샅 : 고비샅샅이. 속속들이.

59 모지다 : 생김새가 둥글지 않고 모가 나 있다.

60 맘자리 : '마음자리'의 준말.

61 행랑방(行廊房) : 대문의 양쪽 또는 문간에 있는 방.

62 풀씬풀씬 : 풀썩풀썩. 연기나 먼지 따위가 갑자기 일어나는 모양.

63 말가옷 : 한 말 반의 곡식 분량.

64 연전(年前) : 몇 해 전 두서너 해 전.

65 월사금(月謝金) : 전날, 다달이 내던 학교 수업료를 이르던 말.

66 상의 : 생의(生意). (무슨 일을) 하려는 생각.

67 헐입다다 : 가난하여 떨어진 누더기를 입게 하다.

68 명년(明年) : 올해의 다음해.

69 코대답(~對答) : 탐탁하지 않게 여겨 건성으로 콧소리를 내어 하는 대답.

70 구실자리 : 일자리. 원래는 (관가의) 벼슬자리.

71 벌씸하다 : 벌씸거리다. 입, 코 같은 신축성이 있는 물체가 크게 자꾸 벌어졌다 오므라졌다 하다.

72 곧잘 : 꽤 잘.

73 우둘부둘하다 : 우둘우둘하다.

74 정객(政客) : 정치 활동을 하는 사람.

75 다들리다 : 닥뜨리다. 닥쳐오는 일을 직접 당하다.

76 제휴(提携) : 서로 붙들어 도와줌.

77 창연하다(蒼然~) : 예스러운 빛이 그윽하다.

78 걸어앉다 : 높은 곳에 궁둥이를 붙이고 두 다리를 늘어뜨리고 앉다.

79 춘래불사춘(春來不似春) : 봄이 왔지만 봄 같지 않다.

80 고원(雇員) : 관리의 보조인으로 임시 채용된 하급 사무원.

81 반연(絆緣) : 얽혀서 맺어지는 인연.

82 여의하다(如意~) : 마음먹고 바라던 바와 같다.

83 배포가 유(柔)하다 : 조급하게 굴지 않고 배짱 좋게 유들유들하다.

84 아유구용(阿諛苟容) : 남에게 아첨하는 구차스러운 모양.

85 선술잔 : 선술집에서 마시는 술. 또는, 그 술잔.

86 비비꼬다 : (물체가) 어느 한 쪽으로 여러 번 틀어서 꼬다.

87 탈리되다(脫離~) : 떨어져 나가게 되다. 관계를 끊게 되다.

88 관허(官許) : 정부의 허가.

89 메이데이(May Day) : 매년 5월 1일에 세계적으로 행하여지는 국제적 노동제. 노동절(勞動節).

90 드끄럽다 : 떠드는 소리가 듣기 싫다.

91 멀끔멀끔하다 : 훤하게 깨끗하다.

92 기(를) 받다 : 기를 펴다. 또는 기세를 자유롭게 가지다.

93 떰핑하다(dumping~) : 채산이 맞지 않는 싼 가격으로 상품을 팔다.

94 달구다 : 애를 태우다. 애가 타게 하다.

95 주정(酒酊) : 술에 취하여 정신없이 하는 말이나 행동.

96 갈보집 : 웃음과 몸을 팔며 천하게 노는 계집이 있는 집

97 북통(~筒) : 북의 몸이 되는 둥근 나무통. 여기서는 배가 몹시 불러 둥그런 모양.

98 개수물 : 개숫물. 설거지할 때 그릇을 씻는 물.

99 진정(鎭靜) : (격한 마음이나 아픔 따위가) 가라앉는 것.

100 곤주 : 고주망태. 술을 많이 마셔 정신을 차릴 수 없는 상태.

101 해롱해롱 : 버릇없이 자꾸 까부는 모양.

102 에꾸 : 깜짝 놀랐을 때 내는 소리.

103 자볼기 : '여편네가 쓰는 자막대기로 맞는 볼기'라는 뜻으로, 아내에게 잘못하여 매를 맞는다고 조롱하는 말.

104 아서라 : '해라' 할 사람에게 그렇게 하지 말라고 막는 말.

105 해던지다 : (말이나 일을) 마구 하다. 또는 마구 해서 끝내다.

106 유곽(遊廓) : 지난날, 공창제도(公娼制度)가 있었을 때, 창녀가 모여서 몸을 팔던 집이나 그 구역.

107 은근짜 : 밀매음녀. 몰래 몸을 파는 여자를 속되게 이르는 말.

108 단작스럽다 : 하는 짓이 보기에 매우 치사스럽고 아니꼬울 만큼 몹시 인색한 데가 있다.

109 다분(多分) : 어떤 속성이나 내용이 상당한 정도로 많음.

110 뉘엿거리다 : 속이 메스꺼워 자꾸 게울 듯하다. 게울 듯 게울 듯하여 속이 자꾸 메스꺼워지다.

111 여일하다(如一~) : (처음부터 끝까지) 한결같다.

112 용용하다(溶溶~) : 큰 강물이 질펀하다.

113 어릿어릿하다 : 무엇이 어리숭하게 자꾸 보이다 말다 하다.

114 후덕후덕 : 급작스럽게 빠른 동작으로 잇달아 뛰거나 몸을 움직이는 모양.

115 삐대다 : 한 군데 오래 눌러 붙어서 괴롭게 굴다.

116 찌뿌등하다 : 찌뿌드드하다. 표정이나 기분이 밝지 못하고 매우 언짢다.

117 초랑초랑하다 : 눈에 정기가 돌고 맑다. '초랑초랑'은 초롱초롱, 즉 눈망울에 정기가 돌고 맑은 모양.

118 어룽 : '어룽이'의 준말. 얼룩얼룩한 점.

119 귀떨어지다 : 귀가 떨어지다'의 형태. 정신들게 하다.

120 조발(早發) : (어떤 꽃이 다른 꽃보다 일찍 핀다는 뜻에서) 나이에 비해 정신적, 육체적으로 발달이 빠름. 또는 성(性)에 눈뜨는 것이 남보다 이름.

121 매춘부(賣春婦) : 돈을 받고 아무 남자에게나 몸을 파는 여자.

122 폐문 : 방문한 것이 오히려 상대방에게 폐를 끼치게 된 것.

123 며리 : (관형사형 어미 '-ㄹ' 다음에 쓰이어) '까닭'이나 '필요'의 뜻을 나타냄.

124 일없다 : 필요가 없다.

125 메스(mes)를 대다 : 잘못된 일의 화근을 없애려고 손을 쓰다.

126 룸펜(독, Lumpen) : 부랑자. 또는, 무직자.

127 인텔리(러. intelligentsia) : 지적(知的) 노동에 종사하는 사회 계층. 또는 지식, 학문, 교양이 있는 사람.

128 각수(角數) : 돈을 '원' 단위로 셀 때 남는 몇 전이나 몇 십 전을 일컫는 말.

129 풍로(風爐) : 화로의 한 가지. 흙이나 쇠붙이로 만드는데, 아래에 바람 구멍을 내어
붙이 잘 붙게 하였음.

130 칭탈(稱~) : 무엇 때문이라고 핑계 삼는 것.

131 천거하다(薦擧~) : 인재를 어떤 자리에 쓰도록 추천하다.

132 애차랍다 : 애처롭다.

133 치하(致賀) : 남의 경사에 축하, 칭찬의 뜻을 표하는 것.

134 싸전(~廛) : 쌀가게. (쌀과 그 밖의 곡식을 파는 가게).

135 호배추(胡~) : 중국종 배추.

136 고구라(こくら) : '두꺼운 무명 직물(허리띠·학생복 감 등으로 쓰임)'의 일본말.

137 조종(操縱) : 남을 자기 마음대로 부리어 순종하게 함.

138 심정(心情)(이) 나다 : 화가 나다. 성나다.

채만식 소설 명작선

蔡萬植 小說 名作選

蔡萬植

채만식 소설 명작선
蔡萬植 小說 名作選

明日
明日

明 日

1

오늘도 해도 아니 뜨고 비도 아니 온다. 날은 바람 한점 없이 숨이 탁탁 막히게 무덥다.

멀리 건너다보이는 마포(麻浦) 앞 한강도 물이 파랗게 잠겨 있는 채 흐르지 아니한다. 강 언저리로 동리 뒤 벌판으로 우거진 숲의 나무들도 풀이 죽어 조용하다. 지구가 끄윽¹ 멈춰 선 것 같다.

내려다보이는 행길로 마포행 전차가 따분하게 움직거리고 기어 가는 것이 그래서 스크린 속같이 아득하다.

영주는 방 윗문 바로 마루에 앉아 철 아닌 검정 빨래를 만지고 있 다. 빨래에 물을 들이느라고 손에도 시꺼멓게 물이 들었다. 어깨 나 간 인조항라적삼²이 땀이 배어 등에 가 착 달라붙었다.

그는 자주 목 부러진 불부채³를 잡아 성미 급하게 활짝활짝 부치나 소리만 요란하지 바람은 곧잘 나지도 아니한다.

남편 범수는 방에서 문턱을 베고 질펀히⁴ 드러누워 낮잠을 자고 있 다. 잠방이⁵ 하나에 홑이불로 배만 가리어서 빼빼 야윈 온몸뚱이가 다 드러나 보인다.

明 日

李淑娟 译

1

今天，又是个没出太阳也没雨的天气。一丝风也没有，闷得人透不过气来。

远处麻浦码头前的汉江，那一江碧蓝的水也好像凝住了，一动也不动。江边庄子后有片茂密的林子，林子里的树也都垂头丧气的，悄然无声。整个地球好像嘎地一声刹住了，完全静止了下来。

往下俯瞰，只见一辆开往麻浦的电车似动非动地往前爬，重复而单调，像似银幕里的画面，渺远得很。

英姝坐在房门外的廊子上，正动手洗染着几件过季的深色衣服，染衣服的水把她的双手也染黑了，身上那件双肩已磨破的人造绫罗短衫也早被汗水浸透，紧紧地贴在背上了。

她频频抓起断了柄的扇子，急躁地使劲搧，搧得咧咧作响，却没搧起半点风。

丈夫范守躺在房间的地板上，头枕在房门门槛上，正安稳地睡着大觉，身上只穿着件短裤头，薄薄的被单只盖住肚皮，露出骨瘦如柴的身子。

오정 싸이렌이 우 하고 전에 없이 가깝게 들린다.

영주는 오목가슴[6]에서 꼬르륵 소리가 나고 잊었던 시장기가 다시 들어 침이 저절로 삼켜진다.

범수가 입을 얌얌하면서 무어라고 분명찮게 잠꼬대를 한다. 그것이 영주에게는 꿈에도 시장해서 무얼 먹고 싶어 입을 얌얌거리는 것 같았다.

그렇게 생각하고 보아서 그런지 남편의 앙상하게[7] 야윈 팔다리며 갈빗대가 톡톡 불거진 가슴이 숨을 쉬는마다 얄따랗게 달막거리는[8] 것이 새삼스럽게 눈에 띄었다.

얼굴은 위로 이마가 훨씬 벗겨진데다가 화장이 길고 턱까지 쑥 내밀어 신경질로 날이 선 코까지 격이 맞아가지고는 전에 볼때기에 살점이나 붙어 있을 때에도 그리 푸짐한[9] 얼굴은 아니었다.

그런 것이 머리털이 제멋대로 자라 제멋대로 흐트러지고 위로 길게 째진 눈초리에 굵다란 주름살이 패고, 이마에도 그렇고, 위아래 수염이 비죽비죽[10] 감은 눈언덕은 푹 가라앉아 그 꼴이 오랫동안 중병을 치르고 난 사람 같았다.

"그 포동포동하던 속살은 다 어디 가고 저 모양이 되었을꼬!"

영주는 혼잣말로 두덜거리면서[11] 갠 빨래를 보에 싸서 마루에 놓고 일어나 잘근잘근[12] 밟는다.

서쪽으로 내어다보이는 하늘에는 낡은 솜 뭉텅이 같은 거지구름[13]이 그득 덮여가지고 이따금 실오라기처럼 가느다란 빗줄기만 몇개씩 내키잖게 흘리곤 한다.

바람이 금시로 쏴 일어나고 굵다란 빗방울이 쏟아질 듯싶으면서, 그러나 날은 꿈적도 아니하고 점점 더 무덥기만 하다. 사람을 답답하라고 약을 올리는 것 같다.

上午的汽笛警报呜呜地响起，似乎就在耳边，听起来格外清晰。

英姝肚子发出咕噜咕噜的响声，饥饿感又袭了上来，她不自觉地咽了咽口水。

笵守的嘴咋咋地蠕动着，喃喃地说着什么梦话。在英姝看来，丈夫在梦里大概也饿得慌，才不停地咋着嘴。

也许是因为英姝这样想，丈夫那细瘦干枯的四肢，还有那肋骨高突，随着呼吸一上一下起伏着的胸膛，看来分外刺眼。

丈夫的头发已经秃到顶了，再配上几乎长到下巴，尖削而显得神经质的鼻梁，这脸相就是在以前两颊还有点肉的时候也称不上圆润丰满。

眼前的丈夫，杂草般的头发东倒西歪地覆盖着头顶，往上斜飞的眼尾布满了深沟似的皱纹，额上也都是，还有揪结成团的眉毛下深陷的眼窝，这模样像极了久患重疾的病人。

"从前那胖乎乎的肉都跑哪儿去了，怎么会成了这副模样？"

英姝自言自语地说着，一边把折好的衣服用包布包好摆在廊子上，接着站起身来，用脚开始慢慢地踏踩起来。

西边天空布满了旧棉絮般的灰云，偶尔飘落几丝线头般的雨絮。

看着就像马上要刮起强风，下起倾盆大雨似的，但到头来这酷热还是依旧，还渐渐地更闷了起来，好像老天故意要招惹人，要把人闷到发慌似的。

영주는 몇번이나 남편을 잡아 흔들어 깰까 하고 내려다보다가는 고개를 돌렸다.

더운 날 옆에서 낮잠을 자는 것을 보면 더 더운 것이다. 갑갑하고……

그러나 잠을 자고 있는 동안이라도 시장기를 잊을 것을 왜 할일도 없이 깨랴 싶어 그대로 두어두는 것이다.

마침 문간방에 따로 세 얻어든 젊은 색시가 갸웃이[14] 들여보다가 범수의 벗고 누운 것이 눈에 띄자 고개를 옴칠한다[15]. 영주는 웃으면서

"괜찮어, 일루 와서 앉어 놀아요."

하고 아닌게아니라 좀 꼴 흉한 남편의 자는 양을 돌아다본다.

문간방 색시라는 건 시골서 농사일을 하다가 살 수가 없다고 서울로 올라와 막벌이를 하는 남편과 단둘이 지내는 식구다.

남편이란 사람은 나이 근 사십이나 되었으되 색시는 겨우 이십이 될까말까 도렴직한[16] 볼때기에 애티가 아직 남아 있어 귀염성스러웠다.

그는 남편이 벌이를 나간 사이면 별로 할일도 없는지라 늘 안에 들어와서 영주의 허드렛일[17]도 거들어주고 말동무도 되고 하였다.

색시는 영주가 들어오란 말에 살금살금 들어와서 범수가 아니 보이는 곳을 골라 마룻전에 걸터앉는다.

"무엇허세유?"

"빨래 좀 손질허느라구…… 날이 어쩌면 이렇게 극성스럽게 더웁수!"

"그러게 말이예요 비두 안 오시구!…… 그런데 저 거시키이……"

색시는 무슨 대단한 소식이나 내통하는[18] 듯이 목소리를 죽여 말을 한다.

英姝好几次想摇醒丈夫，但低头看了看，马上又摇摇头别过脸去。

闷热的天气里，看着别人在一旁睡大觉，只觉得更热，更闷……

但睡觉至少可暂时忘了饥饿，再说也没什么事可做，何苦叫醒丈夫呢？英姝就让丈夫继续睡着。

就在这时候，不久前刚租下门廊房住进来的年轻媳妇探头探脑地往这边屋子里瞧，一瞥见男人晒着肚皮睡大觉的光景，马上把头缩了回去。英姝看见了，笑着说：

"没事，过来坐呀。"

说着转过头来瞟了丈夫一眼，那样子还真难以入目。

这年轻媳妇刚随她男人从乡下到汉城来，他们在乡下种田，没法填饱肚子，所以丈夫来汉城干杂活儿，一家就两口子。

这男人已经快四十了，媳妇大概快二十吧，两颊圆圆的，还带着点儿稚气，很讨人喜欢。

丈夫出门干活去的时候，年轻媳妇闲着没事，常过来英姝屋子，帮着做点杂活，也陪英姝闲聊。

听了英姝的招呼，年轻媳妇轻手轻脚地走过来，挑了个看不见男主人的位置，在廊子一角坐了下来。

"做啥呀？"

"染一下衣服……，这天气真热得出奇啊！"

"就是呀，雨也不下！……哎，那个……那个什么……"

年轻媳妇压低了嗓子，像要说什么天大的秘密似的。

"올에 난리가 난대유!"

"난리가?"

하고 영주는 짐짓[19] 웃으면서 되물었다.

"예…… 올이 벵자년이람서유? 그래서 난리가 난대유."

"그럼 거 큰일났게!"

영주는 하는 양을 보느라고 허겁스럽게[20] 맞방망이를 쳐주었다[21].

"큰일났어유. 도루 시굴루 가야 헐까배유."

"시골 가면 난리를 안 만나우?"

"그래두 깊은 산중에 가서 살면……"

영주는 그렇잖다고 설명을 해주려다가 색시가 그것을 여간만 꼭 믿고 있는 눈치가 아니어서 그냥 말머리를 돌렸다.

"바깥양반은 벌이 나갔수?"

"예, 오늘버텀은 정기회사 일 헌대유?"

"전기회사?"

"예 저 전차 철둑 놓는 일이래유."

"잘되었구먼?"

"그냥 돌아댕기면서 지겟벌이허너니버담은[22] 낫다구 그래유. 하루에 육십오전씩은 꼭꼭 받는다구…… 그새 지겟벌이헐 때는 하루 삼십전 벌기가 고작이구, 그나마 공때리는[23] 날이 퍽 많었는데유……"

영주는 자기네 일을 곰곰 생각하느라고 대답도 아니 했다.

"이 세상에 제일 만만한 인종은 돈 없는 인테리."

라고 남편이 노상[24] 하는 말이 새삼스럽게 머리속에서 되씹혀지는[25] 것이다.

남편이 그런 말을 할 때면 영주는

"今年，说是要出大乱子嘞！"

"出乱子？"

英姝故意笑着问道。

"是啊……今年是丙子年对么？人家说丙子年会出乱子咧。"

"那可糟了！"

英姝想听听下文，就随口应和了一句。

"要出乱子嘞，得回乡下去啰。"

"回乡下就碰不上乱子啦？"

"住深山里，大概可以……"

英姝原来想告诉年轻媳妇这传闻靠不住，但看来年轻媳妇好像深信不疑似的，英姝就把话咽下，换了个话题问：

"丈夫出门干活去啦？"

"嗯，今天开始去田力公司干活啰。"

"电力公司？"

"嗯，说是去砌电车路基。"

"那不错。"

"说是比四处去当挑工要强，每天能拿六十五分……前些日子当挑工每天只拿三十分，还动不动就没活儿可干……"

英姝只顾想着自家的事，没回答。

"这世上最好欺负的就是没钱的读书人。"

丈夫经常挂在嘴边的话突然袭上心头。

每次丈夫这么说，英姝就直刺刺地反问：

"그것도 사람 나름이지 제마다 다 그럽디까?"

하고 은연중 남편이 자기의 무능한 것을 이론으로 카무플라지하려는[26] 듯한 심정이 미워서 톡 쏘곤 하였으나 막상 막벌이꾼도 나서기만 하면 적으나 많으나 간에 하루 먹을 것은 버는데, 돈 없고 실업한 인텔리란 걸로 그만한 변통성조차 없이 그저 막막한 자기네 처지를 생각하매 남편의 하던 말이 비로소 마음에 찰칵[27] 맞는 것 같았다.

2

범수는 시장과 더위에 부대끼다 못해 그런지 깨우지도 아니했는데 혼자 꾸물거리다가 기지개를 기다랗게 뻗치고는 푸스스 일어나 앉는다.

문간방 색시가 질겁을 하고 달아나는 것을 영주는 웃으면서

"왜 발써[28] 일어나우?"

하고 다 없어졌어도 다만 한가지 남아 있는 남편의 맑은 눈, 자고 나서도 흐리지 아니하는 눈을 바라본다.

"응."

콧소리로 대답을 하고 범수는 자고 난 입맛을 다시면서 방바닥을 둘러본다. 입안이 텁텁한 게 무엇보다도 담배가 먹고 싶은 것이다.

그러나 담배는 아까 아침부터 없다.

"시장허잖어우?"

"응? 글쎄……"

범수는 모호하게 대답을 하고 데시기[29]를 긁적긁적한다. 영주는 빨래를 다 밟고 나서 도로 마루에 앉아 보를 펴놓는다.

"那也因人而异啊，难道每个人都这样吗？"

英姝气丈夫老想用这说法来掩盖自己的无能。就算是当零工，只要肯干，不管挣多挣少，至少也能填饱一家的肚子。而没钱的失业知识分子就连这点变通能力也没有，想着自家茫茫无靠的处境，丈夫的话一下嵌进了英姝的心头。

2

笵守莫约是耐不住饥饿和闷热了，也没人叫，突然自己磨蹭了起来，接着伸直了四肢，哆哆唆唆地起身坐了起来。

门廊房那家媳妇慌张地起身要走，英姝看了笑着问丈夫："怎么不睡啦？"

说完看着丈夫清澈的眼睛，这眼睛，即使刚醒来也清澈明亮。丈夫身上唯一没变的，也就剩这个了。

"嗯。"

笵守哼着鼻子说，还咋着嘴，眼睛往地板四处搜寻着什么。看来是刚醒来嘴里涩得慌，想抽一口烟。

但是烟一早就没了。

"肚子不饿吗？"

"唔，好像……"

笵守模糊地答，一边喀哧喀哧地搔了搔头。英姝踩完了衣服，又坐回廊子上，把包布摊了开来。

明日

　범수는 또 한번 나른하게 하품을 하고는 안해가 손에 시꺼멓게 물을 들여가지고 검은 빨래를 만지는 것을 보고 내키잖게 묻는다.

　"건 머야?"

　"애들 봄살이[30]……"

　"봄? 살이?"

　"응."

　"걸 지금 왜?"

　"이거나마 손질을 해두어야 인제 가을에 가서 입히지…… 봄에 벗어논 것을 발써 빨어는 놓구두 손이 안 나서 그러다가 오늘은 일감도 없구 허길래……"

　범수는 고개를 끄덕거렸다.

　아침에 밀가루 십전어치를 사다가 수제비를 떠서 아이들 둘까지 네 식구가 요기[31]를 하고는 당장 저녁거리가 가망이 없는 판이다.

　그러니 하루 앞선 내일 일도 염두에 없을 테거늘 인제 가을에 가서 아이들을 입힐 옷을 시장한 허리를 꼬부려가며 만지고 있는 안해를 보며 범수는 인간이란 것은 '생활(生活)의 명일(明日)[32]'에 동화 같은 본능을 가지는 것이구나 생각했다.

　"아이들은 어데 갔소?"

　눈에 아니 띄는 것도 아니 띄는 것이지만 낮잠을 자려고 하는데 아이들이 지껄이고 떠드는 것이 성가시어 쫓아 내보내던 생각이 나서 안해 더러 묻는 것이다.

　"방금 저 밖에서 소리가 났는데…… 거 어데서 놀 테지……"

　범수는 아까 자던 대로 도로 드러누웠다. 첨 당하는 것은 아니지만 딱 시장해서 앉아 있기도 대견했던[33] 것이다.

范守没劲儿地打了个呵欠，看着女人用染黑的手打理着衣服，无精打采地问道：

"啥东西哪？"

"孩子们春天的衣服……"

"春天？春天穿的……"

"嗯。"

"干啥现在弄呀？"

"现在整理好，秋天才好拿出来穿呀……春天换下的衣服早洗好了，一直忙着，没空弄，今天没什么特别的事，就……"

范守点了点头。

早上买了一角钱的面，做了点面疙瘩，好歹充填了一家四口的肚子，晚上吃的，就没着落了。

连明天怎么过下去都没着落，女人却忙着张罗孩子秋天穿的衣服，范守看着空着肚子弯腰弄衣服的妻子，心想，人真是为着明天而活的动物哪。

"孩子们都上哪儿去啦？"

房子里没孩子的踪影，范守还突然想起，刚才要午睡时被孩子的嘻闹声吵得无法入睡，一发火就把孩子赶了出去，所以问妻子。

"刚还外面还有声音呢……在外面哪里玩着吧……"

范守又躺回刚才睡觉的位置。虽然不是第一次挨饿，饿着肚子坐直身子还真累人。

"또 잘려우?"

"아니."

"시장허잖어우?"

"아니."

범수는 더덕더덕 반자[34]에 바른 신문지에서 일류 양식당의 광고를 읽으면서 건성으로 대답을 한다.

"저 문간방 사내는 전기회사 일하려 다닌답디다."

영주로는 노동자면 노동자 막벌이꾼이면 막벌이꾼 그것이 부러운 것은 아니나 무엇이든지 일거리에 다들리기[35]가 쉬워 그만큼 변통수[36]가 있는 것만은 부러웠던 터라 문득 그 일이 잊히지 아니하는 것이다.

"전기회사라니?"

"아마 선로공산가바요. 색시가 전차 철둑일이라는 것이……"

"나두 그런 거라도 좀 했으면……"

"죽으면 죽었지 그 짓을 해요?"

"근력만 당해낼 수 있다면……"

"세상에 해먹을 게 없어서 당신이 그 짓을 해요?"

"내가 무언데?"

"무어야 당신이지."

"괜헌 객기를 부리지 말어요…… 있는 땅까지 팔어서 머리속에다 학문만 처쟁였으니 그게 무어야? 씨어먹을 수도 씨어먹을 데도 없는 늠의 세상에서 공부를 했으니 그게 무어란 말이야? 좀먹은 책장허구 무엇이 달러?"

인제는 흥분조차 잊어버렸으나 범수가 늘 두고 염불처럼 되풀이하는 말이다. 그는 어려서는 부모가 시키는 대로 또 중학 이후는 자기

"还睡哪？"

"不睡了。"

"肚子饿哪？"

"不饿。"

范守看着天花板上层层贴着的报纸上高级西餐厅的广告，随口回答。

"住门房的那家男人说是到电力公司去干活儿。"

英姝并不是羡慕工人或干零工的，而是羡慕人家懂得变通，找到什么活就干什么活，所以一直把那家男人的事记在心上。

"电力公司？"

"应该是线路施工吧，那家媳妇说是砌电车路基……"

"我要能去干那活儿就好了……"

"饿死就饿死，怎能去干那种活儿！"

"只要力气够的话……"

"天下都没事可做了吗？要你去干那种活儿？"

"我算什么？"

"你算什么？你是你呀！"

"别瞎闹意气了……把地都卖光了，堆了一脑子学问，又怎么样？这世上，学问不管用，更没地方派上用场。这样的世上，念了一肚子书，又算什么？跟被象虫蛀蚀了的书桌有啥不同？"

现在范守说这话的时候一点也不激动了，只像是诵经似的，老是挂在嘴上叨念着。小时侯，他顺着父母的意上学念

가 하고 싶어서 그래서 공부를 하였다.

자기 앞으로 땅마지기나 있는 것을 톡톡 팔아서까지 학자[37]를 삼아 대학까지 마치었다.

그러나 지금 와서 생각하면 비록 의식하지는 못했으나마 천하 어리석은 짓을 하고 만 것이다.

—만일 학문을 하지 아니하고 그대로 그 땅을 파고 있었다면…… 좌우간 머리속에 학문을 집어넣기 때문에…… 심신이 이렇게 약비해지지[38] 아니했다면 내게는 명일(明日)이 있었을 것이다.—

범수는 늘 이렇게 말했다. 그러나 영주는 남편의 그러한 속을 이해할 수가 없는지라 그러한 말을 듣고 있으면 짜증만 나곤 했다.

"그거야 당신의 성미가 유난스러우니까 그렇지 다른 사람들은 그렇잖읍디다."

"그 사람들은 별수가 있나! 모다들 개밥의 도토리지[39]…… 인테리들의 운명이란 빤히 내다보이는걸."

"그래두 그런 사람들은 어떻게 해서든지 직업을 가지구 그놈을 만족해서 아등바등 살려구 드는데 당신이야 어데 그렇수?…… 차라리 그럴테거들랑 자식들이나 내 걱정은 말구 당신 노상 하구 싶다는 대로 어데든지 가서 XXXX을 허든지 허구려……"

정말 남편이 그리 하려고 나선다면 질겁해서 못하게 말릴 테지만 영주는 악이 오르는 판이라 그렇게 앙알거리고[40] 있는 것이다.

"글쎄 그렇게 해야 할 노릇을 하지 못하는 게 공부한 죄라니까……"

"그러면 눈을 질끈 감구 되어가는 대루 한세상 살든지……"

书，中学以后则是自己想念书，就一路念了上去。

他名下几亩地都卖了，供他一路读到大学。

如今想来，自己干的是天下最愚蠢的事，但当时自己一点都不知道。

——如果不上学念书，就那样继续耕田种地的话……就是因为脑子里装满了不管用的学问……如果精神心智不这样衰弱的话，也许还有明天——

范守老是把这样的话挂在嘴边，但是英姝没法理解丈夫内心的想法，每次听到这些话，她就厌烦。

"是你性子太怪才会这样，别人可不这样。"

"别人！难道别人有什么法子？还不是遭人嫌弃，无人理睬……知识分子的命运，摆明了就这样。"

"别人还是想尽法子找个事干，满足于现实，兴头头地过日子，只有你，你怎能这样？……干脆你就别管我们母子了，去做你一直想做的，去干××××得了……"

要是丈夫真要这样，英姝可能会惊恐得拉住丈夫，不让丈夫去，现在是因为在气头上，才这样嘟哝个不停。

"是啊，就是因为读了书，连该做的也做不了，这都是读书惹的祸……"

"那就别要求这要求那的，睁一只眼闭一只眼，顺着现实过日子……"

"그렇기라두 했으면 차라리 좋게?…… 아모것도 모르고 현재에 만족해서……"

"그러니 글쎄 어쩔 셈이요?"

영주는 보풀증[41]이 났다. 남편과 말을 하고 있노라면 칼로 물을 치는 것 같아서[42] 헤먹기만 하지 시원한 꼴은 볼 수가 없다.

"나두 모르지…… 죄우간 내일(明日)이란 건 없으니까……"

"참말 큰일났수!"

영주는 탄식하듯 혼잣말같이 중얼거린다.

"큰일이야, 왼통 세상이 큰일인걸……"

"아까 문간방 색시두 그럽디다만 올에 병자년이라구 난리가 난답디다. 차라리 난리라두 났으면……"

"불감청이언정 고소원이야[43]."

"흥 난리가 난다면 당신 같은 사람이 멀 제법 괜찮을 줄 아우?"

"못해두 좋으니 제발 좀……"

범수는 문득 여러 날 신문을 보지 못한 것이 생각이 나서 궁금했다.

최근 것으로 불란서에서 인민전선파가 내각[44]을 조각했다는[45] 것을 보고는 벌써 반 달이나 신문을 얻어보지 못했던 것이다.

범수에게는 불란서의 인민전선파 내각의 그 뒤에 오는 것이 절대의 흥미였었다.

그는 문안에라도 들어갈까 하고 구중중한[46] 벽에 가 아무렇게나 걸려 있는 단벌짜리 다 낡은 여름양복을 바라보았다.

"저녁거리가 없지?"

범수는 할 수 없으면 양복이라도 잡혀야겠어서 떼어 입고 나가기를 주저하는 것이다.

"我这样过你就高兴啦？……什么都不知道，满足于现在……"

"那，你说能怎么样？"

英姝被惹火了。和丈夫这样一来一往地吵，就像拿刀划水，白费工夫。

"我也不知道……反正没有明天……"

"哎呀，真要出乱子啦！"

英姝嘟哝着，像叹息般。

"出乱子啰，真的要出天大的乱子啰……"

"刚才那家媳妇也说，今年丙子年，要出大乱的。出大乱子倒也好……"

"出乱子？我倒真愿意出乱子…"

"哼，出乱子，像你这样的人难不成会出头？"

"不出头也成，得了，别再说了……"

范守突然想起好几天没看报纸了，心中纳闷了起来。

最近一次看到的消息是法国人民全线派组成了内阁，但自己已有半个月没弄到报纸看了。

范守对法国人民全线派组成内阁之后的发展非常地感兴趣。

他迟疑着想进屋里，眼睛望着脏兮兮的墙上挂着的那件老旧的西装上衣。

"晚上没吃的吧？"

范守想的是，真的没别的法子的话，就把西装当了，所以犹豫着要不要穿西装出门。

"번연한[47] 속이지 물어서는 무얼 허우?"

영주는 풀 죽은[48] 대답을 한다.

"그럼 저 양복이라두 잽혀 오구려."

"그것마저 잽히구 어떡헐라구 그러우?"

"그리 긴하게 양복을 입구 출입을 헐 일은 무엇 있나?"

영주는 그래도 느긋한 희망을 지니고 있었다. 남편이 몇 군데 이력서를 보내두었으니 그런 데서 갑자기 오라는 기별이 올지도 모르는 터에 양복을 잡혀버리면 일껏[49] 된 취직도 낭패가 되고 말 것이다.

그리고 또 남편이 밖에 나가 있는 동안만은 행여 무슨 반가운 소식이나 가지고 돌아오나 해서 한심한 기대를 하는 터였었다.

"천하 없어두 그건 안잽혀요."

"거 참 괘사스런[50] 성미도 다 보겠네!"

하고 범수는 더 우기려 하지 아니했다.

"정말 큰일났수! 하두 막막한 때는 죽어바리기라두 하구 싶지만 자식들을 생각하면 그럴 수두 없구…… 글쎄 왜 학교는 안 보내려 드우? 우리는 이 지경이 되었으니 자식이나 잘 가르켜야지[51]?"

영주는 아이들을 생각하면 가슴을 찢고 싶게 보풀증이 나는 것이다. 범수와 영주 사이에 제일 큰 갈등은 아이들의 교육문제인 것이다.

영주는 아이들을 공부를 시켜서 장래의 희망을 거기다 붙이자는 것이다. 그는 하다 못하면 자기가 몸뚱이를 팔아서라도 아이들의 뒤는 댄다고 하고 또 그의 악지[52]로 그만 짓을 못할 것도 아니었다.

그러나 범수는 듣지 아니했다. 섣불리 공부를 시켰자 허리 부러진 말[53]처럼 아무짝에도 쓸데없는 반거충이[54]가 될 것이요, 그러니 그 것이 아이들 자신 장래에 불행하게 할 뿐 아니라, 따라서 부모의 기쁨

"摆明的事实，还要问？"

英姝无力地回答。

"那，我拿这西装去当点钱回来。"

"啊，连西装也拿去当，你到底想怎样？"

"有什么非得穿这西装不可的吗？"

其实英姝心里还隐约地期待着什么。丈夫往几处投了履历，说不定哪处突然回消息要人，把西装当了，那一切就成了泡影。

还有，丈夫出门，也许能带回什么好消息，英姝抱着这样不着边际的期待。

"就是什么都没了，也不能拿这西装去当！"

"哎，从来没见过像你这么古怪的人！"

范守说完，也就不再坚持了。

"真要出乱子啦。唉，最绝望的时候，真想一死百了，但一想到孩子就没法真去死……，啊，到底为什么不送孩子上学堂哪？我们已经到了这地步了，但孩子呢，总得让孩子读书啊！"

英姝一想到孩子，心就揪得紧，怒火往上冲，孩子的教育问题是英姝和丈夫之间最大的矛盾。

英姝想让孩子读书，把孩子将来的希望放在教育上。她恨不得把自己的身子卖了来充当孩子的学费。凭她倔强的性子，这也不是做不到。

但丈夫不听她的。丈夫偏认为，草率地让孩子读书会让孩子像直不起背的马一样，成了哪儿都派不上用场的半瓶子醋。这样，不仅会把孩子的前途给毁了，父母也绝无感

도 되지 아니한다고 내내 우겨왔던 것이다. 그러면서 그는 자기가 보통학교의 교과서 같은 것을 참고해가며 산술이니 일어니 또 간단한 지리 역사니를 우선 가르치고 있었다.

그러나 영주가 보기에는 그것이 도무지 시원찮고 미덥지가 못했다.

범수는 안해에게 너무도 번번이 듣는 푸념이라 그 대답을 또다시 되풀이하기가 성가시어 아무 말도 아니하려 했으나 안해는 오늘은 기어코 여정을 낼 듯이 기승을 부리려 든다.

"글쎄 여보! 당신은 당신이 희망하는 일이나 있어서 그런다구 나는 어쩌라구 그리우?"

"낸들 희망을 따루 가지구 그리는 건 아니래두 그래! 자식들이 장래에 잘되어 잘살게 하자는 생각은 임자허구 꼭같지만 단지 내가 골라낸 방법이 옳으니까 그러는 거지……"

"나는 그 말 믿을 수 없어…… 공부 못한 놈이 막벌이 노동자나 되어 남의 하시나 받지 잘될 게 어데 있드람!"

"그건 이십 년 전 사람이 하든 소리야. 번연히 눈앞에 실증[55]을 보면서 그래?"

"무어가 실증이란 말이요?"

"허! 그거 참…… 여보 임자도 여자고보를 마쳤지? 나도 명색 대학을 마쳤지? 그런데 시방[56] 우리 둘이 살아가는 꼴을 좀 보지 못해?"

"그거야 공부한 게 잘못이요? 당신 잘못이지……"

"세상 탓이야……"

"이런 세상에서두 남은 제가끔 공부를 해가지구 잘들 살어갑디다."

"그건 우연이고 인제 세상은 갈수록 우리 같은 인간이 못살게 돼요……내 마침 생각이 났으니 비유를 하나 허께 들어볼려우?"

到欣喜的道理。所以他就拿普通学校的教科书当参考，先教孩子点算数、日语和简单的地理历史。

但是在英姝看来，总觉得这算不上读书，根本靠不住。

这牢骚范守已听腻了，每次都得回同样的话实在太烦人，于是想忍住不再开口，但看来，妻子今天是打定了主意，不说完不罢休，气势汹汹的。

"我说，你……，你有你希望的，可我呢？叫我怎么办？"

"我不是早说过了吗？我没有什么别的想法！我和你一样，都想让孩子将来过得好，只是我选择的方法和你不一样罢了……"

"这话我不相信……没读书的人只能打零工、当工人，遭人轻视，哪能有好日子过！"

"那是二十年前的说法啰，现在呀，事实明摆在眼前，还不明白？"

"什么事实啊？"

"咳！这真是……你不是也念了女子高中夜校吗？我也好歹是念过大学的，但我们现在过的是什么日子？你不想想？"

"这是读书的错吗？是你的错呀！"

"是这世道错了"

"这样的世道，人家不都读了书还过上好日子！"

"那只是偶然的机运，以后像我们这样的人，日子越来越难过了……正好我想到一个比喻，说来你听听？"

"듣기 싫여요."

영주는 말로는 언제든지 남편을 못 당하는지라 또 무슨 묘한 소리를 해서 올가미⁵⁷를 씌우나 싶어 톡 쏘아버렸다.

"하따⁵⁸ 그러지 말구 들어보아요…… 자, 시방 내가 돈이 일 원이 있다구 헙시다. 그런데 그놈 돈을 어떻게 건사하기가⁵⁹ 만만찮거든…… 돈을 넣을 것이 없단 말이야. 알겠수?"

"말해요."

"그래 척 상점에 가서 일원짜리 돈지갑을 사잖았수?"

"일원밖에 없는데 일원짜리 지갑을 사?"

영주는 유도를 받아 무심코 이렇게 대꾸를 한다.

"거 봐! 글쎄……"

하고 범수는 싱글벙글 웃는다.

"우리가 시방 공부를 한다는 것이 그렇게 일원 가진 늠이 일원을 넣어두랴고 일원을 다 주구 지갑을 사는 셈이야."

"어째서?"

"지갑을 쓸데가 있어야지?"

"두었다가 돈 생기면 넣지?"

"그 두었다가가 문제여든…… 그 지갑에 돈이 또 생겨서 넣게 될 세상은 우리는 구경도 못해…… 알겠수?"

"난 모를 소리요."

"못 알아듣기도 괴이찮지…… 그렇지만 세상은 부자 사람허구 노동자의 세상이지, 그 중간에 있는 인간들은 모두 허깨비야."

"그렇지만 여보, 사람이 세상에 나서 빌어먹구⁶⁰ 살기는 일반이 아니우? 그런데 하필 부모 된 사람이 앉어서 고되고 거센 일을 하고 남

"不，不想听。"

英姝从来都说不过丈夫，现在丈夫肯定又想用什么怪道理来做圈套，所以她一口就拒绝了。

"哎呀，别这样，听听看……唔，先假定我有一块钱，但想保住这一块钱可没那么简单……没地方保存这一块钱，明白吗？"

"往下说啊。"

"那就到店里买花一块钱买了个钱包。"

"只有一块钱，花一块钱买钱包？"

英姝在丈夫的诱导下，不自觉地回答。

"你看，这不！我说呀……"

范守说着，眉飞色舞地笑了。

"我们现在读书，就如刚才我说的，身上有一块钱，为了想保管好这一块钱，把这一块钱用来买了个钱包。"

"然后呢？"

"钱包有什么地方可派上用场吗？"

"放着，等有钱了，不就用上了么？"

"放着是个问题……生出钱来可放进钱包的那一天，我们是等不到了。明白吗？"

"这话我听不明白。"

"听不明白也没关系……但这世上是有钱人和工人的世上，在这中间的都是任人摆布的稻草人罢了。"

"话是这样说，人出生到世上，不就是靠自己的本事来谋生吗？为人父母的，有什么道理要把孩子养育成干粗重活儿

한테 하시[61]받는 노동자로 자식을 만들 거야 무엇 있수?"

"빌어먹는 게 첫째 문제라나? 누가?…… 새세상에서 쓰일 인간을 만든다는 거지……"

"문간방 사람이나 또 뜰아랫방 목수나 다 별수 없읍디다."

"그래두 나보담은 월등 나어요. 그리고 우리 아이들은 내가 따로 가르키면 다 제절로 눈이 떠져요."

"나는 못해요. 나는 누가 무어라구 해두 내일버틈 사립학교라두 보낼테니 그리 알어요."

영주는 필경 이렇게 내뻗고[62] 말았다. 그러나 범수는 코로 웃고[63] 맞서지도 아니한다.

3

비는 필경 오지 아니하고 어설픈 구름떼가 이리저리 흩어져 달아난다.

흩어지는 구름 사이로는 가끔가다 파란 하늘이 조각조각 내어다보인다.

영주는 손질한 빨래를 마당의 줄에다 척척 걸쳐 널고 도로 마루로 올라와 앉으면서

"비는 또 멀리 달어난걸."

하다가 문득 남편이 하고 있는 짓을 보고 물끄러미 바라다본다.

범수는 배를 깔고 엎드려 재떨이에서 꽁초를 골라내어 정성스럽게 까고 있었다. 꽁초래야 대빨주리가 새까맣게 타들어오도록 피우고는 뽑어버린 것이라 깜찍스럽게 잘다. 그래서 그가 혼자 중얼거리는 말대로

的，遭人轻视的工人呢？"

"重要的是靠自己的本事谋生？谁说的？……重要的是
要培养新的社会里有用的人才呀……"

"住门廊房的那男人，还有住下房那家的木工，都没有
什么前途。"

"他们都比我强多了。还有，我来教孩子，他们就会慢
慢开窍的。"

"不成。不管别人怎么说，你听着，明天我就送孩子去
学校，就算是私立的也要送！"

英姝最终丢下这句话。然而范守只哼着鼻子笑笑，没再
回嘴。

3

雨，终究没下，刚才天上的积云稀稀松松地散了开去。
散开的云隙间，有些地方露出一小块一小块蓝蓝的天。

英姝把弄好的衣服用力抖了抖，晾到院子里的晒衣绳
上，然后又走上廊子，嘴里嘟囔着：

"雨又逃得远远的了。"

突然，丈夫的身影映入眼帘，她看着看着发起楞来。

范守正趴在地板上，拿出烟灰缸里的烟头，仔仔细细地
剥着。烟头已被烧得焦黑，只剩短短的一小截。他自言自
语，好像在说：

"의사가 주는 극약적[64] 분량."

같았다.

그래도 그는 겨우 어떻게 한 대 분량을 상반해가지고는 오려놓은 신문지쪽에 말기 시작했다. 장히 어설픈 공정(工程)[65]을 거쳐 그는 마지막 작업으로 침칠[66]을 하고 있는 것이다.

그는 침을 한번 꿀꺽 삼키고는 만 담배를 입에 물고 성냥을 찾다가 자기를 물끄러미 건너다보고 있는 안해와 눈이 마주치자 히죽이 웃는다.

"아이! 궁상이야!"

영주는 혀를 찬다. 그는 담배를 탁 채어서 싹싹 비벼버리고 싶은 것을 겨우 참았다.

"왜? 무어가 궁상이야? 나는 좋구만."

"나 같으면 저런 아쉰 담배는 안 먹어."

"흥, 먹으랬으면 싸우자고 덤비겠네! 잔말 작작 해두고 성냥이나 찾어와."

"사람이 궁했으면 그저 궁했지 어쩌면 그 모양이 되어가우? 점점……"

영주는 독살[67]을 피우고 싶은 마음과는 딴판으로 말소리는 힘이 없이 푸죽었다[68].

전 같으면 남편이 그저 거리낌없이

"담배 좀 사와."

이렇게 아무렇게나 시켰을 것이다. 그러나 그러지를 못하고 다 타빠진 꽁초를 주워모아 신문지에 말아먹고 있게끔 소심해진 그 심정이 밉살머리스러우면서도 한편 측은한 생각에 가슴이 질리는 것이다.

"大夫给的特效药，只这么一点点。"

他好不容易凑足了一根烟的分量，放在裁好大小的报纸上开始卷了起来。完成了这了不起的拙劣的工程，最后一道程序是抹上口水黏上。

他用力咽了一口唾液，这才把烟卷含在嘴里，正在找洋火时，和正看着自己发楞的英姝的目光对上，他不好意思地笑了笑。

"啧啧！看你这副穷酸相！"

英姝撅了撅嘴。她好不容易忍下把烟抢过来一把揉烂的冲动。

"怎么，什么穷酸不穷酸的，我觉得蛮好。"

"要是我，才不稀罕这吸剩的烟！"

"哼，要是叫你抽，不就要吵翻天了？够了够了，别再啰嗦啦，拿洋火来！"

"穷就穷，可你怎么会变成这副德性？越来越……"

英姝想发威，但声音却渐渐无力了下来。

要是以前，丈夫大概早就不加思索地脱口吩咐：

"买点烟回来！"

但现在丈夫不像以前那样由着性子，反而拣几乎已经抽完了的烟头，用报纸卷起来凑合着抽。看着变得缩手缩脚的丈夫，英姝设想着丈夫的心情，一方面觉得厌烦，一方面又不自觉地起了怜悯之心。

전이라고 해도 그다지 넉넉하게야 지냈을까마는 그래도 범수 자기 자신이 직업을 가지고 있어 벌이를 할 때에는 아무리 어려운 판에 당해서도 먹고 입고 살아가는데 궁상을 피우거나 소심하거나 하지는 아니했다.

사람이 퍽 침울은 했다. 그러나 그것은 사상과 행동이 유리된 자기 생활을 반성하여 자신을 학대하는 데서 오는 오뇌 때문이었다.

그는 학교를 마칠 때까지만 해도 퍽 뇌락하고[69] 활달한 성품이었다. 그리고 그 뒤에도 술이나 얼큰히 취하든지 어찌해서 기분이 좋든지 할 때는 안해로 하여금 믿음직한 미소가 저절로 흘려져나오게 할 만큼 퀄퀄하고[70] 대담스러운 본성을 보여주었다. 그래서 좀처럼 안해의 눈치를 슬슬 본다든가 궁상을 피운다든가 하는 일은 없었다.

범수는 그 기묘한 외양에 타기조차 기묘하게 타는 담배를 붙여 물고 엎드린 채 단꿀 빨듯이 쭉쭉 빨고 있다.

"그게 그렇게 맛이 있수?"

하고 영주가 핀잔을 주나 그는 딴 생각을 하느라고 대답도 아니하고 안해의 얼굴만 말끄러미 뜯어보고[71] 있다.

영주는 침이 묻지 아니한 한편쪽으로만 시뻘겋게 타들어가는 담배를 입술이나 데지 아니할까 조마조마 바라보다가 보다 못해서

"담배 한 곽 외상으루라두 갖다 달라우?"

하고 묻는다.

그는 담배를, 담배라도 십전짜리 피종을 외상이지만 사다 줄 생각인 것이다.

从前，也不见得过得有多宽裕，但那时丈夫有事做，再遇上什么大难关，吃的、穿的还是不用愁的，丈夫从来不会显露穷酸相，也不会这样缩手缩脚的。

这男人一下变沉郁了。但那是因为对自己思想和行动背道而驰的生活有所反省，以致自虐自苦，心情自然愈显懊恼消沉了。

从学校毕业时他还是个豁达磊落的年轻人。之后，即使是在喝得酩酊大醉，或者因什么而兴致大发的时候，他依旧不改其豪爽洒脱的性格，是个足以让妻子信赖，让妻子自豪的丈夫。所以，他从来没有过看妻子的脸色，也从未露出穷酸相。

范守趴在地板上，把那模样长得怪异，燃得也很怪异的烟叼在嘴里，像吸蜜似的猛吸着。

"烟就那么香么？"

也不理会妻子的数落，范守心里想着其他的，不吭气，只楞楞地盯着妻子的脸。

英姝心惊胆颤地瞅着那烟，没沾上口水那一头烧得火红，眼看就要烧到嘴边了，她忍不住问道：

"去铺子赊盒烟来么？"

再怎么也得有烟抽，她想赊个十分钱，弄点烟回来给丈夫。

그까짓 십전 더 빚을 지나마나 일반이다. 그보다는 그놈을 갖다 주면 남편이 시방 먹고 있는 그 어설픈 담배보다 몇곱이나 맛이 있게 먹는 것을 보는 것이 퍽 재미가 있으리라고 생각했던 것이다.

그래서 남편이 얼른

"응, 한 곽만 더……"

이렇게 대답할 줄 알았는데, 그러나 그는 아무 소리도 없이 영주의 얼굴만 그냥 보고 있다가

"임자두 인제는 퍽 늙었구려!"

하고 딴소리를 퉁[72] 내놓는다.

"딴전만 보구 있네!…… 누가 이렇게 늙혀 놓았는데? 지금 이 나이에……"

영주는 그만 신명이 풀려서 되레[73] 암상[74]이 나가지고 톡 쏘아버린다.

범수는 입때까지 안해의 지금 얼굴에 그전 얼굴을 상상해서 스크린의 이중노출(二重露出)처럼 보고 있었던 것이다.

전에 복성스럽던[75] 두 볼이며 해맑던 얼굴에 비해서 그대로 남아 있는 것은 쌍거풀진 큰 눈뿐이다.

그러나 콧잔등으로 눈아래로 기미가 까맣게 앉고 눈초리에는 주름살이 잡히고 볼은 홀쭉해져 앙상한 지금의 얼굴에는 어글어글하니[76] 시원한 그의 눈도 도리어 부자연스러웠다.

"스물일곱에 저만큼이면 겉늙기는 했어! 아이도 둘밖에 안 났으면서……"

범수는 그렇다고 그리 안타까와하는 것도 아니요 그야말로 본 대로 중얼거린 것이다.

再赊个十分也没什么大不了，英姝想。买来的烟，抽起来可要比抽那凑合成的烟要有滋味多了。丈夫抽得香，自己在一旁看着也称心。

她以为丈夫会很快地答：

"嗯，再拿一盒……"

然而，丈夫什么都没说，只无言地盯着英姝的脸，突然迸出：

"哎，你也一下变老啦！"

这样一句答非所问的话来。

"我问东你答西啊！……谁让我老成这样的？我这年纪……"

英姝火气一下又上来了，带着怨恨，丢下了重话。

范守其实是在妻子现在的容貌上想象她以前的样子，像在看银幕上的重叠影像一般。

从前那丰满的双颊，天真的脸蛋已不见踪影，只剩带着双眼皮的大眼睛。

但是，现在妻子的鼻梁和眼窝都布满了黑斑，眼尾也都是皱纹，两颊凹陷下来，在这样消瘦的脸上，那清亮的眼神反倒显得很不自然。

"二十七，变成这样算老了！孩子也不过生了两胎……"

范守也不是惋惜，只是看着妻子，就自言自语地说说罢了。

그러나 그 말이 영주에게는 그냥 무심히 들리고 말 수는 없었다.

그도 거울을 볼 때면 자기가 나이보다는 훨씬 겉늙은 줄은 알고 있었다. 그러나 약간 남은 옛 윤곽에서 또 아직도 고운 눈에서

"그래도……"

하는 위안을 가질 수가 있었다. 그러던 터에 막상 남편의 입에서라도 아주 늙었다는 말이 나오고 보매 인제는 영영 늙었구나 싶어 심통[77]이 버럭 상한 것이다.

그래서 번연히 죄도 없는 남편인 줄은 모르는 것도 아니나 제 성미를 못이겨 애꿎은 보풀떨이[78]를 하는 것이다.

"또, 히스테리가 일어날 모양이군…… 개 주어도 안 먹는 것……"

영주의 생각에는 오늘은 어쩐지 남편이 일부러 자기 속을 질러주려고 하는 것만 같이 더욱 신경이 가스러졌다[79].

"십 년…… 십 년 당신한테 매어 사느라구 이렇게 된 줄은 몰라요?"

"매어살았나? 같이 살았지."

"나를 살살 꼬인 건 누군데?"

"내한테 연애편지 답장한 건 누군데?"

"답장해 달랬으니까 했지."

"허허허허…… 계집은 귀애할 동물이지 이해할 인간은 아니란 말이 옳은 말이야."

범수는 오랜만에 너털웃음을 쳤다. 그리고 나서 벌떡 일어나 양복을 주섬주섬 걸어입는다.

넥타이도 변변한 게 있을 턱이 없고 모자는 소프트[80] 그냥이다. 구두는 뒤축이 바짝 닳고 코가 벗겨진 검정이다.

양복도 거기 잘 어울리게 때가 묻고 꼬기작꼬기작한[81] 포라[82]다.

但这话英姝肯定不会听了就算了的。

她照镜子时也知道自己看来比实际年纪老了许多。但总还剩下一点儿昔日的轮廓，还留着双算得上俊俏的眼睛。

"至少……"

英姝多少可以自我安慰一下。但现在，丈夫嘴里说出自己一下老了的话，她突然觉得自己就这样永远地老了下去了，因而感到大大被刺伤了。

明知丈夫其实没有说错，但英姝一下子控制不了脾气，发起无名火来了。

"又歇斯底里了……尽说些没用的话……"

英姝觉得丈夫今天是打定主意故意要伤自己的心，火气就更往上冲了。

"十年……这十年被你拖累成这样，要我说才明白吗？"

"被我拖累？我们一起生活的啊！"

"是谁想尽办法勾引我的？"

"那回我情书的又是谁？"

"是你要我回，我才回的！"

"呵呵……有句话说，女人只能拿来疼爱，不能拿来谈道理，这话说得真对。"

范守好久没这样开怀大笑了。接着他突然站起来，扯过西装上衣和裤子穿上。

没有像样的领带，帽子也软塌塌的，皮鞋呢，后脚跟磨破了，鞋尖也磨秃了。混纺麻料西装上厚厚的一层污垢，皱巴巴的，正好配上。

"어데 가요?"

영주는 악살[83]을 풀지 못해서 내내 이렇게 기승을 피운다.

"바가지 긁는 꼴 보기 싫여. 나가서 죽어바릴란다."

범수는 빈들빈들 웃으면서 마룻전에 걸터앉아 구두를 신는다.

"아이구! 제발 좀 그래주었으면……"

"그 대신 내가 죽었다구 시체 옆에 앉아서 울면 벌떡 일어나 따구[84]를 붙일 테야."

"걱정을 말어요…… 춤을 출 테니."

"그래도 돈을 마련해오면 입이 귀밑까지 째지렷다?"

"돈? 흥, 돈이 눈이 멀어서?"

"아이들 울어도 잘 달래지 때려주지는 말어…… 나는 혹시 늦을지 모르니."

"오백년 안 들어와두 기둘르잖어."

영주의 마지막 발악을 덜미로 들으면서 범수는 대문 밖으로 나섰다.

4

종로 네거리의 X X백화점 앞.

범수는 머리가 휘어지르르해서[85] 쓰러지겠는 것을 한손으로 전신주를 붙잡고 겨우 몸을 지탱했다.

굶었으면 그대로 드러누워 있지 십리나 넘는 길을 오늘처럼 걸어 들어와 돌아다니지는 아니했었다. 그런지라 이렇게 쓰러질 뻔하기도 처음 당하는 일이다.

"上哪儿去？"

英姝气还没消，口气一直带着怒意。

"你整天唠叨，受不了了，出去死了算了。"

范守闲闲地笑着说，一边坐在廊子石阶上穿鞋。

"哟！最好这样……"

"不过，要是我死了，你坐在我尸体旁哭的话，我就一下子跳起来，赏你一巴掌。"

"别担心……我会跳舞庆祝的！"

"要是我弄到钱回来，看你不笑裂了嘴！"

"钱？哼，钱不会瞎了眼的！"

"孩子要是哭，就哄哄吧，别打他们……我也许晚点回来。"

"就是五百年不回来，我也不会等的。"

范守把英姝最后一句话抛在后头，走了出去。

4

钟路十字路口的XX百货店前。

范守突然觉得头晕，几乎就要晕倒了，他急忙用手扶住电杆，好不容易才撑住身子。

像今天这样肚子空空的日子，本该在家躺着，不应走上十里的远路的。这样险些晕倒的经验，今天还是头一遭。

범수는 부질없이 이러고 나왔구나 싶어 후회가 났다.

그는 오늘사 말고 유달리 까슬거리는[86] 안해와 마주 붙어앉아 옥신각신하기가 싫기도 했지만, 그러나 그의 심중에는 그 자신도 분명히 의식치 못하는 막연한 기대가 잠겨 있었다.

도서관의 무료열람실에 가서 궁금하던 신문도 뒤적거리고, 그리고 길로 휠휠 돌아다녀 울적한 기분도(씻을 수 있다면) 씻어버리고 한다고 하고 나오기는 나온 것이다.

그러나 그것은 자기기만(自己欺瞞)[87]이다. 미상불 그는 불란서에서 블룸을 수반으로 조직된 인민전선내각의 그 뒷소식—가운데도 파업단에 대한 태도 같은 것—은 십여 일이나 신문을 보지 못한지라 퍽 궁금하기도 했다.

그러나 그는 도화동에서 들어와 총독부 도서관 앞을 지나면서도 그리로 들어가려고 아니했다. 몸이 대견한 탓이겠지만 마음이 내키지를 아니했던 것이다.

거리로 돌아다니며 울적한 기분을 발산시켜 버린다는 것도 실상 남의 꿈 이야기를 듣는 것 같은 것이다.

여러 끼를 굶어 뼈가 살에서 고스란히 쏟아져버릴 듯이 피곤한 몸뚱이로 먼지와 더위에 숨이 질리는 아스팔트를 아무리 걸어다녔자 푼더분한[88] 남의 생활만이 눈에 띄어 더 우울은 할지언정 가슴이 시원스러울 리는 없는 것이다.

뇌수[89]의 사치도 주리지 아니한 때의 말이다.

그러하니 그는 오던 발길을 냉큼 돌이켜 집으로나 갈 일이로되, 그러나 그는 마치 기사가 미리 방향을 틀어놓은 자동인형처럼 덮어놓고 종로까지 오고 만 것이다.

范守后悔今天是白出门了。

会出门，是因为今天妻子特别惹人厌烦，他不想和妻子在家斗嘴争吵。除了这，其实还有个他自己也完全没有意识到的原因，就是自己还抱着一丝渺茫的期待。

出门时想着，到图书馆开放阅览室翻翻报纸，或者到大街上四处遛达，好赶走沉闷的心情。

然而这都只不过是自欺欺人罢了。他当然也很想知道，法国布鲁姆领导下的人民阵线内阁的后续发展——特别是政府对罢工团的态度等等——他已有十来天没看到报纸了。

但他走到道禾洞，经过总督府图书馆时并没有走进去。虽说身体是有些疲倦，但其实是心里并不乐意进去。

在大街上溜达以扫除心中的郁闷，实际上是隔靴搔痒，一点用也没有。

饿了好几顿，身上的骨头仿佛随时就要脱离肤肉似的，拖着这疲惫的身子走在满是灰尘，燥热得喘不过气来的柏油路上，看来看去，净看到别人过得宽宽裕裕的样子，只怕会更郁闷，绝没有放宽心的道理。

动脑子思考，是肚子能填饱的情况下才能做的，是一种奢侈。

这样说来，他应立刻转身往回家的方向走，然而，他就像是被设定好方向的机器人一般，直直地走到了钟路。

　오고 나니 대낮에 활동사진을 보고 나온 때같이 온통 희어멀끔하고[90] 싱겁기만 하다. 아무것도 변화도 생기지 아니하고 그저 주린 자기자신이 쓸데없이 번잡한[91] 종로 네거리에 초라하니 놓여 있을 따름이다.

　그는 밤이나 낮이나 늘 돈이, 쌀도 사야 할 집세도 주어야 할 옷도 해 입어야 할 두고 살림에 쓰라고 안해에게 줄 그리 할 돈이 좀 생겼으면 하고 생각을 한다.

　그렇게 돈이 아쉬워서 생겼으면 생겼으면 하다가 나중에 가서는 어떻게 해야 생긴다든가 어떻게 마련해야 한다든가 하는 것은 성가시니까 접어놓고 껑충 뛰어 돈이 생기면 쓸 궁리에 골몰을 한다.

　범수 자신더러 그의 가슴에 잠긴 막연한 기대가 무엇이냐고 물으면 그는 서슴지 않고 정치적 변화라고 대답할 것이다.

　아닌게아니라 그것이 없는 것도 아니다. 그러나 그에게 더 절박한 것은 돈이 생겨지이다는 기대 그것이다. 그 자신은 그것을 부정할지언정 그것은 꼼짝할 수 없는 사실이다.

　그는 경성역 앞에 우두커니 서서 오늘 그 시간까지 차표를 판 돈이 꽤 되리라고 생각해 보았다.

　조선은행 앞을 지나면서는 어느 다른 은행의 행원인 듯싶은 매초롬한[92] 양복장이가 불룩한 손가방을 안고 인력거를 타는 것을 보고 몇만 원 찾아가나 보다고 생각했다.

　그는 한참이나 서서 그 인력거 뒤를 바라다보았다.

　종각 뒤 동일은행 앞에서는 문앞 돌층계를 둘러보았다. 그러나 아무도 십원짜리를 흘리고 가지는 아니했다.

　　到了钟路，一切和白天看完活动照片后走出来时一样，整齐干净却单调乏味，看不出有什么变化，只有饿着肚子的自己，站在钟路十字路口，憔悴无比。

　　不管是白天还是黑夜，他满脑子想的都是钱，买米的钱，租房子的钱，做衣服的钱，凡此种种该给妻子的家用钱，如果能从哪里弄到就好了。

　　就因缺钱缺得紧，他满脑子只想着怎么样才能弄到钱。后来，想烦了，他干脆把这问题摆到一边，开始苦思，弄到了钱之后该怎么花。

　　如果要他自己说出心中那渺茫的期待是什么，那他一定毫不迟疑地说是期待政治局面的变化。

　　这样的期待也并不假，但对他来说，更迫切的是怎么样才能弄到钱。这铁铮铮的事实，就算要否认也否认不了。

　　他就这样楞楞地站在京城站前，心里想着，一早到现在，卖车票也该收了不少钱才对。

　　经过朝鲜银行时，看到一个大概是别的银行的行员，穿着合身英挺的西装，拿着一个鼓胀胀的皮包坐上了人力车。他估量着，这人领了大概好几万块吧。

　　他呆呆地望着人力车远去，站了不知有多久。

　　走到钟阁后面的德国银行前时，他把银行前的石阶仔仔细细地巡视了一番，但连十分铜板也寻不着一个。

明日

　종로 네거리를 가로질러 서북편 귀퉁이에 있는 금은상 앞으로 가노라고 가는데

　"고랏. (이놈아)"

　소리가 들리며 삐그덕하더니 펜더[93]가 앞 정강이를 지분거리며[94] 머물러선다. 고개를 들어 보니 운전수가 눈을 부라리며 두덜거리고 교통순사가 이리 오라고 손짓을 한다.

　무렴해서 슬슬 달아나고 싶은 것을 그리하지도 못하고 순사 옆으로 가니까 꾸지람을 하다가는 세워놓고 교통정리를 하고 또 몇마디 하다가는 제 볼일을 보곤 한다.

　'기니' 어쩌고 하는 소리에 비위가 버럭 상했으나 쇠다가는[95] 더 창피하겠어서 짐짓 고개를 숙여버렸다.

　한바탕 졸경을 치르고도[96] 그는 먼저에 바라고 가던 서북편 귀퉁이의 금은상 앞으로 가서 진열창을 들여다보았다.

　그는 제법 지나는 길에 물건을 간색[97]이나 하는 것처럼 천연덕스럽게 들여다보기는 하나 가슴은 두근거렸다.

　팔십이 원인가 하는 금비녀 한 개가 유독 눈에 들었다.

　잡히면[98] 오십 원은 줄 듯싶었다. 그러나 오십 원을 가지고 이것저것 쓸데를 생각하니 모자랐다.

　값이 비슷한 놈으로 가락지를 하나만 더…… 이렇게 투정을 하다가 문득—기왕[99] 도적질을 하는 바이면 그까짓것 백 원?

　하고 돌아서버렸다.

　그는 비로소 도적질이라는 생각에 연달아 내가 도적질을 하려고까지 하다니! 하고 얼굴이 화틋[100] 달아올랐다.

他正想穿过钟路十字路口到西北角上的银楼去时，突然耳边响起：

"喂！这家伙！"

听到这声音的同时，他的脚颠了一下，原来是前面一辆车的挡泥板正扫在自己的小腿骨上，他只好站住。抬头一看，一个开车的瞪着两个铜铃大眼，嘟囔着什么，旁边的交通巡警挥手要他过去。

这实在丢脸，他想偷偷溜走，但又不敢，只好走到巡警前。巡警训了他几句，接着又转身去指挥交通，让他就傻站在那儿等。不一会又斥责了他几句，然后又丢下他不管，迳自干自己的事去了。

刚才已因妻子开口闭口提粮食而大大坏了情绪，现在要是又跟巡警犯上，只怕会更丢人，他只得把头埋得低低的。

好不容易从困窘中脱身了，他还是走到原本想去的西北角落上的银楼前，立在橱窗里前看里面摆着的首饰。

他装成路过顺便看看，神色自若的，但心却噗通噗通地狂跳着。

一个好像标着八十块的金发簪特别显眼。

运气好的话可以卖个五十块吧，但继之又一想，五十块钱用来买这个买那个，根本就不够用。

再拿个价格相当的金戒子……挣扎了半天，突然想……既然做贼，就偷这区区百来块的东西？

想着想着他突然转过身。

贼这个字眼让他突然警觉到，原来自己想偷东西！他的脸一下子赤红了起来。

엣! 치사스럽다. 이렇게 거진 입밖으로 말이 흘러져 나올 만큼 중얼거리고 그곳을 떠나려다가 지남철에 끌리는 쇠끝처럼 뒤를 돌아본다.

돌아다보는 눈에 다시 아까 그 금비녀와 금가락지가 어른거리사 그는 그대로 금은상으로 들어섰다.

"어서옵쇼."

젊은 점원이 진열창 너머서 직업적으로 인사는 하나 이 초라한 손님의 몸맵시를 여살펴본다[101].

"저기 진열창에 있는 금비녀 좀 보여주시요."

범수는 떨리는 가슴을 겨우 누르고 말을 했다.

"네 어느겁쇼?"

하고 점원은 진열창의 유리문을 열면서 내어다본다.

"바로 고 팔십이 원 정가 붙은 놈…… 그리고 여러 가지로 좀…… 그리고 가락지도 여러 가지로……"

점원은 비녀를 여러 개 가로 꽂아놓은 곽과 가락지를 끼워놓은 곽을 집어다가 범수 앞에 내놓는다.

"이게 몇돈쭝이지요?"

범수는 아까 눈독 들인 금비녀를 빼어 손바닥에 놓고 촐싹거려보며[102] 묻는다.

점원이 그것을 받아 저울에 달고 있는 동안에 범수는 다른 놈을 두어개 빼어가지고 아름하는[103] 듯이 양편 손바닥에 올려놓고 촐싹거려 본다.

이것이 기회인 것이다. 그는 그 기회를 이용하려고 다뽁 긴장이 되어서 점원이

"닷돈두푼쭝입니다."

하는 소리도 귀에 들어오지 아니했다.

呵！真可耻！他喃喃地自语，几乎就要说出口了，他想走开，然而就像被磁铁吸住的针头一样，掉转了头，往回看。

一转回头，刚才那金发簪和金戒指就在眼前闪晃着，他就直直地走进银铺了。

"请进。"

橱窗后的年轻店员职业性地打着招呼，一边仔细地打量这一身寒伧的客人。

"橱窗里的金发簪拿出来给我看看。"

范守好不容易才按耐住狂跳的心，用发颤的声音说。

"啊，您说哪个呢？"

店员说着，打开橱窗的玻璃低头往里瞧。

"就是那个标着八十块的金发簪……别的也拿几个……还有戒子也多拿几个……"

店员拿出横插着几支发簪的盒子和一个插着几个戒指的盒子，摆到范守面前。

"这有几分重哪？"

范守拿下刚才一直盯着看的发簪放到手心上，用吊儿郎当的口吻问。

店员接过发簪，放到小秤子上秤重量时，范守随手拿起其他的两三个金饰放在手心，像是在估量有几分重似的，态度吊儿郎当的。

这是好机会。他想一定要掌握这机会，却一下紧张了起来，以致店员说"五分二重"的声音一点也没听进耳朵。

점원이 저울질을 하는 잠깐 동안에 손빠르게 한 개를 요술하듯이 소매 속에든지 어디든지 감추었어야 할 것을 막상 다물리고 보니 범수에게는 그러한 재치도 없고 기술도 없으려니와 또한 담보[104]의 단련도 없다.

첫시험은 실패를 하고 그 담에는 가락지를 가지고 시험을 해보았다.

그러나 역시 실패를 하고 말았다.

그는 점원의 멸시하는 시선을 뒤통수에 받으면서 금은상을 나와 화신 앞으로 건너왔다. 그는 혼자 속으로 생각했다.

보통학교부터 쳐서 대학까지 십육 년이나 공부를 한 것이 조그마한 금비녀 한 개 감쪽같이[105] 숨기는 기술을 배우니만도 못하다고.

그렇다면…… 그렇다면…… 하고 그는 그 뒤를 생각하다가 도스토옙스키의 『죄와 벌』의 라스꼴리니꼬프가 도끼를 높이 들어 전당쟁이[106] 노파를 내리찍는 장면을 생각하고 오싹 등어리가 추워 눈을 감았다.

그는 허위대가 이만이나 하고 명색이 대학까지 마쳐 소위 교양이 있다는 사람으로 도적질을 하려고 한 자기를 나무라보았다.

그러나 그는 바로 자기 자신에게 항거를 한다.

도적질을 하는 것이 왜 나쁘냐고.

이 말에는 자기로서도 자기에게 대답할 말이 나오지 아니한다.

아니, 도적질을 하는 것이 나쁘고 악하고 하다는 것보다도 무엇보다도 더럽다. 치사스럽다.

이 해석이 마침 자기의 비위에 맞았다. 그래 그는 싱그레 혼자 웃었다. 그러면서 마침내

"뺏기지 않는 놈은 도적질할 권리도 없다" 고 고개를 끄덕거렸다.

得趁店员秤重量时，像变把戏一样地把发簪藏进袖子或者哪里，但在这关头上，范守根本没有这样的能耐，甚至连胆量也没有。

第一次失败了，接着他拿起戒指进行第二次的尝试。

然而还是失败了。

他转身出来，感觉到店员藐视的眼光正从后面追射过来。他就这样走出银铺，过街走到和信前面，心里想着，从普通小学开始一直到大学，学了十六年，竟连想神不知鬼不觉地把小小的发簪藏起来都做不到。

那……那……他往后想下去，突然眼前出现的是杜斯妥也夫斯基的小说《罪與罰》里拉斯科納夫挥起大斧，砍向当铺老太婆的场面，突然背脊一阵寒意，接着他闭上了双眼。

他，四肢健壮，怎么说也是个念完大学的，所谓的有教养的人，竟然想偷窃，他责怪起自己来。

可是他马上反抗起自己来了。

偷窃有什么不对？

他自己也对这质疑无言可答。

不，与其说偷窃是坏勾当，是恶事，更该说是龌龊的，可耻的行为。

这解释正合自己的胃口。他微微地笑了起来，自顾自地点点头说道：

"没有被剥夺过的人也没有偷窃的权力。"

5

어느결에 구름은 흩어져 서편 하늘가로 몰려가고 불볕이 쨍쨍 내려쪼인다. 범수는 팔을 짚어 쓰러지려는 몸뚱이를 지탱했던 전신주 옆을 떠났다.

새까만 거지아이놈이 조그맣게 두 손을 내밀면서

"나리, 나 동전 한푼만" 한다.

범수는 어이가 없어서 발을 멈추고 멀거니[107] 거지아이를 치어다보느라니까 고놈이 마치 자기의 큰아들 종석이인 것같이 생각이 들었다.

"너 어데 사니?"

이렇게 물으니까 거지아이는 되레 뚜릿뚜릿한다[108].

"부모 없니?"

"없어요."

더 물어볼 말이 없다.

"돈 시방 없다. 이담에 주마."

"흥, 한푼만 줍쇼."

거지아이놈은 범수가 상냥하게 말을 하니까 어리광하듯 떼를 쓰고 달라붙는다.

"너 배고프니?"

"네 어제 아침두 못 먹었어요."

"거 배고프겠구나."

"그러깐 한푼만 주세요. 여기 사전 있으깐 호떡 하나 사먹게요."

거지 아이는 딸랑하고[109] 노랑돈 너푼을 손박[110]에서 채어보인다[111].

5

不知什么时候云悄悄地散了，一起往西边天际飘去，灼热的阳光四射。靠电杆撑住身体的范守休息够了，这才举步离开。

一个浑身脏兮兮的小乞丐伸出小小的两只手，乞讨着说：

"大人，赏我一分钱吧。"

范守非常诧异，停下脚步楞楞地望着小乞丐，觉得这小乞丐就像是自己的大儿子钟硕。

"哎，你家住哪儿啊？"

这一问，小乞丐睁大了眼睛，东瞧西瞧的。

"没爹娘哪？"

"没有。"

他没话可问了。

"这会儿我没钱，下次给。"

"哼，给一分钱吧。"

小乞丐看范守很温和，开始半撒娇半耍赖地缠着范守不放。

"肚子饿么？"

"昨天早上也没吃。"

"哦，那肯定饿了。"

"给我一分钱吧，我有四分钱，合起来可以买个芝麻饼吃。"

小乞丐手心里揪着黄澄澄的四个铜板，叮叮当当地响着。

범수는

'네가 나보담 낫다' 고 하려다가 빙그레 웃고 말고

"시방 한푼도 없다."

하고 화신 정문으로 들어섰다.

마침 뒤에서 쑥 들어서는 사람이 담배연기를 훅 내뿜는 서슬에 향긋한 담뱃내가 뼛속까지 스미는 것 같아 범수는 무심코 돌아보았다.

양복 입은 젊은 사람이 반도 못 탄 담배토막을 내버리면서 들어서서 엘리베이터 앞으로 가고 있다.

담배는 경사진 시멘트바닥에서 대그르 굴러 길바닥에서 그대로 솔솔 타고 있다. 오고 가는 발들이 위태위태하게 그것을 밟으려고 한다.

얼핏 허리를 굽혀 집고 싶은 것을 겨우 참고 차마 그 옆을 떠나지 못하는데 지게 진 품팔이꾼[112]이 성큼 집어 그대로 입에다 물고 가버린다.

범수는 삼층으로 향해 올라가면서도 속으로 만나면 말을 넣을까 말까하고 망설였다.

중학때에 퍽 가까이 지내던 동창생 하나가 서울서 전문학교를 마치고 벌써 삼사 년 전부터 이 화신에서 일을 보고 있었던 것이다. S라고 하는 사람인데 어떻게 되어서 그런지 무슨 주임이 되었다는 소식을 범수는 들었었다.

돈을 취해[113] 달라고 하자면 일부러 찾아온 것같이 해야 하겠는데, 그랬다가 눈치가 달라 돈 말을 내지 못하게 되면 친한 사이라도 쑥스럽겠고, 그렇다고 문득 만난 것처럼 만나서는 아예 돈 말을 내려도 낼 수가 없을 것이고 해서 범수는 S가 있는 데를 어름어름하다가[114] S의 눈에 띄고 말았다.

范守原想说"你还比我强呢！"，但还是忍下了，只微微笑了笑，说：

"这会儿我一分钱也没有哪。"

然后走进和信大门。

这时，后面有人跟着进来，那人吐着烟，散发出一阵清凉的烟味，那烟好像一下就渗进了五脏六腑，范守下意识地回头看了看。

这身着西装的年轻人正把一根抽不到一半的烟往地上一扔，然后往升降机方向走。

那烟随着倾斜的水泥地面往下滚，还继续燃着，好几次几乎就要被来来往往的脚给踩着了。

他好不容易按耐住弯下腰去捡的念头，但就是没法掉头走开。这时候，一个背着背架的干零活的很地捡起那烟头，叼在嘴里走了。

范守往三楼走，心里犹豫着，等一下见了面要不要开口请托。

中学时一个很亲近的同学，从汉城的一个职业学校毕业后就到和信这里工作，已经有三四年了。这人叫S，听说不知道怎么弄的，现在已经干到什么主任了。

如果开口要借钱，就必须一开始就像是特意来的，但如果对方不给好脸色看，就没法开口借钱，这样的话，就算是亲近的朋支，脸上也挂不住。但如果装成是偶然碰见的，那钱的事就怎么也说不出口。范守就这样一边反复盘算着，一边迟迟疑疑地往S的办公室方向走。突然，他被S看见了。

S의 첫번 인사는 왜 이렇게 신색[115]이 못되었느냐는 것이다.

굶어서 그렇다고는 못하더라도 그저 고생살이를 하느라니 그렇지야고쯤 대답했겠으나 범수는 쓰게[116] 웃으면서

"신병 때문에……"

했다.

그러니까 S는 더욱 캐어묻는 것이다.

"무슨 병인데?"

"체증."

체증이라고 대답을 하고 보니 범수는 미상불 위장병—못먹은 병—이 아닌 것은 아니라고 속으로 웃었다.

"그래 요새 지내는 형편?…… 저기 그만두구 아즉 아무데두……?"

S는 고개를 흔들어 묻는다.

"응 그냥 번둥번둥 놀구 있지……"

"그럼 지내기두 곤란일걸! 어서 무얼 좀 붙들든지 해야지……"

범수가 웬만하면 S의 이 말끝을 받아서 양식이 없어 그런다든지 무엇에 급히 쓸 일이 있어 그런다든지 하고 돈을 암만[117]만 돌려달라고 말을 내놓았겠지만 그는 그 반대로

"머 그저 그럭저럭 살어가지."

하고 대수롭잖은 듯이 씻어넘겨[118] 버린다. 그러고는 말줄[119]이 끊이니까 되레 S더러

"그래 자네는 요새 어떤가?"

하고 묻는다.

"나? 하이구 말도 말게…… 일은 고되구 얻어먹는 건 칙살스럽게[120] 적구…… 어서 이 노릇 작파[121]허구 무엇이든지 내 영업으로 장

S第一句招呼就问，神色怎么这么差。

挨饿虽说不出口，至少也该说是生活拮据，但范守终究只苦笑着说：

"病了。"

S一听，更追问：

"什么病？"

"停食不消化。"

话一出口，范守就想到，停食毕竟还是跟胃肠病有关——饥饿过度而没法吃东西的病——他心里苦笑着。

"这样么？近来怎么过的？从那里出来以后还没……？"

S摇着头问。

"嗯，每天东晃西晃，没事干……"

"那样过日子也不是办法！得赶快找点事做才好……"

范守应该借这机会顺着S的话，赶紧开口说家里没粮，或者说家里出了什么急事，需要借若干钱这样的话，但从他嘴里说出的却全然不是这回事：

"唔，马马虎虎啦。"

好像一点也不关痛痒似的就把话给带过去了。接着，怕没话接下去似的，反过来问S：

"老弟你近来怎么样啊？"

"我啊？别提了……事情多，拿到的却少得可怜……得赶紧把这工作给辞了，随便找个什么，干点自己的生意，不

사라두 시작해야지 허천나[122] 죽겠네…… 월급이라구 받는다는 게 다달이 적자야…… 이삼십 원씩은 항용 밑져 들어가니 그 노릇을 누가 해먹나!"

이렇게까지 말이 나오매 범수로는 영영 돈 취해 달라는 말은 낼 수가 없고 만다.

나중 갈릴 때에 S는 범수더러 시방 그의 '생리상태'를 알 길이 없는지라

"삼방[123] 같은 데라도 가서 몸조섭[124]을 잘 해야지 그대로 두어서는 못쓴다."

고 신신 당부를 한다.

범수는 S를 작별하고 무엇에 빨리듯이 사층 식당으로 올라갔다.

사층 층계를 다 올라서면서 신형의 동그란 선풍기에서 나오는 선풍기에 더위를 들이느라고[125] 섰느라니까 등 뒤에서 누가 어깨를 턱 짚으며 서슴잖는[126] 큰 소리로

"긴상 웬일이슈?"

하고 옆으로 다가선다.

범수는 깜짝 놀랄 뻔하다가 돌아다보고 그가 P인 것을 알았다.

전에 서울서 중학때도 알았지만 동경서 대학을 일 년만 같이 다녔고 술동무로 친해진 사람이다.

범수가 동경서 나오니까 P는 대학을 일 년만 졸업하고 먼저 나와 종로판의 행세꾼[127]이 되어 있었다.

긴상이니 박상이니 하는 말투를 보면 장사패[128]가 된 것 같으나 그는 장사를 하는 것 같지도 아니했다. 그는 장사를 할 사람도 아니요 또 할 줄도 모르는 귀골[129] 서방님이다.

然，真熬不下去了……说是领月薪，其实每个月都透支……每个月少说也透支个二三十块，这样的差事，谁愿意干？"

S这样说，范守想借钱周转的话永远没法说出口了。

两人分开时，S再三叮嘱范守，说这会儿虽没法知道他真正的 '生理状况'，但还是要他找个像三防那样的避暑地去休养休养，不能这样不顾自己的健康。

和S道别后，范守像趕着什么似的，飞快地走向四楼的食堂。

走上四楼，他停在一个新型的圆型电扇前，让凉风吹去暑热，这时突然有人从后面 '啪' 地一拍他的肩，毫无顾忌地大声喊：

"金君，您怎么会来这里哪？"

然后走到范守身旁。

范守大吃一惊，转头一看，才知道原来是P。

他们以前在汉城时从中学时就认识的，但要到在东京念大学时一起住了一年，常一起喝酒才开始走近起来的。

后来范守回国后，才知道P念了一年就毕业先回国了，在钟路一带意气风发。

听P开口闭口都是金君啊，朴君啊什么的，看来应该是成了生意人了。但P却不像是做生意的，他是大户人家的贵公子，不用做生意，也根本不懂得做生意。

明日

　남북촌 백화점의 식당과 찻집과 삘리아드집[130]과 빠와 요리집의 다섯 개 각(角)의 선(線) 위로 뱅뱅 도는 종로 활량[131] 가운데 한 사람이다.

　범수도 언제든지 종로에 오면 한번 이상은 기어코 이 P와 그 일행을 만나곤 했던 것이다.

　"아! 나는 누구라구!"

　범수는 언제 보나 근심기[132] 없고 명랑해 보이는 P의 기분에 끌려 같이 웃으며 인사를 했다.

　"그래 얼마나 더우시오?"

　"나야 머 이렇게 야윈 사람이 더우[133]를 타우? P씨야말로 얼마나 부대끼시오?"

　어디다 내놓아도 늠름하니 호장부[134]로 생긴 P를, 그리고 좋은 체격과 풍족한 생활에서 오는 근심기 없이 언제나 유쾌해 보이는 그의 언동을 절절히[135] 부러워하며 범수는 윤기 있는 그의 얼굴을 다시금 바라보았다.

　"아 참, 그러니 말이지 참 더워 죽겠수. 발개벗구 다니랬으면 좋겠어! 하하하하."

　P는 근처가 요란하게 큰 소리로 웃는다.

　"그런데 무슨 볼일 계시유? 긴상? 가서 점심이나 자십시다."

　이 말에 범수는 어금니로 신침이 스미고 와락 시장기가 들었다. 그러나 그러는 것이 괜히 천적스러운[136] 것 같아 얼핏 나서지를 못한다.

　"멋 나는 괜찮으니 어서 가서 자시요."

　"아니야, 같이 가서 자십시다…… 볼일 계시유?"

　"응 아니, 머 볼일은 없지만…… 나는 조반을 늦게 먹어서……"

　"원 참 이게 어느때라구! 네시반인데! 자 갑시다."

P是钟路一带阔少中的一个，每天在由南北村百货店里的食堂、茶室、撞球店，酒吧，餐厅所连成的五角线上吃喝玩乐，流连忘返。

每次范守到钟路一带，总会碰上P和他的一群朋友。

"啊，原来是您！"

看到永远无忧无虑，明朗愉快的P，范守也不自觉地笑着打起了招呼。

"是啊，天气真热哪？"

"像我这样瘦的人，怕什么热呢？倒是您，这大热天够折腾的……"

不管在什么场合，P永远是仪表堂堂的大丈夫，加上生活优渥富裕，脸上从来不见一丝愁容，总是轻松愉快，这让范守很是羡慕。此刻，范守不自觉地再次看了看P容光焕发的脸。

"呵，就是啊，热死了，真想脱光衣服，光着身子多好啊！哈哈哈。"

P大声笑着，弄得四周一片喧闹。

"来这儿有事吗，金君？一块吃午饭去，如何？"

听到这话，范守馋涎欲滴，一阵饥饿感涌上来。但这毕竟太丢人，他一时没法接受这邀请。

"唔，我没关系，您快去用餐吧！"

"别客气，一起走吧，有什么事要办的吗？"

"唔，没什么事……早上吃得晚……"

"哎，真是，现在都什么时候了！都四点半了！走，一块吃饭去！"

P는 범수의 팔을 잡아 끈다. 진열창을 들여다보다가 조선 런친지 하는 것을 먹기로 하고 P가 레지[137] 앞에 가서 식권을 사는데 바른편 포켓에 손을 푹 집어넣었다가 아무렇게나 꺼내는 것이 커다란 백원짜리가 두어 장 십원짜리가 여러 장이다. 그 밖에도 더 많이 들어 있는 모양이다.

"가부[138]를 좀 했지요."

P는 십원짜리 하나를 내놓고 식권을 사면서 범수를 돌아다보고 웃는다.

"심심해서 장난삼아 해봤지요, 하하. 그랬더니 오늘 삼백 원 도망갔어 하하하하…… 그래두 재미는 있어!"

너무 크게 웃고 크게 지껄이니까 드나드는 사람이 저마다 P를 한 번 씩 돌아다보고 간다.

하루에 백 원을 써도 이백 원을 써도 장난삼아 주식을 해서 삼백 원이 도망갔어도 돈은 아깝지 아니하고 재미만 있다는 이 P를 바라볼 때에 범수는 그냥 몸부림을 치고 싶게 안타까웠다.

식당으로 들어가 잠깐 앉더니 P는 양복저고리를 벗어 걸상 위에 놓아두고 변소에 간다고 도로 나갔다.

마침 바른편 돈 들어 있는 포켓이 위로 가서 있다.

범수는 침을 꼴깍 삼키며 그 속에 돈이 시글시글할[139] 그 포켓을 바라다보았다. 아까 금은상점에서처럼 가슴이 두근거리고 얼굴이 확확 달아오른다.

그는 진득이[140] 가슴을 가라앉혀 가지고 좌우 옆을 둘러보았다.

전체로 손님이 드물고 범수네가 자리를 잡은 식탁 근처에는 아무도 앉지 아니했다.

고개를 들고 보아도 누구 하나 범수를 보는 사람은 없다.

기회는 절대로 좋다.

P扯住范守的手臂，往餐厅的橱窗里看了看，决定了吃朝鲜套餐，就走到女侍那边去买餐券。只见他手伸进右边口袋，抓出的是一把钞票，百元的有两三张，还有不少十元的，看来口袋里还有更多。

"先支了点薪水。"

P拿出一张十元钞票买了餐券，转头看着范守笑。

"没什么事好做，就下场小玩了一下，哈，结果今天就玩掉了三百块……不过，还是很有意思！"

笑得太大声，弄得太喧哗，店里来来往往的人都转过头来看P一眼。

P这个人，一天花个一百两百，或者在股市玩掉三百块，一点不觉得可惜，反而兴味昂然。范守望着P，心里痛惜得很。

走进食堂坐下来，不一会儿P脱下西装上衣往椅子上一放，说是要去洗手间，就走出去了。

装着钱的右边口袋正好朝上。

范守盯着装钱装得鼓鼓的口袋，大大地咽了一口口水。和刚才在银铺里一样，他胸口扑通扑通地直跳着，脸也火热起来。

他稳下狂跳的心，往四周扫视了一遍。

整个食堂里没几个客人，范守座位旁边什么人也没有。

他抬头看了看，没有人在看自己。

再好不过的机会。

백원짜리는 없어지면 바로 자리가 날 테니 못쓴다지만 십원짜리 한두 장은 없어진대도 함부로 넣기 때문에 어디가 빠진 줄 그저 심상히[141] 여기고 말 것이다.

이렇게 마음의 계획을 세우고 범수는 걸상을 다가놓는 체하면서 살며시 손을 뻗쳐보았다.

그러나 바르르 떨리는 손은 조금 나오다가는 무엇에 꼭 비끄러맨[142] 듯이 더 뻗쳐지지를 아니했다.

그러면서 '도적놈의 권리'가 머리속에 떠오른다.

단행을 아니한 것이 섭섭도 하나 어쩐지 가슴이 홀가분해서 걸상을 도로 물려놓고 앉았느라니까 P가 터덜거리고[143] 돌아와 앉으며

"아 참 긴상, 어데 편찮으슈? 신색시 아주 못됐어!"

하고 속도 모르고 걱정을 해준다. P가 돌아와서 자리에 앉고 그리하여 기회가 가고 없으며 범수는 '도적질도 할 수 없는 인종'이라고 속으로 자기를 저주했다.

6

범수는 본시 술을 못 먹는 편이 아니나 다뿍 시장했던 판에 날맥주[144]를 한 조끼[145]나 들이켜 그 위에다가 더운밥을 먹어, 해놓아서 술에 취하고 밥에 취하고 했다.

더구나 시장한 판에 정신없이 퍼먹은 밥이 술에 뒤섞여 배가 불러 오매 그것은 배부른 안심이나 만족을 주지 아니하고 도리어 배고픈 때보다 더한 고통을 주었다.

如果少了百元大钞，马上就会被发觉的，可动不得，但如果是少了一两张十元钞票，因为是随便放的，大概会想是在哪里掉了，顶多觉得奇怪，不会特别想到什么的，范守这样揣度着。

这样计划好了，范守就假装要把椅子拉近些，小心翼翼地把手伸了出去。

但是，颤抖的手只伸出一点点，就好像被什么东西拽住，再也伸不出去了。

同时，他脑海里想起‘窃盗者的权利’这字眼。

行动没有付诸实现，范守有些难过，但又觉得有些轻松。他把椅子推回原处然后坐了下来。此时P步履蹒跚地走回来往椅子上一坐，一点也没察觉什么异样，还问："咳，金君，哪里不舒服吗？脸色很不好哪！"

P回来了，好机会也飞走了，范守心里暗暗诅咒自己是‘连偷窃也不济事的人种’。

6

范守原本是能喝点酒的，只是刚才在极度饥饿的状况下，灌下一大杯的生啤酒，紧接着又吃下热腾腾的饭，结果，醉得一塌糊涂。

加上吃饭吃得太急，饭和酒混在一起，肚子填饱了，然而非但不觉得饱足，反而比饥饿时更难受。

이런 경험은 범수는 한두 번이 아니다. 그러나 그러한 고통이 영락없이 있을 줄을 미리 알기는 알면서 다들리는 판에 먹지 아니하지는 못하는 것이다.

그래 그대로 그 자리에 쓰러져 잠이라도 자고 싶게 몸이 사개[146]가 풀린 것을 억지로 끌려 화신을 나서니까 얼큰해진 P는 또다시 빠로 가자고 우겨댄다. 이번이 처음이 아니요 세 번 만나면 두 번씩은 으레 술집으로 끌려가서 이 돈냥이나 있는 놀이꾼의 술을 얻어먹어 오던 터이다. 그럴 때마다 '병정'이라는 치사한 생각이 들어 범수는 앞뒤가 여살펴졌는데[147] 차차 이러다가는 영영 P의 병정이라는 호를 타고[148] 말겠구나 하기는 하면서, 그러나 그것을 뿌리치지 못하고 슬며시 따라섰다.

그것이 실상 속은 아무렇게라도 술이나 취하고 엄벙덤벙해서[149] 우울한 것을 잊어버리자는 것이나, 그는 그러한 자기의 실속을 속이어

P가 굳이 잡아 끄니까……

P가 적어도 나만은 병정으로 알고 그러는 것이 아니요 일종의 존경하는 뜻으로 그리하는 것이니까.

이렇게 옹색스러운 위안을 만들어내었다.

'뻐커스'라는 이 빠는 요새 새로 생기기도 했지만 범수는 처음이다.

그러나 종로 뒷골목에 흔히 있는 다른 빠와 역시 다를 것이 없는 곳이다.

그다지 교태도 없는 빠텐더[150]가 있고 값 헐한 도배지를 희미한 전등으로 윤내고 군색한[151] 걸상이 있고 혈색 좋지 못한 여자들이 제가끔 여왕인 체하고 있고.

"이 때갈년[152]들 다 어데 가고 두 마리뿐이냐."

这对范守来说并不是第一次。然而，即使明知痛苦必然会发生，但肚子正饿得慌，美食在前当然是拒绝不了的。

范守真想倒地就睡，但还是被P强拉着，拖着快散架的身子走出和信门外。一出来，已经有点醉意的P又闹着要上酒吧去。这不是第一次了，几乎三次见面中总有两次被拉到酒馆，喝这口袋里有几个钱的阔少买的酒。每次范守都想到‘跟班的’这字眼，他前思后想，觉得再这样下去自己就永远成了人家的跟班的了。然而，他还是没办法拒绝，还是无可如何地跟着P吃吃喝喝。

其实，他内心暗暗地期待，就这样糊里糊涂地喝到酩酊大醉，好把郁闷全都忘掉。他还自欺欺人地这样解释：

是P硬拉着自己去的……

P不会把自己当成跟班的，P对自己是心存敬意的。

范守就这样自圆其说地为自己保住了颜面，还得到一点安慰。

‘百客思’这家酒吧刚开张不久，范守也是第一次来。

这里和钟路后街上的其他酒吧大同小异。

没什么魅力的女酒保，廉价的壁纸，微弱的灯光，污腻的椅子，一些脸色苍白的女人各自摆着女王般的姿态。

“臭娘儿们都死到哪儿去了，怎么只剩两只？”

明日

P는 들어서면서 첫인사가 이것이다. 멀건 대낮에 손님이 있을 턱이 없다. 차를 마시는 한패가 구석자리에서 여자 둘을 다 차지하고 있을 뿐이다.

"저 악한[153]이 또 어데서 대낮에 얼어가지구[154] 저래!"

맨다리에 원피스에 싱글[155]에 얼굴 갸름한 여자가 말과는 반대로 해죽해죽[156] 웃으며 P에게 달라붙듯이 어깨를 비빈다.

"더웁다[157] 이년아, 비켜라."

"내 이름이 이년인가! 깍쟁이……"

먼저 여자는 짐짓 쌜룩해서[158] 저편으로 가고 거기 있던 조선옷 입은 얼굴 둥글고 계집애같이 생긴 여자가 갈아든다[159].

"P상 어쩌면 그렇게 한번도 안 오슈?"

"느이 보기 싫어서 안 왔다…… 자 거기 앉어라. 너 이 어른 첨 뵙지?"

"글쎄……"

"너 시집가구 싶으면 내 소개해 주랸?…… 참 훌륭하신 어른이다."

"아이구! 그러면 나 같은 것이 어떻게……"

"이 때갈년들아 지린 어른허구 연애만 해봐라. 대번 코가 우뚝해지지."

범수는 듣다 못해서

"원 실없은 소리!"

하고 웃어버렸다.

열모로[160] 뜯어보아야 지금 자기의 몸차림새며 몸태[161]가 여자에게 좋은 인상을 주지는 못하게 생겼는데 P가 자꾸만 그러는 것이 호의로 해석하자면 계집을 조롱하는 것이라겠지만 어떻게 보면 범수를 놀리는 것도 같아 자격지심이 들기도 했다.

这是P进门后的第一个招呼。大白天的，当然不会有什么客人，就只有在角落里喝茶的一帮客人霸占着两个女人。

"哟，大白天的，这恶棍儿怎么起床啦？"

一个穿着连身洋装，套着件单排扣上衣，光着腿，脸蛋修长的小姐迎上来，笑嘻嘻地一边说着，一边贴上P，双手在P肩上搓揉着。

"啊，热啊，臭娘儿们，闪开点！"

"臭娘儿们？叫谁啊？铁公鸡……"

刚迎上来的那女人娇嗔着假装生气走开了，刚才在里面的一个穿着朝鲜衣裳，长着圆脸的女孩迎了上来。

"P君！这一阵子怎么都没来哪？"

"讨厌看你们这几个娘儿……来，坐下，这先生第一次见吧？"

"这个嘛…？"

"想出嫁，我给你介绍？……这位先生可是很杰出的哪！"

"哎哟，像我这样的……"

"呀，你们这些该死的女人，和这先生谈个恋爱吧，看你的腰杆不马上挺起来？"

范守听不下去了，说：

"尽说些没用的话！"

然后笑开了。

现在自己这副模样，加上这一身穿着，再怎么看也不能给这些女人好印象。P老是这样说，往好的地方解释，可以说是嘲弄这些女人，但另一方面也可说是开自己的玩笑，范守不免感到自惭。

그래 간단하게 차나 마시고 일어서자고 하고도 싶었으나 벌써 청한 맥주가 들어오고 여자 하나도 마저 이편 자리로 와서 시중을 든다.

자리가 그렇게 벌어진다고[162] 범수가 먼저라도 일어서자면 못할 것은 아니다.

그러나 그렇게 할 용단[163]까지는 나지 아니하고 모처럼 당한 이 유흥이 또한 자력(磁力)을 부리어 그대로 주저앉아 있는 것이다.

술이 양에 넘치게 지나갔을 때에도 범수는 몸만 피곤했지 취하지는 아니했다. 도리어 정신이 더 드는 것 같아 도연한[164] 가운데 다시금 자신을 돌아다볼 수 있게 되었다.

그는 돈푼이나 쓰는 친구에게 이렇게 병정을 서듯이 끌려다니며 술을 얻어먹는 것을 아까 금은상점 앞에서나 또 화신식당에서나 도적질을 하려던 자기보다 더 비루하고[165] 치사스럽게 생각했다.

그것은 대부분이 술기운에서 생긴 객기요, 또 그 자리의 놀이가 웬만큼 싫증난 소치[166]다.

P가 더 놀다가 친구나 몇 청해가지고 시외 어느 요리집으로 나가서 밤새껏 한비탕 놀자고 굳이 붙드는 것을 범수는 내내 볼일이 있다는 핑계를 하고 '뻐커스[167]'를 나와 그 문앞에서 P를 작별했다.

벌써 일곱시가 지나고 긴 여름해도 저으기 기울었다.

취하고 지친 몸으로 십리길을 걸어나갈 일이 아득하여 범수는 몇 번이나 저편으로 가는 P를 돌아다보았다.

그러나 차마 그를 도로 불러 돈 말을 내지 못했다.

범수는 할 수 없이 남대문편으로 향하여 찌는 햇볕을 쪼이며 타박타박 군은 시멘트길을 걸어간다.

이 더위를 겪으면서 그는 겨울에 추워 고생하던 일을 생각해보았다.

范守想喝杯茶就起身，但P点的啤酒很快就上来了，一个女的也随之过来倒酒了。

酒桌摆上了，但范守若是真想走，其实也没人能拦住的。

只是他下不了这决心，再说眼前这天外飞来的花酒发出的磁力，将他牢牢地吸在座位上。

喝到过量了，范守只是觉得疲倦却没醉，反而更觉清醒，在陶陶然的感觉中他再一次看清楚自己。

比起刚才在银铺前和食堂里想偷窃的那个自己，范守觉得现在被这口袋里有几个钱的P拉着走，像个跟班似的陪着喝酒的自己更是龌龊可耻。

这大多是因为酒意作怪，还有是对这里的玩乐已生厌所致。

P一再缠着要范守再坐一会儿，然后找几个朋友出来，一起到郊外饭店吃饭玩乐。范守推托说有事，走出来在门外和P道别。

已经七点了，虽然是夏天，太阳也已西斜了。

又累又醉，眼前却有十里的路等着，想来不免茫然。范守频频转回头，看着P的背影。

但终究没脸开口唤回P，跟他提钱的事。

范守只好往南大门方向走，头顶着炽烈的太阳，脚踏在硬邦邦的水泥地上。

顶着炎热，他突然想起冬天时受冷的经验。

그러자 마침 머리 위에서 하늘이 찢어질 듯이 프로펠라[168] 소리가 쏟아지며 군용비행기 세 대가 소리와는 딴판으로 유유히 북쪽으로 떠가고 있다.

"체, 비행기를 만들어내는 연구, 비행기를 제작하는 노력이면 여름의 태양열을 저장했다가 겨울에 쓸 수가 없을까…… 어느편이 과학을 옳게 이용하는 편일고?"

범수는 이렇게 두덜거리며 다시 한번 비행기를 올려다보고 혀를 찬다.

청파에서 그는 문득 생각이 나 N이라고 하는 자동차 서비스에 들렀다.

그는 역시 청파에서 철공장을 경영하고 있는 친구의 소개로 이 N 서비스공장의 주임격인 최씨와 만나 그의 큰아이 종석이를 두어 달라고 부탁한 적이 있었다.

범수의 욕심 같아서는 방면이야 무엇이 되었든 좀더 규모가 크고 경영도 합리화한 대공장으로 보내고 싶었으나 그런 곳에는 반연[169]을 얻지 못했던 것이다.

월급이나 일급[170] 같은 것을 바라는 것이 아니니 그저 한 십년 하고 데리고 있어 한 사람 몫을 할 수 있는 직공만 만들어 달라고 그는 최씨더러 부탁을 했었다.

최씨는 그것은 장차 일이고 좌우간 주인과 상의해 보아서 가타고[171] 하면 기별하겠다고 신어붓잖게[172] 대답했으나 벌써 한 달이 넘은지라 좌우간 어찌 되었나 싶어 둘러본 것이다.

최씨는 기름 묻은 작업복을 입고 공장에서 손수 일을 매만지고 있다가 범수를 보자 처음 만날 때와는 딴판으로 은근히 인사를 하며 사무실로 안내를 한다.

就在这时，头顶上突然响起震耳欲聋的声响，三架军用机朝北呼啸而过，把声音抛在后头。

"喷，研究飞机，制作飞机，这样的努力不能用来研究怎么样把夏天的热气储存到冬天使用上吗？怎样才算是把科学用在正确的地方呢？"

范守这样自言自语地说着，再一次仰头看着天际的飞机，撇了撇嘴。

走到青坡，他突然想起什么，就转往一个叫N汽车服务厂的方向走。

以前经一个也在青坡开铁工厂的朋友介绍，他曾跟这个N汽车服务厂的崔姓主任见过面，还曾请托这主任让自己的大儿子留在工厂里。

不管是哪个领域，范守当然是希望能找个规模大点儿的，合理经营的大公司最好，但他找不到门路和那样的大公司拉上关系。

他也不要求要拿多少月薪或日薪，只是请托崔主任把儿子带在身边，调教个十来年，把儿子训练成一个能独当一面的技工。

那时崔主任只无关痛痒地回答得看看情况，但答应找机会跟老板商量，老板同意的话就会回信儿。现在一个月都过去了还没有消息，范守就想绕过去看看。

工厂里，崔主任穿着满是油渍的工作服，正动手整理着什么，一看到范守就迎上来打招呼，还把他引到办公室里去。这态度和第一次见面时显然大大不同。

　그러면서 그들을 소개한 철공소의 그 친구와 만나 '김선생'님에 대한 이야기며 더우기 '자제'를 공장으로 보내려는 포부도 듣고 그 심경을 잘 이해하노라고 일종 존경하는 태도로 범수를 대해 주었다.

　범수도 그것이 싫지는 아니했다. 그런지라 점잖게 대할 이 사람을 이렇게 취기를 띠고 찾아나온 것이 면구스러웠다.[173]

　"진즉[174] 제가 가서 기별을 해드릴렸는데 이렇게 찾아오시게 해서……"

　최씨는 급사가 가져온 차를 범수에게 권하며 이렇게 요건[175]을 꺼낸다. 범수는 일이 뜻대로 되었구나 짐작하고 흡족해서

　"머 천만에…… 저야 번들번들 놀고 있으니까 얼마든지 찾어와도……"

　하고 겸사를 한다.

　"그 뒤 조용한 틈이 있길래 주인더러 이야기를 했지요. 친한 친구의 자젠데 무슨 생활이 궁해서 그런 것이 아니요 남다른 포부가 있기 때문에 학교교육보다는 공장에서 기술을 배우게 할랴고 그런다구…… 그랬더니 주인도 어린아이 하나쯤 더 둔다고 별일이야 없을 테니 맘대로 허라구 승낙을 허드군요."

　"네 참 감사합니다. 애써 주어서……"

　"원 천만에…… 그러면 아주 제게 맡기십시요. 십년 위한[176]하고 그저 다른 것은 몰라도 자동차에 관해서는 누구 부럽잖을 기술자를 만들어 드릴 테니까."

　"그럼 그렇게 수고를 해주시면……"

接着崔主任说自己已经和那个开铁工厂的朋友见过面，从那朋友那里听了关于'金先生'的事，更明白一个做父亲的要把自己的孩子送到工厂学技术的想法和抱负等等。他接待范守的态度可以说是带着敬意的。

范守并不讨厌他的态度，只是自己带着满身醉意找来，却接受到这样庄重的接待，这叫他觉得有些愧对崔主任。

"我早该给您回信儿的，还劳您亲自过来这一趟……"

一个听差的端了茶水过来，崔主任一边招呼范守喝茶，一边这样简要地说明着。范守心想，事已经成了，一下宽了心，便谦逊地说："您太客气了……我整天没事闲着，多跑几趟也不碍事的……"

"那次见面后，抽空和老板提了这事。我说是朋友的孩子，并不是因为生活穷困，而是朋友另有想法，认为在工厂里学习技术要比在学校读书强……老板一听，觉得工厂多一个孩子也不碍事，就答应了，让我全权处理。"

"呵，真是谢谢啊，让您费心了……"

"您太客气了……那就把事情就交给我吧。别的我不敢说，学汽车技术的话，十年足够了。我保证能把令郎培养成人人称羡的技师。"

"那就请您多费心了……"

"그리고 처음 한두 달은 그냥 공장 안에서 심부림을 시키다가 그 뒤는 견습 직공으로 해가지고 다른 아이들 주는 대로 제 겸심값이라도 주게 하겠읍니다."

이것은 범수로도 애초부터 바라지도 아니하던 것이라 더욱 고마왔다.

그래 진심으로 치하[177]를 한 후 내일 일찌기 아이를 데리고 오겠다고 하고 자리를 일어섰다.

"그렇지만 나는 김선생의 방침에 한가지 찬성 못할 것이 있는데요?"

최씨가 작별차로 따라 일어서며 하는 말이다.

"그러시까요? 왜요?"

"머리속에다가 학문만 처쟁여도[178] 병신이지만, 그 반대로 머리는 텅 빈데다가 기술만 익혀 손끝 놀리는 재주만 지닌 것도 마찬가지로 병신이 아닙니까?"

"그야 물론 그렇지요."

"그런데?"

"그러니까 적어도 초등 정도로부터 중등 정도까지의 상식은 제가 집에서 가르킬 생각입니다. 그걸 못하면 야학이라도 보내고요."

최씨는 비로소 알겠다는 듯이 고개를 끄덕거리며 다시 한번 악수를 청한다.

"그러시다면 잘 알겠읍니다. 저도 그걸 유렴해서[179] 다른 아이들보다는 정신들여 보아 드리고 되도록이면 시간 여유도 많이 갖도록 해드리겠읍니다…… 또 그리고 김선생이 손수 그렇게 상식 정도것을 가르쳐 주신다면 저도 그 토대에다가 전문 방면의 지식도 가르켜서 머리와 손끝이 다같이 능란하도록 해드리겠읍니다."

최씨는 퍽 유쾌해하며 멀리까지 따라나와 작별을 한다.

"头一两个月，就在工厂里听差，然后做实习工，比照工厂里别的孩子，我会支点儿饭钱给令郎的。"

范守从来没有想要待遇，所以他更觉感谢。

他真心致谢后，说明天会早点带孩子过来，然后起身告辞。

"但对金先生您的准则，我有一点不能赞同。"

崔主任起身送范守时这样说。

"是吗？为什么呢？"

"人呢，光是脑筋里塞满知识的话，是废物。相反的，脑袋空空，光学技术，靠手工技术过日子的，也同样是废物，不是吗？"

"那当然。"

"那您？"

"我打算在家自己教，至少教孩子小学到中学的基本常识，不成的话，至少会送到夜校去。"

崔主任这才点头表示懂了，接着再一次和范守握手。

"我懂您的想法了。我会特别花心思来栽培令郎的，还会尽量多留一点时间给他……还有，既然您直接教令郎基本常识，我也会在这基础上，把专业知识也一并传授给令郎，让他的头脑和双手都一样有能耐。"

崔主任相当愉快，送范守送了一段路。

　"나는 과학의 승리를 절대로 믿는 사람이니까 그 방면의 일꾼이라면 즉접[180]이든 간접이든 웬만한 희생이 있더래도 양성해내고 싶으니까요…… 나는 인류가 XXXXXXXXX XX하기 전에 과학이 그것을 해결해줄 줄 믿고 있습니다."

　최씨의 이 말에 범수는 다시 한번 그를 치어다보았다.

　범수가 지칭하는 　'XX의 중개자' 만은 아니요, 상당히 머리를 써서 세상일을 관찰해 보려는 한 특수한 사람으로서의 최씨를 본 때문이다.

　"혹 그럴는지도 모르지요."

　그렇다고 와락 속을 줄 수도 없는지라 이렇게쯤 대꾸를 하고 그 담 말이 무엇인지 들어보려는 것이다.

　"혹 그럴는지 모를 게 아니라 나는 아주 확신을 가지는데요?"

　"어떻게?"

　"과학이 지금보다 훨씬 더 발달되어서, 가령 공기 중의 질소를 잡어다가 인공식량을 무제한으로 만들어낼 수가 있다면?…… 아마 식량 문제가 그렇게 해결된다면 싸홈은 없어질 것이 아니겠습니까?"

　"그렇게 되다더래도 그날끼지는 싸울 섯이지만 그렇게 된 뒤에도 달리 싸홈은 있겠지요. 투쟁이 영영 없어진다면 인류에게는 로마의 말년이 오고 말 겝니다."

　최씨는 범수의 이 말을 알아듣지 못해서 그런지 또는 알아는 듣고도 찬동할 수가 없어서 그런지 혼자 고개를 갸웃거리다가 웃어버린다.

　　"我相信科学一定会胜利的。如果是这领域的料，即使要付出什么直接间接的牺牲，我也愿意用心去栽培……我相信，在人类XXXXXXXXX XX前，科学会把问题解决的。"

　　崔主任的这段话，让范守再一次仔细地看了看他。

　　因为范守发现，眼前的崔主任不仅仅是范守所谓的 'XX的掮客'，而是肯用心观察一切，有独特见地的人。

　　"也许吧。"

　　即使判断崔主任有见地，但也不能一下就把心交出去，所以范守就先这样回答，看看接下来他说什么。

　　"不是也许，对这个，我确实是抱着信心的。"

　　"那要怎么做？"

　　"以后，科学会比现在更发达，比如把空气中的氮分离出来，无限量地生产人工粮食？……粮食问题获得解决的话，也许就不会再有争夺了？"

　　"就算这样，在科学成功之前，争夺是完不了的，在那之后，还是会有不同的争夺吧？如果斗争完全消失，那对人类来说，就是罗马末日了。"

　　崔主任不知是没听懂范守的话，还是听懂了却不赞同，只摇了摇头，然后笑了起来。

明日

7

범수는 무거운 짐 하나를 벗어놓은 듯이 가슴이 홀가분해서 집을
향했다.

그러나 한 발 두 발 집에 가까와가며 '명일' 보다는 오늘의 양식이
아득해서 도로 침울해졌다.

언덕비탈을 올라가느라니까 서편을 등진 일본집들이 시원하게 문에
다가 발을 쳐놓았고 문앞에는 날아갈 듯이 유까다[181]를 걸치고 아이 데린
일본 아낙네들이 저녁 후에 이쑤시개를 문 채 집집이[182] 나와서 서 있다.

초조 없이 안정된 생활에서 오는 침착과 단란을 족히 엿볼 수가 있
는 한폭의 그림이다.

그와 반대로 자기의 집구석은 시방 어떠할까? 생각하매 마음은 급
하면서 그러나 걸음은 내키지를 아니했다.

겨우 언덕바지[183]를 넘어 다시 비탈을 내려가느라니 왼손쪽 지기
집에서 안해의 높은 목소리가 들려왔다.

8

낮에 범수가 나가고 나서······

영주는 줄에 넌 빨래를 만져보아 뿌득뿌득[184] 말랐으면 그만 걷어
다가 다듬질[185]이나 할까 하고 마당으로 내려서는데 나가 놀던 작은
아이 종태가 들어왔다.

7

范守像是放下了一个大包袱，无比轻松地往家的方向走。

但一步一步靠近家，范守想起了今天的粮食比'明日'更渺茫，他再度沉默了。

走上坡路，看到朝东的一些日式房子门口垂着竹帘，看起来很是凉快。门前挂着的浴衣被风吹得像要展翅飞走似的，几个带着孩子的日本女人吃完晚饭，衔着牙籤站在门外。

从这日常一景可以充分感受到因生活安定而来的闲逸安乐。

和这成对比的是自己的家人，现在家人如何了？范守越想心里越急，但脚却沉重得提不起来。

终于走完上坡路，然后往下坡走。左手边自己家的方向传来妻子高亢的嗓音。

8

白天范守出去之后……

英姝摸摸晾在晒衣绳上的衣服，若衣服已完全干了，就想收起来整理整理，正走向院子时，小儿子钟泰正从外面玩回来。

　손가락을 입에 물고 비슬비슬[186] 걸어들어오면서 볼 먹은[187] 소리로

　"음마."

　하는 것이 벌써 이짐[188]을 부릴 눈치다.

　"오냐."

　영주는 입으로만 대답을 하고 빨래를 주섬주섬 걷느라니까 아이는 옆으로 와서 아랫도리를 안고 매달리며

　"음마."

　하고 또 부른다.

　결혼하던 해 봄에 큰아이 종석이를 낳아서 지금 열 살(임신은 그전에 연애시절에 되었었다), 그 다음 세 살 터울로 작은아이 종태를 낳고는 이내 포태를 못했다.

　작은아이를 해산할 때에 자궁후굴[189]이 생긴 것을 치료도 아니하고 그대로 둔 것이 지금 와서는 포태도 포태[190]려니와 중증[191]의 히스테리를 앓게 한 것이다.

　영주는 아이기 직은아이노 작은아이려니와 큰아이 종석이는 남편 범수를 닮았고 작은아이는 자기를 닮았기 때문에 큰아이보다는 작은아이를 더 귀여워하고 그것이 어느때는 남편이나 남의 눈에 띌 만큼 치우치기까지 했었다. 여자의 편성이라고도 하겠으나 거기에는 그의 히스테리증이 다분히 시키는 점이 많았다.

　영주는 아이를 마루로 데리고 와서 땀이 까만 꼬장물 되어 흐르는 얼굴과 목을 씻어주며 달랜다.

　"종태야."

钟泰把手含在嘴里，跌跌绊绊地走进来，用呜咽的声音喊：

"姆妈。"

光从声音就听得出孩子在磨烦着。

"嗯。"

英姝嘴里答应着，一面把衣服一件一件收起来，这时孩子走到旁边，抱着梁柱子下脚，又叫了一声：

"姆妈。"

结婚那年春天，大儿子钟硕出生，现在十岁了(结婚前怀上的)，下面是小三岁的钟泰，这以后就没再怀上了。

生小儿子时，得了子宫后屈症，没去管它，结果不只是孩子怀不上了，还患上了严重的歇斯底里症。

英姝特别钟爱小儿子。这一来因为是老幺，二来是因为大儿子像丈夫，小儿子却像极了自己。有时候英姝的偏爱在丈夫和别人眼里都看得一清二楚。这虽可说是女人天生就偏心，但其实是和英姝的歇斯底里大有关系的。

英姝把孩子带到廊子上，一边擦抹孩子满脸、满脖子污黑的汗水，一边哄着孩子说：

"钟泰啊。"

"응?"

"배고프지."

"응, 배고파 엄마."

아이는 전에 더러 끼를 굶고는 배고프다고 떼를 쓰다가 지천[192]도 먹고 심하면 매도 맞고 해서 이제는 눈치가 올라 이짐은 부려도 제 입으로 먼저 배가 고프다고 밥을 달라고는 아니한다.

"배고파? 오냐 인제 아버지 돈 가져오시거든 쌀 팔아다가 응 고기두 사구 해서 밥 많이 해주께 응. 배고프다구 울구 그러지 마라 종태야."

"응."

아이는 대답만 하지 그래도 이짐은 풀리지 아니한다.

"에, 우리 종태 착허지…… 그러구 언니[193]는 어데 갔나?"

"저기 가개 앞에……"

"혼자?"

"아니 아이들허구……"

"응, 그럼 어머니 다듬이헐 테니까 가서 언니허구 같이 놀아라…… 멀리 가지 말ㅓ 종태야."

이렇게 살살 어르기는 하나 남편이 무슨 수로 다만 저녁 양식거리라도 구해가지고 돌아올까 싶지 아니해서 한심했다.

한편 속으로야 취직이 되었다든지 혹은 돈을 변통했다든지 해서 기쁜 낯으로 돌아왔으면 좋겠거니 하기는 한다. 더구나 아까 다투다가 나가면서

"돈을 마련해가지고 오면 입이 귀밑까지 째지렷다."

고 한 말은 어쩐지 무슨 도리가 있을 법해서 한 소리같이 느긋이 기대가 되기도 했다.

"嗯？"

"肚子饿吧？"

"嗯，饿，姆妈。"

之前孩子连续饿了几顿而吵闹磨烦时，挨过骂，也挨过打，现在呢，懂得看脸色了，就算吵闹磨烦也不会说出肚子饿要饭吃的话。

"饿啊？乖，等会儿阿爸带钱回来了，就可以去买米了，还多买点肉，做好多好吃的给你吃，乖，肚子饿也不要哭，钟泰啊。"

"嗯。"

孩子只是应了一声，不吵闹磨烦。

"嗯，钟泰好乖……，哥哥呢，哥哥上哪儿去了？"

"在那边店铺前面……"

"哥哥一个人哪？"

"没，还有别的孩子…"

"嗯，姆妈整理一下衣服，你去找哥哥一起玩……别走远哪，钟泰。"

英姝好言好语地把孩子哄走，心里却忧心着，丈夫会有啥本事弄到晚上的粮食回来，想着想着，一阵寒心失望涌上心头。

但她心里还是隐隐地期待着丈夫一脸好气色回来，不管是找到工作也好，筹到钱也好。特别是刚才斗嘴，丈夫出去时丢下的：

"要是我弄到钱回来，看你不笑裂了嘴。"

那话听起来好像丈夫心里有底，让英姝心里抱着一丝的期待。

　그러나 한편으로는 남편이 돈이나 변통하려고 시장한 것을 참아가며 더운 데 허덕허덕[194] 돌아다닐 것을 생각하니, 그러면서라도 마음먹은 대로 돈이나 구처되었으면[195] 신이 나서 돌아오려니와 모두 허탕만 치고 말면 얼마나 더 시장하며 낙심이 되랴 싶어 차라리 나가지 못하게 하니만 못했다고 뉘우치는 생각이 들기고 했다.

　종태가 막 도로 나가려고 하니까 큰아이 종석이가 씨근버근[196] 뛰어들다가 안으로 들어오지는 아니하고 대문간에서 갸웃이 들여다 보더니

　"종태야 종태야."

하고 긴하게[197] 불러낸다.

　큰아이마저 배가 고파하고 시무룩했으면 그렇지 아니했으련만 그 놈은 기운차게 뛰어다니고 하는 것을 보니 영주는 괜히 심정이 나서[198]

　"종석아."

하고 팩[199] 소리를 질렀다.

　그러나 이어 뉘우치고 무슨 꾸지람이나 들을까 지레 겁이 나서 살금살금 들어서는 종석이를 보고 목소리 부드럽게 타이른다.

　"너는 배두 안 고프냐? 그렇게 사뭇[200] 뛰어다니게……"

　종석이는 무렴했든지 고개를 숙이고 아무 대답도 아니한다.

　"종태는 왜 그래?"

　"같이 놀려구……"

　"울리지 말구 잘 데리구 놀아."

　"내."

　"멀리 가지 말구……"

　"내."

英姝又想象着，丈夫忍住饥饿，踉踉跄跄地四处奔波筹钱的模样。她一下想，也许真如丈夫所愿，筹到了钱，那丈夫就会兴高采烈地回来；一下又想，也许又是白跑一趟，弄得又饿又灰心。想到这里，她开始懊悔，为什么没干脆让丈夫在家里待着不要出去。

钟泰正要出去玩的时候，大儿子钟硕气喘吁吁地朝家里方向跑，但却不往里走，光在大门外歪着脑袋往里瞧，一边急急地叫道：

"钟泰！钟泰！"

如果钟硕饿得浑身无力的话，也许英姝就不会无端地发火，但看钟硕那么精神地蹦着跳着，她一股无名火就冲上来了。

"钟硕！"

她拉开嗓门叫道。

叫完她马上就后悔了。看到钟硕似乎吓着了，正轻手轻脚地往里走的模样，她放柔了嗓子开始哄起钟硕来。

"不饿吗？这样一个劲儿跑来跑去？"

大概是觉得丢人，钟硕低下头，什么也没说。

"叫钟泰干什么？"

"叫钟泰一起玩……"

"别欺负弟弟，带着弟弟好好一起玩。"

"好。"

"别走远……"

"好。"

아우 형제가 나란히 서서 나가는 것을 보니 저것들이 배가 고프다 못해 집이라고 찾아들어왔다가 도로 나가느니라 생각하니, 영주는 새삼스러운 일이 아니나 눈가가 싸하고[201] 눈물이 돌았다.

그래 대문 기둥에 우두커니 기대서서 먼산을 바라보며 어떻게 좁쌀되라도 마련할 도리가 없을까 늘 바느질을 가져오는 집에 가서 바느질 삯이라도 미리 좀 선대해[202] 달라고 혀짧은 소리를 해볼까말까 망설이고 있는데 가난한 사람에게도 더러는 행운이라는 것이 천신[203] 돌아오는 수가 있는 것인지 마침감[204]으로 바느질거리가 들어왔다.

늘 바느질을 가져오는 아랫동리 싸전집[205]의 젊은 아낙이 눈에 익은 알록달록한 보자기를 옆에 끼고 해죽이 웃으며 가까이 오는 것을 볼 때 영주는 꿈인가 싶게 기뻤다.

그는 그래 자기도 모르게 한숨을 깊이 내쉬고 살뜰한[206] 손님을 웃는 낯으로 맞이했다.

"어서 오세요. 얼마나 더우세요??"

"아이 안녕허십시요? 참 비두 아니 오시구 웬 더웁니까…… 첨 보겠어요."

"그러게 말이에요! …… 댁에는 애기랑 잘 놀아요?"

"네…… 요새는 재주가 늘어서 따루따루를 헌다구 호호호호."

"아이 어쩌면!"

콧등과 눈가로 주근깨[207]가 다닥다닥 나고 뒤집히는 웃입술 밑으로 시뻘건 잇념과 누렇게 들여박은 금니가 내다보이고 하는 말하자면 추물[208]이로되 또 어디서 어떻게 굴러먹었는지 근지[209]도 모르나 늦게 상처한[210] 싸전집 영감의 막지기[211]로 들어와 없던 아들까지 낳아주어 호강이 발굼치까지 흐르는 이 '싸전댁'에 대해서 영주는 꺼림

看着兄弟俩并着肩一起往外走，想来孩子们一定是饿坏了才回家的，却没得吃而得再出去，想到这，英姝眼眶红了，泪水在眼框里打转。

英姝呆呆地靠着大门门梁望着远山，绞尽脑汁想着有什么法子弄到点小米。她想或许可以到自己常替着缝补衣服的那人家去求求能不能先支点工钱，但这话实在很难出口。她正犹豫着，就在这时，缝补衣服的活儿居然自动找上门来了，这难道就是所谓的，穷人有时也会交上好运道？

只见常送衣服过来缝补的那个后村米店的年轻女人正走进来，腋下拽着条看来很眼熟的花绿背巾。看着脸上笑嘻嘻的年轻女人越走越近，英姝疑心这难道是梦，却也高兴起来。

她不自觉地长长地呼了一口气，以笑脸来迎接这客人。

"啊，快请进，天气好热吧？？"

"对啊，近来还好吧？雨也不下，热成这样……从来没这么热过呢……"

"就是啊！……府上孩子好吧？"

"不错……最近会玩的把戏多了，还会自己玩了呢，呵呵呵。"

"孩子真可爱哪……"

这女人鼻梁和眼尾上长满了雀斑，上嘴唇倒翻着，下面是赤红的牙床，还露出黄澄澄的金牙，先天就一副丑相。没人知道这女人本家在哪里，干过些什么事，不知怎么地就给老来丧妻的米店老板当了填房，还给生了孩子，现在养尊处优的，全身上下都带着富贵气。对这米店老板娘，英姝强按下

칙한 생각을 억지로 접어놓고 행여 빛다른[212] 눈치를 보일세라 끔찍[213] 조심해서 대하는 것이다.

"그래 영감이 하루에두 열 번 스무 번은 안에를 더 드나드신답니다."

싸전댁은 자기 집같이 마루로 올라앉아 손수건에 싼 피종을 풀어놓고 피워 물고는 영주가 맞장구를 쳐주는 데 신이 나서 자랑을 쏟아놓는다.

항용[214] 안잠자기[215]나 심부름을 하는 아이를 시켜 바느질을 보내기도 하지만 심심이나 하고 하면 말동무를 찾아 자기가 이렇게 손수 가지고 와서는 놀 겸 다녀가곤 했었다.

훨씬 자기 집안 자랑을 늘어놓고 말머리[216]가 막히자 이번에는

"그래 댁의 애기들두 잘……"

하고 새삼스럽게 인사를 차린다.

영주는 그렇다고 믿기는 하나 혹시 저 보자기 속에 들어 있는 것이 바느질감이나 아니면 어찌하나 싶어 어서 펴놓고 속시원하게 이리이리 해달라는 말이 나오기만 기다리는데 자꾸만 딴 수작이 벌어지니 여간만 속이 타지 아니한다.

"네, 그저 놓아멕이는 말새끼처럼……"

"바깥어른께서는 아즉두 노시구?"

"네 아즉."

"거 참 걱정되시겠읍니다. 어서 생화[217]를 허서야지."

"그러게 말이예요. 허구헌날 참 못해 먹겠어요."

"그러다뿐이겠어요…… 것두 다 팔자 소간[218]이지요. 아, 허기야 오죽 훌륭허십니까! 밖에서는 대학교를 졸입허시구 또 안에서는 고등학교를 졸업하시고…… 그러구두 저 고생이시니!"

心里的不乐意，还生怕被看出自己的异样而小心翼翼地接待着。

"我家那老头儿啊，每天到里房总不下十次、二十次呢。"

这老板娘就跟在自个家一样，直接坐到廊子上，打开手绢包着的草烟点起火抽起来。看英姝附和着，她也就起了兴致，自顾自地炫耀了起来。

有衣服要修补时，她经常让保姆或跑腿的孩子送过来，但有时没事，想找个聊天对象时就迳自过来。

自夸自炫了好一会儿，没话可接了，她这才想起问起英姝家里近况：

"你家孩子们也都好……"

英姝虽然猜想背巾里包的是要缝补的衣服，但一方面又担心，如果不是的话那可怎么办？所以一直巴望米店老板娘赶快打开背巾，交代要缝这补那，但她却只东拉西扯的，弄得英姝心焦不已。

"是啊，就像脱缰的小野马……"

"孩子的爹还在家闲着？"

"是啊，还闲着。"

"咳，你一定很担忧，该赶紧找到事做哪。"

"是啊，这么久了，真撑不下去了！"

"何止这个……这都是八字哪。这么了不起的人，在外面念了大学，在这里也念了高中……还是吃苦受罪！"

"시방 세상에야 공부한 게 무슨 소용이 되더라구요!"

영주는 남편이 그런 말을 하면 왜 공부한 게 잘못이냐고 핀잔을 주지만 실상 자기도 그런 말을 곧잘 하는 것이다.

"거 참 그런가바요. 인제는 공부를 투철히 해두 소용이 없나바요. 세상이 말세가 되서 그런지……"

싸전댁은 말세라는 말 끝에 문득 생각이 나서 이어

"아이 참 금년이 병자년이라구 난리가 난대지요?"

하고 아까 문간방²¹⁹ 색시만큼이나 긴하게 말을 한다.

"글쎄들 그럽디다만 무슨 병자년이라구 난리가 나란 법이 있을라구요?"

"웬걸요. 꼭 난리가 난대요. 그래서 이 백금값두……"

하고 손에 낀 굵다란 백금가락지를 뻗혀보인다.

"ー ー 퍽 올랐다는데요."

그의 손에는 가운뎃손가락에 백금가락지가 한 켤레 끼워 있고 또 무명지에는 새빨간 루비²²⁰를 박은 금반지도 끼워 있다.

영주는 백금 같은 것은 패물로 가져본 적이 없는지라 푸르르죽죽하고 수통스런²²¹ 백금가락지는 신통치 아니하나 루비 박은 금반지는 벌써 몇 해 전에 전당국에서 떠내려간 자기 반지 비슷해서 유달리 치어다보인다.

싸전댁은 그러나 백금반지를 설명을 해서 영주를 비로소 놀라게 한다.

"이 가락지가 글쎄 일곱돈쭝에 백금값이 팔십사 원, 공전²²² 이십 원 해서 일백사 원이 먹은 건데, 아 시방은 백금 한돈쭝수에 이십육 원이 간답니다그려! 그러구두 인제 더 올른다는군요!"

영주는 그 푸르죽죽하니 납보다 좀 나아보일까말까 하는 가락지가 그렇게 값이 나갈 것인 줄은 몰랐다.

"现在啊，读书一点用处都没哪！"

每次丈夫这样说，英姝都会回嘴数落，但现在连她自己也说得很顺嘴了。

"咳，真是这样吧。现在书念得再多再好也没用了，这世界是到了末日了……"

米店老板娘说出末日这字眼，突然想起什么，说：

"喔，今年是丙子年，说是会出乱子？"

口气和刚才门廊房那家媳妇一样神秘兮兮的。

"这……都这么说，但丙子年会出乱子，有这道理吗？"

"那可说不准，说是铁定会出乱子的，所以白金价格也……"

说着老板娘伸出戴着白金戒子的手指。

"——说是一下涨了好多呢。"

她中指上戴着个白金戒子，无名指上则戴着个镶着红宝石的金戒指。

英姝结婚时的饰品里没有白金之类的东西，所以并不觉得那灰白笨拙的白金戒子有什么特别，倒是那镶着红宝石的金戒指，跟自己好几年前典当出去的戒指很像，就特别地瞧了一眼。

听老板娘说起白金戒子的价钱，英姝这才吃了一惊。

"这戒子大概七分重吧，白金要八十四块，加上二十块的工钱，一共是一百零四块，但现在白金，一分要二十六呢，还说马上就又要涨了呢！"

那颜色灰白不起眼的戒子，看起来也不比铅要好看多少，居然值这么多，英姝相当惊诧。

싸전댁이 말하는 대로 치면 그것이 일백오십 원도 더 해서 이백 원 어치나 되는 것이다.

"어쩌면!"

영주는 무심코 손을 뻗쳐 싸전댁의 손에 끼워 있는 백금반지를 다시 만져보며 탄식을 한다.

이백 원! 이백 원이면 돈 그것은 그리 하찮은 돈이라더라도 영주에게는 끔찍이 귀한 돈이다.

그런 것을 손가락에다가 끼워두고 놀려도 괜찮을 이 싸전댁이 가락지와 한가지로 다시 한번 치어다보여지는 것이다.

"그런데 글쎄 호호."

싸전댁은 무엇이 그리 우스운지 말도 채 하지 아니하고 먼저 웃어놓는다.

"첨에 영감이 그리세요. 가락지만 백금으루 헐 게 아니라 반지, 귀이개 그리고 이 혁대고리²²³까지 다 백금으루 허자구……"

싸전댁은 복판에 역시 루비를 박아 만든 혁대 장식을 내어보인다.

"그래두 나는 백금보담은 금이 보기가 좋길래 가락지만 백금으루 허구 이런 것은 우겨서 금으루 헸시요. 아 그랬더니 이번에 백금값이 그렇게 올랐다는 말씀을 허시면서, 거 보라구 내 말대로 했으면 시방 그것들을 다 치면 사백 원은 남잖었겠느냐구 그러시겠지요."

"거 참 그럴 줄 알았드라면 다른 거랑 더 좀 장만허실걸……"

"그러게 말이지요. 여편네들이 허는 것이라니 다 그래요…… 그래 그건 그렇다구, 그러면 이 가락지나마 팔어다주시라구 그랬지요. 그랬더니 그냥 두어두래시는군요. 인제 사십 원은 갈 테니 그때 가서 팔어서 금으루 장만했다가 백금값이 뚝 떨어지거들랑 도루 백금으루 장만허자구……"

照老板娘说的，那戒子不止一百五，可能值两百左右。

"这么贵哪！"

英姝不自觉地伸出手，摸了摸老板娘手指上的戒子，叹了一口气。

两百！两百块虽算不上什么，但对英姝来说，却珍贵得很。

英姝再看了一眼那戒子和把值两百块的戒子戴在手指上玩的老板娘，觉得两者其实所差无几。

"不过啊……呵呵！"

不知道想到什么可笑的事，老板娘话没说完就笑了起来。

"起初，我家那老头子这样说呢。不只戒子用白金打，连戒指、耳环，还有腰带上的环扣，都用白金来打……"

老板娘扯了扯腰上那条镶着宝石的腰带。

"不过我还是觉得黄金好看，就只有戒子用白金打，其他的就一定要老头子用黄金打。结果，前些日子老头子说白金一下涨了，还说如果听自己的话，那这会儿就可赚进四百块了呢。"

"呵，就是啊，要知道会这样，那一定会多打一些白金……"

"就是说嘛，女人家做事总是这样……过去的就算了。我就说，那就把戒子拿去卖好了。老头却说，就放着，等涨到四十才卖，用这钱来买黄金，等白金大跌，再全部换成白金……"

남이 먹는 떡같이 입맛이 당기는 백금가락지 이야기가 겨우 끝이 난 뒤에 싸전댁은 비로소 가지고 온 보자기에 정신이 들어

"아이 참 내가 이렇게 정신머리[224]가 없어!"

하고 옷감을 펴놓는다.

흰 생고사[225]로 안팎을 마른 께끼적삼[226] 한 감이다.

"이게 좀 급헌데…… 시방 되까요?"

그거야 이편에서 더 아쉬운 판이라 영주는 얼핏

"되구말구요."

하고 옷감을 받아들었다.

"저녁 때 출입을 좀 해야겠어요…… 그럼 괴로우신 대루 시방 좀 박어주세요. 좀 있다가 안잠자기를 올려보내지요."

급하다면서 실컷 이야기를 하며 놀다가는 이렇게 다지어놓고 그는 돌아갔다.

영주는 시장한 뱃속에 바람을 다뿍[227] 집어삼킨 것같이 아까와 달리 약삭빠른 이 칠십 전짜리 바느질을 하기가 괜히 심정이 났다.

이것을 가지고 늘 다니는 새봉틀 둔 집에 가서 한 시간이나 그 이상 더 진땀을 뽑아가며 곱게곱게 해놓으면 칠십 전을 가지고 와 찾아가고 그 칠십 전에서 재봉틀을 쓴 세로 십오 전을 주고 나면 나머지가 오십오전－－세 끼 굶은 입에다 밥티 한알 집어넣느니만도 못한 것－－

이렇게 따져보며 생각하니 영주는 한심스러워 바느질감을 내동댕이치고 싶었다.

그러한 생각 끝에 연달아 그의 친정어머니가 얌전한 탓으로 바느질을 배워두었다는 것이 도리어 야속스럽기까지 했다.

好不容易这引人眼红的白金戒子话题终于说完了，老板娘这才想起自己带来的背巾，说：

"看我这记性！"

一边打开背巾。

是一件里外都用生丝做的夹缝单衫。

"急着要穿……马上可以弄好吗？"

"当然可以。"

英姝说着接过衣服。

"晚上有事要出门……那就劳烦你马上给缝一下，等一会我让保姆过来拿。"

放着这么急的事不提却东拉西扯地聊了半天，这才交代正事然后走了。

刚才空着肚子的英姝看到活儿上门时还如同吸了饱足的空气般，但现在心情却一变，想到要缝补这区区七十分工钱的衣服，她的心情莫名地嫌恶起来。

带着这些衣服到那家有缝纫机的人家里去，花上一个小时以上的工夫，聚精会神地仔细修补好，米店的保姆就会带着七十分来取走衣服，但扣去用人家缝纫机得给的十五分，就只剩五十五分了——这点钱甚至不能给饿了三顿饭的家人塞牙缝——

这样一计算，英姝觉得寒心失望透了，几乎想把这些衣服甩到一旁去。

接着她又想起，是细心能干的亲娘让自己学针线活的，现在这倒让英姝心生怨恨。

9

도적맞을 것이야 없지만 문간방 색시더러 집을 보아달라고 부탁해두고 바느질감을 가지고 나오다가 영주는 대문 앞에서 집 세준 주인과 쭈쩍²²⁸ 만났다.

사내가 오면 늘 영주가 나서서 대응을 하는지라 집세 조르기가 헤먹었든지²²⁹ 여편네를 보내곤 하더니 오늘은 무슨 생각으로 사내가 온 것이다.

혹, 지날 길에 허실삼아²³⁰ 들여다보려고 한 것인지도 모른다.

그러나 그는 그러한 눈치는 아니 보이고 짐짓 찾아온 것처럼 더운 인사 가뭄 인사 하던 끝에

"좀 변통되셨나요?"

하고 집세 이야기를 꺼내놓는다.

"아이구 저, 아즉 좀 못되었는데요."

영주는 집세는커녕 끼가 간데없는 터라 언제나 쓰지 아니한 빚을 졸리는 것 같았다. 그러나 영영 못 내겠다고 하면 집을 비워달라고 할 판이라 곧 무슨 수가 생길 듯이 대답만은 흠선히²³¹ 해두는 것이다.

"아 시굴서 아즉 아니 오셨나요?"

시골? 남편 범수 말인 듯한데 웬 시골인가 하다가 영주는 요 전번 여편네가 왔을 때 마침 남편이 나가고 없는 것을 시골로 돈 변통하러 갔다고 둘러대던 일이 생각이 났다.

"네 아즉 아니 오셨어요."

"허, 거 참!"

9

虽说不会有贼上门，但英姝还是交代了门廊房那家媳妇帮着看家，然后才拿着衣服要出门，但才走到大门口就和房主碰了个正着。

以前房主来都是英姝出来招呼，大概因为每次催房租都无功而返，所以前阵子都让女主人来，可今天不知为了什么，房主亲自上门来了。

或许是路过这里，顺道来探探虚实的。

但看来又不像，倒像是特意来的。他先绕着天气热啦，干旱啦什么的开场，最后才问道：

"房租……有着落了么？"

"哎呀，唔，还…还没呢……"

别说是房租，连吃饭的钱都没个影，英姝老是觉得有人要来催讨什么而担惊受怕的。但如果现在答说永远付不出房租，那房主一定会要回房子的，所以只好装得像一定有办法付出房租似的，恭恭顺顺地答话。

"咳，还没从乡下回来么？"

乡下？问的分明是丈夫，可怎么会提到乡下呢？英姝纳闷了一下，才想起上回女房主来的时候，刚巧丈夫不在，自己就编说丈夫是回乡下筹钱去了。

"是啊，还没回来呢。"

"哼，真是！"

집주인은 입맛을 다시다가

"언제쯤 오시나요?"

하고 파서 묻는다[232].

"글쎄요…… 소식은 없지만 아마 쉬 오실 듯해요…… 오시면 이번에 한꺼번에 해다 드릴 테니 염려 마세요."

처음 이사올 때에 석 달치를 미리 주고는 지금 여섯 달이 되어오되 한달치도 내지 못했으니 석 달치가 밀린 셈이다.

그러나 범수네로는 행여 무슨 도리가 생겨 돈이 들어오더라도 밀린 석 달치를 주느니 그놈으로 딴 집을 세 얻어갈 요량이었던 것이다.

—졸리는 것도 소극적으로는 일종의 돈벌이야.

범수는 안해가 혼자서 졸리고는 그 화풀이를 하느라고 종알대면 번들거리면서[233] 곧잘 하는 말이었었다.

졸리다 못해 내게 되면 졸린 것이 허사가 되지만 영 아니 낸다면 졸린 값을 찾게 되니까 버젓하게 가난뱅이의 직업이요 따라서 수입이라는 것이다.

범수는 궁한 몇해 살림에 그러한 철학(?)을 많이 터득했었다.

"좌우간 이 그믐은 넹기지 마서야 허겠읍니다…… 영 그러신다면 집을 비어주서야겠구요."

집주인의 이 집을 비어내라는 말은 집세를 조르던 끝이면 으례 한번씩 하는 소리라 처음과 달라 그다지 위협스럽게 들리지도 아니했다.

"그믐이 아니라 그 안에라두 되면 우리가 갖다 드리겠어요."

영주는 이렇게 한팔[234] 늦구어[235] 집주인을 배송시켜버렸다[236].

房主撇了撇嘴，问：

"什么时候回来呢？"

不问出实情不罢休似的。

"这个……还没有信儿，但可能就快了……回来的话，连这个月的房租一起给您拿去，您放心。"

刚搬来时一次先付了三个月，现在住了六个月了，中间一次也没付过，这样一算，积欠的房租已有三个月了。

但范守夫妻另有想法。如果有什么办法弄到钱，与其付清积欠的房租，倒不如另找房子搬家。

——被催讨，其实是一种消极的挣钱法。

每次妻子一个人被催债催烦了，一个人自言自语发泄的时候，范守总是这样吊儿郎当地说。

被催债催得受不了而付钱的话，那一切忍耐就白费了，若赖着不还，那忍耐就有了代价。这说来是穷光蛋的职业，也是穷光蛋挣钱的手段。

这几年的穷困，让范守领悟到很多这样的生活哲学。

"不能再拖过这个月底了……不然就请搬家了……"

每次催讨房租不果，房主最后总要求要搬家，听多了，就不像第一次听到时那样感到不安。

"不用到月底，在那之前筹到了钱，一定直接送到府上去。"

英姝退一步这样回答，然后把房主送走。

明日

재봉틀을 빌어쓰려고 하니 영주는 다시 심정이 상했다.

영주는 한 달이면 많은 때는 사오 원 적은 때도 이삼 원 푼수는 재봉틀세를 준다.

재봉틀을 둔 그 집에서도 월부로 산 것인데 그 월부를 거진 영주가 내는 세로 물어가는 줄을 영주는 잘 알고 있다.

그러니 적이나²³⁷ 무엇하면 영주도 월부로 재봉틀을 한 채 들여놓고 세를 내는 정도로 월부를 치르어 갔으면 나중에 가서 재봉틀 하나는 떨어지려니 하고 남편 범수와 상의를 해보았으나, 그는 시원찮이 여겨 코대답밖에는 아니했었다.

또 막상 들여오재도 계약금으로 이삼십 원은 주어야 할 터, 보증인도 저편에서 요구하는 대로 세워야 할 터 해서 난처한 일이 아닌 것은 아니었었다.

그래 꿀침²³⁸ 넘어가듯 당기는 것을 못하고 번번이 약속받은 바느질삯에서 재봉틀세까지 떼어주게 되니 본시 살림에 밝은 영주로는 그게 안타깝지 아니할 리가 없는 것이다.

더구나 재봉틀을 논 집에서는 영주가 생각하기에는 과분²³⁹의 세를 또박또박 받으면서, 그러니 고맙게 여겨주어야 할 것을 어느때는 되레 무슨 적선²⁴⁰이나 하는 듯이 비쌔는²⁴¹ 눈치를 일쑤²⁴² 보이곤 했었다.

그래저래 해서 아예 심사가 좋지 못한 판인데 '아주머니'라고 편의상 부르는 과부댁이 변덕을 부리느라고 영주가 보자기를 끼고 들어서는 것을 첫인사가

"원 재봉틀이구 무엇이구 하두 함부루 써놓아서……"

하는 구누름²⁴³이다.

196 채만식 소설 명작선

想到要借别人家的缝纫机用，英姝又一次感到心酸。

缝纫机用得多的时候，一个月得给四五块，少的时候也有两三块。

英姝知道，那户人家的缝纫机是分期买的，而分期款则是拿英姝付的钱去缴的。

既然如此，英姝就跟丈夫商量，不如就分期买个缝纫机，拿借给人家用的收入来缴分期款，那以后缝纫机就是自己的了。但丈夫觉得不中听，只随意用鼻子哼了一声就没下文了。

若是真要这样，订约时得先给个二三十，如果那边要求要保证人的话就还得找个保证人，这其实还真不简单。

放着这么划算的买卖不做，每回拿到一点缝补的工钱还得分出来付借用缝纫机的费用，原本善于精打细算的英姝当然觉得可惜。

英姝还觉得，有缝纫机的那户人家每次都收自己的钱，本来应该感谢自己的，可有时候却像赐什么恩德似的，老是冷冷淡淡的。

因这种种原因，英姝的情绪很低落。今天这位英姝称之为'大婶'的寡妇，一看到带着背巾来的英姝进屋，脸色一变，开口就叨念道：

"每次一来就随随便便地使，把缝纫机什么的都搞得……"

　자식도 없는 과부로 집은 방이 네 개나 되는 것을 조각보[244] 오리듯 떼어 한 개씩 세를 놓고 자기는 혼자 홀몸으로 안방 하나만 차지하고 있어 그렇게 아등바등 아니해도 평생 먹고 살 수 있는 터건만 요새 와서는 한술 더 떠 속새로[245] 대푼변[246] 돈놀이까지 하고 있는 마흔댓이나 된 서울 토종[247]이다.

　과부로 오래 지내다가 인간으로의 성적 구별이 없어지려고 하는 그 나이가 그렇게 변덕스러운 성미를 만들어냈을지도 모른다.

　사실 그런 변덕만 아니면 여느때는 무척 삭삭한[248] 마님이다.

　영주는 그대로 홱 돌아서서 나오고 싶은 것을 참았다. 그러면서 이러한 때에 어떻게 대응을 해야 저편이 해해하는지[249] 속을 알고 있는지라 재봉틀 이야기는 쑥 잡아젖히고[250] 얼마나 더우냐는 둥 신문은 보지도 못하고도 신문에 시골은 가물로 야단법석이 났다는 둥 한바탕 이야기를 떠벌려놓았다. 과연 효과여신(效果如神)[251]이다.

　정말이건 거짓말이건 이 과부댁에게는 이야기라면 세 끼 밥을 두 끼로 줄이고라도 홈 파듯[252] 파는 성미다.

　그래서 이야기가 오고가고 하는 동안에 어찌하다가 영주네 어려운 살림살이로까지 미끄러졌다. 그러는 동안 바느질은 벌써 시작이 되었고.－－

　처음 들어갈 때에 샐쭉했던 것과는 딴판으로 과부댁은 금시 무엇 도와라도 줄 듯이 영주를 동정해서 말을 하고 그 때문에 영주는 슬며시 끌리어 긴찮은 청을 내놓고 싶게까지 되었다.

　청이라는 것은 재봉틀 한 대를 월부로 들여놓을 밑천이다.

　어떻게 생각하면 들어주지 아니할 것도 같으나 또 어떻게 보면 들어 줄 듯도 싶어, 에라 밑져야 말밖에 더 밑지랴고 영주는 마음을 도

这寡妇大约四十过半，在汉城土生土长，没有子女却有一栋有四间房的房子。她把房子像拆百衲被似的分开租出去，自己一个人占住内房。就这样她不用卖力气也可以不愁下半辈子的吃穿了，更别说最近开始偷偷地放利收息，多了个生财路子。

性子变得这么阴晴不定，大概是因为守寡守久了，加上年纪大到女人味已经消失得无影无踪的缘故。

其实除开这忽晴忽阴的脾气外，这寡妇其实还算爽快。

英姝强忍住转身就走的冲动。她知道这样的时候该怎样才能让寡妇心情变好，就先不提缝纫机，只说什么天气热啦，没看报纸却说报上说乡下干旱一片怨声载道什么的。这一闲扯，果然奏效了。

不管是真话还是假话，只要能聊，这寡妇都情愿把三顿饭减成两顿，没完没了地聊下去。

就这样谈天说地，不知不觉聊到英姝家里经济拮据的事，而缝纫机也在这时候开始轧轧地动了起来。

刚才进门时寡妇那沉沉的脸色，现在已经一变，像随时都愿意伸出援手似的，口吻带着同情。所以英姝盘算着要怎么慢慢地转换话题，开口提出请求。

这请求，就是分期买缝纫机时需要的头期款。

英姝想，寡妇可能不会答应，也很可能会答应。这样反复犹豫着，但继之又想，就豁出去吧，反正开口拜托，不成也

사려 먹고[253] 이 말 끝 저 말 끝 여새기고[254] 있는데 마침 적삼 깃을 곱게 접어 솜씨나게 박고 있는 것을 과부댁이 일부러 다가와서 들여다보다가

"원, 저렇게 바느질솜씨두 좋구 일물이랑 심덕[255]이랑 얌전헌 이가!"

하고 혀를 끌끌 찬다. 그 끝을 영주는 냉큼 말을 받아

"그런데 참 아즈머니."

하고 아주머니 소리에 가득 정을 부어 불렀다.

무슨 말인가 하고 과부댁은 무심히 영주를 바라본다.

"나 아즈머니헌테 꼬옥 청 한가지가 있어두 차마 입이 안 떨어져서 이내 혼자 속에다가만 두구 지냈는데요."

말을 하면서 영주는 과부댁의 낯꽃[256]이 어떻게 변하는지를 살폈다. 약차하면[257] 거북스럽잖은 딴 말로 말을 돌려 창피를 보지 말려는 것이다.

"응 무언데?"

과부댁은 영주의 속을 대강 못 알는 차렸으나 짐짓 어리둥절해서 묻는다.

"나 돈 삼십 원만 취해주세요."

말이 목구멍에서 나올까말까 하는 것을 영주는 억지로 끌어내버렸다.

과부댁은

"돈?"

하고 얼굴이 달라지더니 이어

"내가 돈이 어디 있수?"

不赊本。这样一想，英姝就下了决心，正寻着机会开口时，正好她把衫子的领子翻折好，缝得很精致美观，寡妇靠过来，仔细端详着，说：

"哎，你看你缝衣服的手工真好，人也好看，性子还这么文静！"

说着不停地发出啧啧的赞叹声。英姝把握住这机会，说：

"哎……不过……我说大婶哪……"

声音里带着满腔的感情。

寡妇听了，不经心的看着英姝。

"真的有个事儿非请您帮忙不可，可我一直放在心里，就是开不了口。"

英姝一边说，一边观察寡妇脸色的变化。如果脸色不对，就赶紧编个不会太为难的话题，免得难堪。

"唔，什么？"

寡妇似乎没猜到英姝想说什么，故意作出诧异的表情。

"借我三十块吧。"

英姝硬是把卡在喉咙的话给说了出来。

"钱？"

寡妇说，脸色也随之一变，接着说：

"我哪儿来的钱？"

한다. 차마 바로 고전까지 가지는 상냥한 태도를 싹 씻어버리지는 못하고 강잉해서[258] 좋은 얼굴을 보이는 것이다.

영주는 일이 글러진 줄 알기는 하나 그러나 기왕 벌어진 춤이니 그다음 말을 다 아니할 수는 없다.

"없으시다면 할 수 없지만, 혹 한 삼십 원 돌려주시면 다른 사람일레루 열두어 달에 나눠서 삼 원씩이구 갚어 드릴려구 그랬어요."

"글쎄…… 돈은 삼십 원씩이나 갑자기 무엇에 쓸려구 그리우?"

"네 좀 긴히 쓸데가 있어서……"

재봉틀을 사놓는다고 바른 대로 말하면 될 것도 안될 터라 영주는 그냥 긴히 쓴다고만 대답했다.

"글쎄…… 긴히 쓴다니 돌려주었으면 생색두 나겠지만 내가 무슨 돈이 있수!"

하고 잡아떼다가 다시 한가닥을 깔아놓는다.

"……게 있수 내 어디 한 군데 알는 보리다마는 그 집에두 요새 돈이 없을 게야……"

많으나 적으나 돈놀이하는 사람이면 으례 당장 거절하기 어려운 자리에다가는 이렇게 비스감히[259] 깔아놓았다가 나중에 못되었다고 핑계를 하는 것인데 그런 내평[260]을 모르는 영주는 그것이 정말인 줄만 알고 느긋이 기뻤다.

그래 꼭 써야 하겠다는 것 그리고 한 달에 삼 원씩 열두 달에 나누어서 삼십육 원을 갚겠다고 낳지도 아니한 아기를 포대기 장만하듯 해놓은 뒤에 바느질을 마쳐 가지고 집으로 돌아왔다.

집에는 남편 범수도 아이들도 아니 들어오고 싸전집 안잠자기만 벌써 와서 기다리고 있었다.

寡妇不能一下子就把刚才那副宽厚和蔼的表情收起来，就强换了个正经的脸色。

英姝虽然知道事情搞砸了，但既然事已到此，也不能不说下去。

"真是没有，那也没办法，但如果您肯借我三十块，我就跟别人一样，分成十二个月，每个月还上三块钱……"

"这……做什么突然需要三十块哪？"

"突然有要紧的事需要钱……"

要是老实说是要买裁缝机的话，那原本可以借成的也会变不成，所以英姝就只说有急用。

"这……应急用的，如果我有钱的话大可做做好人，可我哪儿来的钱哪？"

她先推说没钱帮不上忙，随后又留下余地。

"……有个地方……我倒可以帮你问问，但是那家近来好像手头也有些紧……"

拿钱放利的，不管人家开口要借的钱是多是少，不好当场回绝的话，总先这样敷衍一下，以后再推说没借到就是了。但英姝还以为寡妇说的是真心的，很是高兴。

有急用，每个月还三块，十二个月三十六块。英姝把根本没影儿的事，说得跟真的一样。说完了，缝补的活也干完了，英姝于是回家了。

家里丈夫、孩子都还没回来，只有米店的保姆早已在等着。

그래 부랴부랴 뜬숯[261]을 다리미에 일궈 싹 다려주고는 십전박이 일곱 닢을 받았다.

여느때 같으면 이따가 저녁에든지 내일 일감이 생겨 바느질을 하러 가는 길에 갖다주어도 괜찮을 것이로되 영주는 과부댁에게 근사를 물어야[262] 할 판이라 그 길로 싸전에 들러 쌀과 좁쌀을 한 납대기[263]씩 팔고 나머지에서 십오 전을 선 자리에 갖다 주었다. 그러면서 한번 더 신신당부를 해두었다.

그렇게 하고도 나머지가 있어서 장작 한 단에 자반갈치[264] 한 마리에 또 종태가 늘 노래부르듯 하는 감자를 오전어치만 사가지고 집으로 돌아오니 좌우간 오늘은 살았구나 싶어 남편과 아이들이 까맣게[265] 기다려졌다.

10

저, 아래 동리 전차길 근처에서.

골목쟁이[266]로 늙수구레한[267] 두부장수 하나가 두부 목판[268]을 짊어지고

"두부나 비지 사우."

외우며 들어선다. 갓에 두부집에서 나오는 길인지 목판 밑으로 물줄기가 줄줄 흘러내린다.

골목쟁이에서는 아이들이 한떼 왁자지껄거리고[269] 떠들며 몰려나온다. 그 중에 종석이와 종태도 섞여 맨 뒤에 처져서 나오고 있다.

英姝急急地把碳块放进铁熨斗，很快地把衣服整熨好，拿到七个十块钱的铜钱。

如果是以前，再晚一点或者晚上可能会有要缝补的衣服，缝纫机的钱就等明天去的时候再一起付就行了，可今天急着想听寡妇那边的回话，英姝就拿着钱，先到米店买了半升的米和半升的小米，再从剩下的钱里拿出十五钱送到寡妇家，还不忘再三拜托了一下。

这样下来，手上还剩下一点钱，就干脆买了条腌咸带鱼，还花了五分钱买了钟泰每天吵着要吃的土豆。回到家，觉得不管怎样总算可以把今天撑过去了，这念头一来，英姝突然很渴望看到丈夫和孩子。

10

往下望，庄子里一条电车轨道附近。

一条巷子里，一个卖豆腐的老汉挑着豆腐担子，吆喝着：

"买豆腐，豆腐渣啊！"

那豆腐下的木板缝里淌出水，大概是刚从豆腐店里出来的。

巷子里孩子成群吵着闹着，成群结队跑出来，钟硕和钟泰也跟在后头。

"제길, 아이들두 많기두 허다! 이러구두 자식 없어 설어허는[270] 사람이 있으니!"

두부장수는 두부지게를 함부로 툭툭 치고 지나가는 아이들이 밉든지 혼자 두덜거리며 조심조심 비껴서[271] 늘 다니는 단골집 앞에다가 짐을 내려놓고 안으로 들어간다.

종석이는 가는 아이들의 뒤를 그냥 따라가려는 종태의 팔을 잡아당겨 골목 안에 처졌다.

목판 틈으로 물이 흐르는 두부를 생각하니 갑자기 배가 더 고파 오고 꼭 그놈을 하나 먹고 싶었던 것이다.

전에 종석이는 집 근처 반찬가게에서 빵을 한 개 주인 몰래 집어먹은 일이 있었다.

처음 집으려고 할 때는 무서웠고 또 집어가지고 달아나서 먹으려니까 가슴이 울렁거리고 목이 메기는 했지만 그놈이 여느때 돈을 주고 사서 먹는 놈보다 더 맛이 있고 좋았었다.

그런 일을 생각하니 종석이는 지금 두부장수가 받쳐놓고 들어간 두부도 먹으면 더 배가 부르고 맛이 있을 것 같았다.

종태는 속도 모르고

"가자."

하고 조른다.

"가만 있어. 인제 존 것 주께."

종석이는 두부 목판을 눈독들여 바라보면서 동생을 달랜다.

"존 거 무어?"

"인제 보아."

"난 배고프다. 얼핀 집에 가서 밥먹자."

"他妈的，这么多孩子……不过还是有人要不上孩子而伤心哪。"

孩子们走过豆腐担子时都顺手往豆腐板乱敲，惹得老汉嘟哝不停。他小心避开孩子们，然后走到一户老顾客家前，放下担子走了进去。

这时，钟泰正跟在其他孩子后面要走出巷子时，钟硕突然一把捉住钟泰，然后闪进巷子里。

看着淌着水的豆腐，钟硕突然觉得饥肠辘辘，非常想摸一块来吃。

以前，钟硕在家附近的一家卖小菜的店里偷吃过一个面包。

刚要伸手时有些害怕，拿到手后要把面包放进嘴里时胸口狂跳，咽下的时候虽然有点堵，但那面包的滋味比花钱买来的更好。

想到这，钟硕想，现在摆在人家屋前的这豆腐，如果能偷一块来吃，一定非常好吃。

钟泰不明所以，吵着说：

"走吧！"

"别动，等一下给你好吃的！"

钟硕一边瞪着豆腐板，一边安抚着钟泰。

"好吃的……什么……"

"等着！"

"肚子好饿，快回家吃饭嘛！"

"피, 집에 가야 머 밥 있나…… 어머니가 밥 달랜다구 야단이나 허지."

"아니야 아버지가 돈 가져온댔어."

"피, 아버지가 무얼 돈 가져와…… 집에 가야 밥 아니했어…… 가만있어. 내 존 거 주께."

마침 두부장수가 도로 나오더니 목판의 보자기를 걷고 소담스럽게[272] 허연 두부 한 모를 집어 대접에 담아가지고 도로 들어간다.

종석이는 침이 꼴깍 넘어가고 종태는 형의 눈 가는 곳과 얼굴을 번갈아 보고만 있다 눈치를 챈 것이다.

종석이는 그동안 가서 한 모 꺼내지 못한 것이 안타까와 시무룩해졌다.

인제는 두부장수가 곧 나와서 짊어지고 가버릴 테니 소용없겠다고 그냥 갈까 하는데 두부장수는 나오기는 나왔으나 그대로 다음 집으로 들어간다.

종석이는 아우의 귀에 입을 대고

"아무 소리두 말구 가만히 섰어 응."

하고 살금살금 두부지게 옆으로 가고 있다. 종태도 덩달아서 그 뒤를 가만가만 따라간다.

종석이는 두부지게 옆으로 다 가더니 짧은 키를 발돋움해서 두부 목판에 매어달리듯 해가지고는 겨우 두부 한 모를 집어내었다.

그는 돌아서서 뒤를 힐끔힐끔 돌아보며 훔친 두부를 반을 떼어 종태를 주고 한편으로 볼이 꿰지게[273] 밀어넣는다. 종태를 재촉해서 도망갈라 허덕허덕하는데 등 뒤에서

"네끼놈우[274] 자식들!"

하는 호통소리가 들렸다. 두부장수는 나오다가 그걸 본 것이다.

"呸，家里哪有吃的……回家要饭吃，姆妈就骂……"

"不是啦，阿爸说要拿钱回来的。"

"呸，阿爸拿什么钱回来……回家也没饭吃……别吵，看我给你好东西！"

就在这时候，老汉走出来掀开豆腐摊上的布，小心翼翼地拿起一块雪白细嫩的豆腐放进盘子里，然后又走了回去。

钟硕大大地咽了一口口水，钟泰往哥哥注视的方向看了看，又看了看哥哥的脸，突然明白了。

到现在没能摸到一块豆腐来吃，钟硕显然憋得难过，更闷闷不乐起来了。

一会儿卖豆腐的老汉出来的话，马上就会挑起担子走开，钟硕本想要放弃了，但只见那老汉出来后，迳往下一户人家走去。

钟硕把嘴贴在弟弟耳边，说：

"别出声，不要动。"

然后轻手轻脚地走向豆腐担子，钟泰也小心翼翼地跟在后面。

待走到豆腐摊子旁，矮小的钟硕踮起脚尖，一倾身，几乎是挂在豆腐板上，好不容易抠到一块豆腐。

他转头往后张望了一下，然后很快地把豆腐分两半，一半给了弟弟，另一半整个塞进嘴里，正要催促弟弟快跑时，后面突然传来喊叫声：

"这小兔崽子！"

是卖豆腐老汉的咒骂声，刚才的一切被老汉撞见了。

　종석이는 아우의 팔목을 잡아끌다가 쫓는 소리가 영 다급하니까[275] 그냥 저 혼자 달아나고 종태는 두부 한쪽을 손에 쥔 채 겁결에[276] 땅에 가 펄씬 주저앉아 엉엉 운다.

　그래서 두부장수는 '도적'을 잡기에 큰 힘도 들지 아니했다.

　두부장수가 외치고 떠들고 하는 바람에 집집에서 사람이 나오고 아이들이 모여들고 했다.

　두부장수는 종태의 손목을 당시랗게 훑으려잡고[277] 도둑놈의 자식이니 오랄 질[278] 놈의 자식이니 걸찍하게[279] 욕을 한바탕 퍼붓는다.

　구경하는 아낙네 가운데 누구는 어린 것이 철모르고 그랬으니 놓아주라고 만류하나 두부장수는 듣지 아니하고 종태를 끌고 두부지게를 짊어지고 등 뒤에 구경꾼 아이들을 죽 세우고 이렇게 행렬을 지어 웃동리로 향했다.

　두부장수도 먼저 도망간 큰놈이 '진범'인 것을 눈으로 보았기 때문에 잘 알고 있다. 그러나 '진범인'을 놓친 바에야 아무나 그 자리에서 두부 한쪽을 가지고 있던 놈을 붙잡았으니 그놈한테 둘러씌우면 그만인 것이다.

　영주는 밥을 다 해놓고 밥에 찐 감자도 그릇에 담아놓고 남편과 아이들을 이제나저제나 기다리는데 문 밖에서 왁자지껄하는 소리에 섞인 종태의 울음소리를 알아듣고 뛰쳐나갔다.

　종태는 어머니를 보자 두부장수에게 붙잡힌 팔목을 뿌리치고 달려와서 매어달려 새삼스럽게 운다.

　혹시 싸웠나. 싸웠다면 웬 두부장수가 어린아이를 이렇게 당시랗게 붙들고 왔을까? 영주는 잠시 당황해서 말을 못하다가 마침 지게를 받쳐놓고 다가서는 두부장수더러

钟硕原本拉起弟弟的手要跑，但那叫骂声太急了，钟硕就自己一个人逃跑了。钟泰吓呆了，就这样握着一块豆腐，跌坐在地上哭了起来。

卖豆腐的老汉毫不费力地逮住了小偷。

他一直叫嚷着，吵得附近的人家都出来看究竟，孩子们也都围了过来。

老汉揪住钟泰的手腕，口中骂着贼窝出来的贼小子、混蛋小子什么的，口不择言的。

围观的女人中有个大婶说，孩子小不懂事，劝老汉松手，老汉不听，拽着钟泰的手腕，一边担起担子往山岗上的庄子走，一群爱看热闹的孩子也在后头跟着。

卖豆腐的老汉亲眼看到，刚才逃跑掉的大孩子才是真正的小偷，但既然已经逃走了，那就逮住这个手里还拿着豆腐留在现场的孩子来抵帐。

英姝把饭煮好了，还把煮饭时一起蒸熟的土豆摆到盘子里了，正等着丈夫孩子回来，突然门外传来吵喳喧闹的声音。英姝听出这声音里夹杂着钟泰的哭泣声，她赶忙跑出来。

钟泰一看到姆妈就挣开被老汉扯住的手，飞快地奔过来倒在姆妈怀里放声大哭了起来。

是吵架了吗？如果是孩子们吵架，为什么被这老汉这样紧紧扯住呢？英姝一时慌乱得不知道该说什么才好，这时卖豆腐的老汉把豆腐担子架好走了过来，英姝这才开口问：

"웬일이요?"

하고 물어보았다.

"그 애가 누구요?"

두부장수는 장히 도도하게[280] 되레 묻는다.

"우리 아이요 왜 그러우?"

"두부값 물어내시요."

"두부값이라니?"

"그애더러 물어보시우."

그러자 뒤따라온 아이가 하나 쏙 나서서

"그애가 그 어른 두부 훔쳐먹었대요."

하고 똑똑이[281]를 부린다.

"엉?"

영주는 무심결에 외쳤다. 단번에 앞이 아찔해졌다.

영주는 겨우 울음을 그치고 치마폭에 숨듯이 매어달린 종태를 잡아 흔들었다.

"너 그게 정말이냐? 두부 훔쳐먹었냐?"

"아니야."

영주는 가슴이 쑥 내려가고 신이 났다.

"이애는 아니라는데 어떻게 보구 허는 말어요. 괜히 남의 어린아이를 갖다가 도적의 얼[282]을 씌울 양으루."

영주가 이렇게 나무라는 데는 두부장수도 좀 결리는[283] 데가 있는지라 버썩[284] 쇠지는 못했다.

그러나 그렇다고 일을 이만큼이나 저질러놓고 그대로 뒤통수를 긁다가는 되레 욕을 먹을 판이다.

"什么事啊？"

"这是谁家的孩子？"

老汉粗着声反问道。

"是我家孩子，怎么了？"

"付我豆腐钱来！"

"什么豆腐钱？"

"你自己问这孩子！"

跟着来的那群孩子中有个孩子站出来，故作聪明地说：

"他偷吃了老爷爷的豆腐。"

"什么？"

英姝不自觉地喊了出来，。眼前一片漆黑。

英姝摇着好不容易止住哭泣，死命躲到裙摆后的钟泰，问：

"你……真的？偷吃了人家的豆腐？"

"我没有！"

英姝提到胸口的心这才放了下来，精神也上来了。

"孩子说没有呀，凭什么说我家孩子偷了豆腐？没凭没据的，把好好的孩子说成是贼。"

英姝这样反驳，老汉自知有点理亏，也就没立刻反驳。

但事情已经弄成这局面，现在被这样反咬一口，若没把事情搞清楚，自己反而成了坏人。

"그애 말만 제일이요? 내가 두부지게를 받쳐놓구 들어갔다가 나오니까 웬 그애보담 좀 큰 아이허구 두부를 끄내서 먹고 있읍디다. 저기 저애들두 다 본 중이라우."

"옳아요. 나두 보았어요. 두부를 지금까지 가지고 있다가 요 밑에서 버린걸요."

아까 그 똑똑이가 다시 내달아서[285] 이렇게 그야말로 증인을 선다.

영주는 자신이 흔들려 종태를 굽어다보며

"네가 두부 먹었다면서?"

하고 물어보았다.

"죄꼼 먹었어."

"먹었어?"

"응."

"네가 집어서?"

"아니."

"그럼?"

"언니가 집어주어서……"

"언니가?"

영주는 깡총 뛰었다.

두부장수도 그애들이 아우형제인 줄은 몰랐다가 이렇게 되고 보니 기승이 펄펄하다[286].

"거 보시우. 내가 괜히 남의 자식을…… 괜히 그러다가 마른벼락[287]을 맞일려구 그랬겠우 ? 어여[288] 두부값이나 내시우. 나두 가서 장사해야지."

"孩子说的就算数么？我把豆腐担子摆在外面，办完事出来就看到这孩子和一个比他大点的小家伙正在偷我的豆腐吃。这些孩子也都看到了。"

"对啊，我也看到了。他一直拿着那豆腐，刚才丢到那下面去了。"

刚才那站出来说话的孩子又故作聪明地站出来当证人了。

英姝的信心动摇了，她弯下身来问钟泰：

"你吃了豆腐？"

"只吃了一点点……"

"吃了？"

"嗯。"

"你拿的？"

"不是……"

"那是谁拿的？"

"哥哥拿的……"

"哥哥？"

英姝一惊，跳了起来

老汉原本不知道这两个孩子是兄弟，现在一听，气势一下高涨了起来。

"看哪，说我诬陷别人家的孩子……谁会做这样遭雷劈的缺德事哪。哎，付我豆腐钱来，我还得做生意哪！"

영주는 성미를 누르고 침착했다. 그는 서둘지 아니하고 낯꽃을 고쳐 두부값이 얼마냐고 물었다.

"몇모를 집어먹은지 알 수 있우…… 두 모 값만 내시우."

"두부 몇 집었니?"

영주는 종태더러 물어본다. 두부장수가 두 모 값이라고 하는데 의심을 가지는 것이 아니라 '두 모 값만'이라고 하는 데 비위가 거슬려 수를 옳게 알아가지고 당장 돈이야 치르든 못 치르든 따져주자는 것이다. 종태는 둘째손가락 하나를 펴보인다.

"하나?"

"응."

"꼭 그렇지?"

"응."

"이애는 하나라는데 그리우?"

기회가 좋으니 한마디라도 두부장수를 면박주고[289] 싶어진 것이다.

"누가 그애 말을 곧이들우?"

"아니 두 모 값은 말구 열 모 값이라두 주기는 주겠소만 한 모 먹은 것허구 두 모 먹은 것허구는 다르잖수…… 그러나저러나 간에 두 모 값을 주기는 줄 텐데 시방 바깥어른이 출입허구 안 계시니 내일 아츰에 한번 들르시우."

범수가 들어왔자 빈손으로 돌아왔으면 별수 없겠지만 우선 당장은 그렇게 모피할[290] 수밖에 없는 것이다.

그러나 두부장수는 당장 받아가지고 가고도 싶거니와 더욱이 바깥어른이라는 말에 또 무슨 시비가 생길까 겁이 나서 당장만 내라고 조른다.

英姝按下性子冷静下来，整了整脸色，不急不徐地问豆腐多少钱。

"哪知道吃了几块……就给两块的钱吧。"

"你拿了几块豆腐？"

英姝再问钟泰，并不是对老汉要两块豆腐的钱起疑心，而是因为"就给两块豆腐的钱吧"听起来很刺耳，而先不管付不付得出钱，她想弄清楚。钟泰伸出一根指头。

"一块？"

"嗯。"

"没错？"

"嗯。"

"孩子说是一块，是不？"

英姝逮住这个好机会，反驳了一句。

"孩子的话怎当真？"

"喂，别说是两块，十块豆腐我也付，但一块和两块不一样哪……不管怎样，我付你两块豆腐的钱，我们家当家的这会儿出门了不在，明早给你送过去。"

丈夫如果没弄到钱回来也就没办法，但现在只能这样先搪塞一下。

原本老汉就想当场拿到钱，现在一听到什么当家的，担心又生出什么是非来，就更坚持当场要钱。

明日

못한다거니 내라거니 하는 것을 다행히 아랫방의 목수가 들어오다 보고 자기 주머니에서 십 전을 꺼내주어 두부장수를 돌려보냈다.

영주는 회초리를 댓 개나 꺾어가지고 들어왔다.

종태는 회초리를 보더니 지레 겁이 나서 벌벌 떨고 운다.

"그래 종석이놈은 어데루 갔느냐?"

"몰라 도망갔어."

영주는 아이를 방으로 끌고 들어가서 활씬²⁹¹ 벗겨놓고 피가 흐르도록 잔채질²⁹²을 했다.

그는 종태는 종석이가 두부를 훔쳐 주니까 그저 철모르고 받아먹었으리라고 짐작은 하면서, 그러나 자기 분에 못이겨 그것을 매로써 아이에게 푸는 것이다.

그런지라 만일 종석이도 같이 붙들려왔었다면 종태는 그다지 맞지 아니하고 말았을 것이다.

아이가 너무 자지라지게 울고 하니까 매질이 과한 줄 알고 문간방 색시와 또 아랫방의 목수네 어머니가 들어와 매를 빼앗고 아이를 데려 내가고 하며 말렸다.

영주는 말리는 대로 내맡기고 그 자리에 쓰러져 울었다. 울면서 남편이 들어오면 실컷 말이나 해주고 죽어버리려고까지 마음을 먹었다.

오직 부모 된 것들이 못났으면 자식이 도적질을 하랴. 도적질도 다른 도적질이 아니요 배가 고파 남의 두부목판에서 두부 한 모를 훔쳐 먹으랴——하는 부끄럼과 노염이 영주로 하여금 죽고 싶은 마음까지 나게 한것이다.

正争执不下的时候，幸好住下房的木工回来，一看这僵局就从口袋里掏出十分钱来，把老汉给打发走了。

英姝折了五六条树枝走进来。

钟泰看到树枝条，吓得直发抖，哭了起来。

"你说，钟硕跑哪儿去了？"

"不知道，跑掉了。"

英姝把孩子拉进屋子，扒光孩子的衣裤狠狠地鞭打，把孩子打得全身红肿。

她也知道，钟泰还不懂事，是哥哥偷豆腐给他才吃的，但她没办法克制自己的愤怒，所以把气出在孩子身上。

如果钟硕钟泰一块儿回来的话，也许钟泰就不会挨这么多打了。

孩子哭得太惨，住门廊房的媳妇和下房的木工他娘都觉得打得太过火，就过来把树枝抢下，还把孩子也带开了。

英姝被劝住，一放手不打就倒地哭了起来。心里想，等丈夫回来就索性把话给说清楚，然后一死了之。

做了父母却如此无能，让孩子去做贼，这贼偷的不是什么，而是肚子饿，偷人家的豆腐吃，——这羞辱和愤怒让英姝想到死，一死百了。

明日

휠씬 저녁때가 되어 종석이는 찰래찰래[293] 들어왔다.

영주는 자식을 나무라고 때리기보다는 그때는 자책하는[294] 마음이 더했으나 종석이가 눈앞에 보이고 또 제가 그렇게 훔쳐는 놓고 동생을 내버리고 도망을 간 소행머리[295]가 미워서 일단 가라앉았던 분이 다시 치밀어 종태만 못지 아니하게 매질을 했다.

그렇게 매질을 하고 아이의 등과 볼기짝에서 피가 흐르고 하는 차에 얼큰히 취한 범수가 돌아온 것이다.

영주는 매를 늦추고 나무람을 하는 판인데 남편이 대뜰[296]로 올라서는 것을 보니 그대로 퍽 엎드려 헉헉 느끼며 울었다.

"웬일야?"

범수는 대뜰에 선 채 이렇게 물었으나 안해는 눈물 젖은 눈을 들어 원망스럽게 한번 치어다보고는 도로 엎드려 울기만 한다.

영주는 폭포같이 말을 쏟뜨려놓고[297] 싶어도 무슨 말을 어떻게 해야 좋을지 다만 남편이 원망스럽고 노여워 울음이 앞을 서는 것이다.

"너, 요놈 또 어머니 말 아니 듣구 싸웠든지 그랬구나?"

하고 나무람 반 물었으나 아이 역시 대답이 없다.

그러자 안해가 고개를 번쩍 쳐들더니 범수를 치올려보며

"무슨 낯으루 자식을 나무래요? 다 에미애비 죄지."

하고 악을 쓴다.

"아니 그건 무슨 소리야?"

很晚的时候钟硕才蹑手蹑脚地回来了。

刚才责骂抽打孩子，其实除了是气孩子不争气之外，更多是因为自责才发了这么大的怒，现在钟硕就在跟前，想到他偷了豆腐还丢下弟弟自己一个人逃跑，这太让英姝生气，刚才好不容易才消了的怒火又冲了上来，就把钟硕同样地狠狠抽了一顿。

打完了，孩子背上和屁股都流出血来，这时喝得酩酊大醉的丈夫才回家来。

英姝打完孩子，正要开始教训时，一看到走上石阶的丈夫，就当场趴地痛哭了起来。

"怎么了？"

范守站在石阶上开口问道。英姝抬起一双泪眼，用满是怨恨的眼神瞟了丈夫一眼，就又倒地继续痛哭。

英姝恨不得把一肚子话一次宣泄出来，但却不知从何说起，对丈夫又怨又怒的感情，让她未开口就只想哭。

"咳，是不是不听姆妈的话，又吵架啦？"

范守用带着点责备的口气问，但孩子没有回答。

声音刚落，妻子就抬起头，瞪着范守，狠狠地说：

"你有什么脸责备孩子？都是爹娘的错哪！"

"这话怎么说？"

"자식을 굶겨노니 안 그럴까?"

"아니 글쎄 왜 그러는 거야. 굶는 게 오늘 처음이요, 또 우리뿐이게 새삼스럽게 이리나?"

"그러니까 자식이 도적질을 해두 괜찮단 말이요?"

"도적질?"

"그렇다우…… 배가 고파서 두부장수 두부를 훔쳐먹다가 들켰다우. 자, 시언허우."

범수는 피가 한꺼번에 머리로 치밀어올랐다.

그는 무어라고 아이를 나무래려다가 문득 자기가 오늘 낮에 겪던 일이 선연히²⁹⁸ 눈앞에 나타나 그만 두 어깨가 축 처져버렸다.

그는 종석이를 흘겨보며

"흥! 이놈의 자식 승어부(勝於父)²⁹⁹는 했구나."

하고 두런거렸다³⁰⁰. 영주도 남편이 무슨 말을 했는지 알아듣지 못했다.

이튿날 아침 일찍이.

영주는 종태만이라도 근처의 사립학교에나마 보낸다고 데리고 나섰다. 종석이까지 데리고 간다고 밤 늦게까지 우기며 다투었으나 범수는 듣지 아니하고 정 그러려든 작은아이 종태나 마음대로 하라고. 그래 말하자면 두 사람의 소산³⁰¹을 둘이서 반분한³⁰² 셈이다.

종태를 데리고 나가는 안해의 뒷모습을 바라보며 범수는 혼자 중얼거렸다.

"두구 보자--네 방침이 옳은지 내 방침이 옳은지.--"

뒤미처 범수는 종석이를 데리고 서비스 공장으로 최씨를 찾아갔다.

〈朝光 2권 10~12호, 1936〉

"让孩子挨饿，没有吗？"

"这……你是怎么了？饿肚子，今天又不是第一次，也不是只有我们家这样，干啥这样大声嚷嚷？"

"你是说，孩子偷人家东西也没关系？"

"偷东西？"

"对，就是偷……饿得受不了了，偷人家的豆腐吃，被逮着了。这下称了你的意了吧？"

范守感觉到全身的血都往脑门冲。

原本想责骂孩子两句，但突然地，白天发生的事鲜明地浮现眼前，他的肩膀一下子无力地垂了下来。

他瞥了钟硕一眼，嘀咕了一句：

"哼，这小子，青出于蓝而胜于蓝哪。"

英姝没听清楚丈夫说什么。

隔天大清早。

英姝带着钟泰出门，她坚持至少也要把钟泰送去读书，哪怕就是附近的私立学校也要送。昨天晚上她拗着要连钟硕也一起送，但争执到深夜丈夫还是不答应，只说如果一定要送孩子上学，那就送小的去。丈夫的意思是，既然孩子是两个人的，就分开来各管一个。

望着牵着钟泰出门的妻子的背影，范守自言自语地道：

"等着看吧——看是我的方法对，还是你的对——"

随后，范守也带着钟硕到汽车服务厂去找崔科长了。

《朝光》第2卷10-12号(1936)

1 끄윽 : 달리거나 돌던 것이 가까스로 멈출 때 나는 소리.
2 항라적삼(亢羅~) : 항라로 만든 적삼. '항라'는 명주실, 모시실, 무명실로 짠 피륙의 하나.
3 불부채 : 불을 부쳐 일으키는 데 쓰는 부채.
4 질펀히 : 아무렇게나 늘어져.
5 잠방이 : 가랑이가 무릎까지 오는 짧은 남자용 홑바지.
6 오목가슴 : 사람 몸에 있어서 급소의 하나로, 가슴뼈 아래 한가운데의 오목하게 들어간 곳. 명치.
7 앙상하다 : 뼈만 남은 것처럼 몹시 마르다.
8 달막거리다 : 가볍게 자꾸 들먹이다.
9 푸짐하다 : 매우 많고 넉넉하여 풍성하다.
10 비죽비죽 : 여러 물체의 끝이 좀 길게 내밀려 있는 모양.
11 두덜거리다 : 혼잣말로 불평을 중얼거리다.
12 잘근잘근 : 베, 무명, 비단 따위의 옷감을 가볍게 자꾸 밟는 모양.
13 거자구름 : 진한 회색빛을 띤 구름의 뜻.
14 갸웃이 : (무엇을 보려고) 고개나 몸을 조금 기울게.
15 옴칠하다 : 몸을 매우 갑자기 한 번 옴츠려 움직이다.
16 도렴직하다 : 도리암직하다. 얼굴이 동글납작하며 키가 좀 작달막하고 몸매가 얌전하다.
17 허드렛일 : 중요하지 않은 허름한 일.
18 내통하다(內通~) : 정식으로 알리기 전에 남모르게 알리다.
19 짐짓 : 속마음으로는 그렇지 않으나 일부러 그렇게. 고의로.
20 허겁스럽다(虛怯~) : 급한 마음으로 어쩔 줄을 모르다.
21 맞방망이(를) 치다 : 맞장구(를) 치다.
22 지겟벌이하다 : 지게로 짐을 날라 주며 돈을 벌다.
23 공때리다 : '공치다(空~)'의 속된말. (어떤 일을 하려다가 목적을 이루지 못하고 허탕치다)
24 노상 : 언제나 늘. 한 모양으로 줄곧.
25 되씹히다 : 자꾸 되풀이하여 생각하게 되다.
26 카무플라즈(지)하다(프, camouflage~) : 불리하거나 부끄러운 것 등을 의도적으로 위장하다.
27 찰칵 : 빈틈없이 맞닿거나 들어맞는 모양.
28 발써 : 벌써.
29 데시기 : 뒷덜미. 목덜미 아래 어깻죽지 사이.
30 봄살이 : 봄에 먹고 입고 지낼 양식이나 옷가지.
31 요기(療飢) : 시장기를 겨우 면하는 것.
32 명일(明日) : '미래'나 '장래'를 비유적으로 일컫는 말.
33 대견하다 : 대근하다. 견디기가 어지간히 힘들고 만만하지 아니하다.
34 반자 : 방이나 마루의 천장을 평평하게 만드는 시설로, 종이나 나무로 만든 천장.
35 다들리기 : '다들리다'의 명사형. 닥쳐오는 일에 직접 당하는 것.

36 변통수(變通數) : 일의 형편에 따라 막힘없이 적절하게 잘 처리하는 방법.

37 학자(學資) : 학비로 쓰는 돈. 학자금(學資金).

38 약비해지다(弱卑~) : 약하고 비루해지다.

39 개밥의 도토리 : '따돌림을 받아 축에 끼지 못하는 사람'의 비유.

40 앙알거리다 : 윗사람에 대하여 원망하는 뜻으로 종알거리다.

41 보풀증 : 보풀떨이를 하려는 증세.

42 칼로 물을 치는 것 같다 : 일이 매듭되지 않는다는 말.

43 불감청(不敢請)이언정 고소원(固所願)이다 : 본디부터 바라던 바이나 감히 청하지 못하는 터이다. 여기서, '불감청(不敢請)'은 마음 속으로는 간절하지만 감히 청하지 못함. '고소원(固所願)'은 본디부터 바라던 바.

44 내각(內閣) : 국가의 행정권을 담당하는 최고 기관.

45 조각하다(組閣~) : 내각(內閣)을 조직하다.

46 구중중하다 : (축축한 곳이나 상태가) 더럽고 지저분하다.

47 번연하다 : 매우 뚜렷하고 환하다.

48 풀(이) 죽다 : 활기나 기세가 꺾여 맥이 없다.

49 일껏 : 모처럼. 모처럼 애써서.

50 괘사스럽다 : 변덕스럽게 익살을 부리는 태도가 있다.

51 가르키다 : 가르치다. (지도하다. 교육하다)

52 악지 : 잘 안 될 일을 억지로 해내려고 하는 고집.

53 허리 부러진 말(馬) : 당당한 기세가 꺾이고 재주를 펼 수 없게 된 말(馬). 위세를 부리다가 심한 타격을 받아 힘을 못 쓰게 된 신세의 비유.

54 반거충이 : 반거들충이. 배우던 것을 못 다 이룬 사람.

55 실증(實證) : 확실한 증거. 어떤 사실을 증명할 수 있는 근거.

56 시방(時方) : 지금. 또는, 금방.

57 올가미 : 새끼나 노 따위로 고를 맺어 짐승을 잡는 기구. 또는, 자기 꾀에 넘어가 스스로 걸려들게 하는 꾀.

58 하따 : 무엇이 몹시 심하거나 못마땅할 때 내는 소리.

59 건사하다 : 제게 딸린 것을 잘 돌보아 다스리거나 가꾸다.

60 빌어먹다 : 구걸하여 거저 얻어 먹다.

61 하시(下視) : 내려다봄. 천대(賤待).

62 내뻗다 : 내처 뻗대다. 하는 김에 순종하지 않고 끝까지 힘껏 버티다.

63 코로 웃다 : 남을 깔보아 비웃다.

64 극약적(劇藥的) : 아주 적은 분량으로 강한 작용을 하는.

65 공정(工程) : 작업의 과정. 작업 진척의 정도.

66 침칠 : 침을 바르는 일.

67 독살(毒煞)을 피우다 : 사납고 모진 기운을 나타내다.

68 푸죽다 : 풀이 죽어 힘이 없다.

69 뇌락하다(磊落~) : 마음이 활달하여 작은 일에 거리끼지 않다.

70 퀄퀄하다 : 거침없이 시원스럽다.

71 뜯어보다 : (이모저모로) 자세히 살펴보다.

72 퉁 : (말을) 갑자기 불쑥 하는 모양.

73 되레 : '도리어'의 준말. (추측이나 기대와는) 반대되거나 다르게.

74 암상 : 남을 미워하고 새암을 잘 내는 잔망스러운 심술.

75 복성스럽다 : 얼굴이 둥그스름하게 생겨 보기에 복스럽다.

76 어글어글하다 : 생김생김이 시원스럽다.

77 심통 : 바르지 않은 마음 바탕.

78 보풀떨이 : 보기에 모질고 날카로운 짓.

79 가스러지다 : (성질이) 순하지 못하고 거칠어지다.

80 소프트(soft) : 소프트 모자(soft 帽子). 양털이나 그 밖의 짐승 털을 원료로 하여 습기, 열, 압력을 가하여 만든 부드러운 중절모자(中折帽子).

81 꼬기작꼬기작하다 : 종이, 피륙 따위 얇은 것이 아주 조금 비벼지거나 접히거나 하여 잔금이 있다.

82 포라(poral) : 포럴(poral). 주로 여름 옷감으로 쓰는, 바탕에 구멍이 많은 직물.

83 악살 : 성내어 소리지르며 야단함.

84 따구 : '뺨'을 비속하게 이르는 말. 따귀.

85 휘어지르르하다 : 어질어질하다. 현기가 나서 자꾸 어지럽다.

86 까슬거리다 : 마음에 거슬리는 말이나 짓을 자꾸 하다.

87 자기기만(自己欺瞞) : 자기가 자기 마음을 속임. 자기의 양심에 벗어나는 말이나 행동을 알면서도 함.

88 푼더분하다 : 모자람이 없이 넉넉하다.

89 뇌수(腦髓) : 머리뼈 속에 들어있는 골.

90 희어멀끔하다 : 희멀끔하다. 얼굴 따위가 흰하게 깨끗하다.

91 번잡하다(煩雜~) : 번거롭고 복잡하다.

92 매초롬하다 : 젊고 건강하여 아름다운 태가 있다.

93 펜더(fender) : 자동차의 흙받기. 바퀴에서 튀어 오르는 흙탕물을 막기 위하여 그 윗부분에 둥글게 씌운 철판.

94 지분거리다 : 짓궂은 말이나 행동으로 자꾸 남을 건드려 귀찮게 하다.

95 쇠다 : (병 따위가) 한도를 넘어 더 심해지다.

96 졸경을 치르다 : 한동안 남에게 심한 괴로움을 당하다.

97 간색(看色) : 물건의 질을 가리기 위하여 본보기로 그 일부를 보는 것.

98 잡히면 : 잘하면.

99 기왕(旣往) : 이미 그렇게 된 바에.

100 화틋 : 확. 화끈. 갑자기 달아오르거나, 몹시 뜨거운 느낌이 일어나는 모양.

101 여살펴보다 : 엿보아 살펴보다.

102 출싹거리다 : 조금 가벼운 물건을 좀스럽게 자꾸 들었다 내려앉혔다 하다.

103 아름하다 : 비교하다.

104 담보(擔保) : 채무 불이행 때에 채무의 변제를 확보하는 수단으로서 미리 채권자에게 제공하는 것.

105 감쪽같이 : (꾸미거나 고친 것이) 재빠르고 솜씨가 좋아 남이 알아채지 못할 만큼 흔적이 없이.

106 전당쟁이(典當~) : 전당포를 운영하는 사람.

107 멀거니 : 정신없이 물끄러미 보고 있는 모양.

108 뚜릿뚜릿하다 : 눈을 크게 뜨고 이쪽저쪽을 휘둘러 보다.

109 딸랑하다 : 쇠붙이 따위가 부딪쳐 가볍게 울리는 소리가 한 번 나다.

110 손박 : 솔박. 나무를 둥그스름하고 납죽하게 파서 만든 작은 바가지.

111 채어보이다 : 잡아채어 보이다.

112 품팔이꾼 : 품삯을 받고 남의 일을 해주며 살아가는 사람.

113 취하다(取~) : 남에게서 물건이나 금품을 꾸거나 빌리다.

114 어름어름하다 : 말이나 행동을 똑똑히 하지 않고 꾸물거리다.

115 신색(神色) : 남의 '안색(顔色)' 을 높여 이르는 말.

116 쓰다 : 마음에 언짢다.

117 암만 : 굳이 밝혀서 말할 필요가 없는 값이나 수량을 대신하여 이르는 말.

118 씻어넘기다 : 대수롭지 아니하게 보아 넘기다. 가볍게 생각하다.

119 말줄 : 이야기의 줄거리

120 칙살스럽다 : (하는 짓이나 말이) 잘고도 더러운 데가 있다.

121 작파하다(作破~) : (하던 일이나 계획을) 그만두어 버리다.

122 허천(이) 나다 : 걸씬들리다. 굶주리어 음식에 대한 탐욕이 몹시 나다.

123 삼방(三防) : 함경남도 안변군(安邊郡)에 있는 명승지. 약수로 이름이 높음.

124 몸조섭(~調攝) : 몸조리. 허약해진 몸을 회복하기 위하여 몸을 잘 돌보는 일.

125 들이다 : 추위를 녹이거나 땀을 그치게 하다.

126 서슴잖다 : 말이나 행동에 망설임이 없다.

127 행세꾼(行世~) : 처세하여 행동을 잘하는 사람을 홀하게 이르는 말.

128 장사패 : 장사하는 사람의 무리.

129 귀골(貴骨) : 귀하게 자란 사람.

130 삘리아드집(billiard~) : 당구장(撞球場)

131 활량 : '한량(閑良)' 의 변한 말. 먹고 놀기만 하는 양반 계급.

132 근심기 : 근심이 되어 마음이 평안하지 않는 기운.

133 더우 : 더위. 여름철의 더운 기운.

134 호장부(好丈夫) : 씩씩하고 건장한 남자.

135 절절히(節節~) : 말이나 글의 마디마디마다.

136 천적스럽다(賤~) : 보기에 품격이 낮고 야비하다.

137 레지(register) : 다방 같은 데서 손님을 접대하며 차를 나르는 여자.

138 가부 : 봉급을 기일 전에 미리 지불하는 것.

139 시글시글하다 : 우글우글 들끓다. 또는, 매우 수두룩하게 많다.

140 진득이 : 몸가짐이 의젓하고 참을성이 있게.

141 심상히(尋常~) : 대수롭지 아니하게. 보통으로 예사롭게.

142 비끄러매다 : (끈, 줄 등으로) 서로 떨어지지 못하게 붙잡아 매다.

143 터덜거리다 : 몹시 느른한 몸으로 무겁게 걷다.

144 날맥주 : 생맥주(生麥酒). 살균 처리를 하지 않은, 양조된 그대로의 맥주.

145 조끼('ジョッキ') : '맥주를 담아 마시는, 손잡이가 달린 대형의 컵' 의 일본말. 여기
서는 그 컵을 세는 단위.

146 사개 : (박거나 잇는 나무가 서로 꼭 물리도록) 나무의 끝을 파낸 것. 또는, 그런 짜
임새.

147 앞뒤가 여살펴지다 : 어떤 일을 하려 하는 때에 이모저모의 이해 관계를 따지다.

148 호를 타다 : 낙인이 찍히다.

149 엄벙덤벙하다 : 말과 행동이 침착하지 않게 덤벙거리다.

150 빠텐더 : 바텐더(bartender). 카페나 바의 카운터에서 주문을 받고 칵테일 등을 만
    드는 사람.

151 군색하다(窘塞~) : 거북하고 옹색하다. 또는, 생활이 딱하고 어렵다.

152 때갈년 : ('잡혀갈 어지'의 뜻으로) 여자에 대한 욕말.

153 악한(惡漢) : 악독한 짓을 하는 사람.

154 얼다 : 너무 놀랍거나 두려워서 꿈쩍을 못하다.

155 싱글(single) : '싱글 브레스트(single-brea-sted)'의 준말. 양복 저고리의 섶을 조금
    겹치게 하여 단추를 외줄로 단 것.

156 해죽해죽 : 만족한 듯이 귀엽게 슬쩍 한번 웃는 모양.

157 더웁다 : 덥다.

158 쌜룩하다 : 한 부분의 힘살을 한 번 샐그러지게 움직이다.

159 갈아들다 : 이미 있던 사물을 대신하여 다른 사물이 들어오거나 자리잡다.

160 열모로 : '여러모로'의 준말.

161 몸태 : 몸의 생김새. 몸맵시.

162 벌어지다 : 일이 일어나거나 진행되다

163 용단(勇斷) : 용기있게 결단함.

164 도연하다(陶然~) : 술에 취하여 거나하다.

165 비루하다 : (행동이나 성질이) 너절하고 더럽다.

166 소치(所致) : 어떤 까닭으로 빚어진 일.

167 뻐커스 : 바커스(Bacchus). 로마 신화에 나오는 술의 신. 여기서는 술집 이름.

168 프로펠라(propeller) : 엔진의 출력을 추진력으로 변환하는 회전 날개.

169 반연(絆緣) : 얽혀서 맺어지는 인연.

170 일급(日給) : 품삯을 날로 계산하여 받는 돈.

171 가하다(可~) : 좋거나 옳다.

172 신어붓잖다 : 마음에 차지 아니하다.

173 면구스럽다(面灸~) : 면괴스럽다(面愧~). 남을 대하기에 부끄러운 데가 있다.

174 진즉(趁卽) : 진작. 미리.

175 요건(要件) : 긴요한 말.

176 위한하다(爲限~) : 기한이나 한도를 정하다.

177 치하(致賀) : 남의 경사에 축하, 칭찬의 뜻을 표하는 것.

178 처쟁이다 : 처장이다. 잔뜩 눌러서 마구 쌓다.

179 유렴하다 : 유념하다(留念~).

180 즉접 : 직접(直接).

181 유까다(ゆかた) : '욕의(浴衣)'의 일본말. 목욕을 한 뒤 또는 여름철에 입는 무명
    홑옷.

182 집집이 : 집집마다

183 언덕바지 : 언덕의 꼭대기. 또는 언덕의 몹시 비탈진 곳.

184 뿌득뿌득 : 물기 없이 뽀송뽀송한 모양.

185 다듬질 : '다듬이질'의 준말. 옷감 따위를 반드럽게 하기 위하여 다듬잇방망이로
    두드리는 일.

186 비슬비슬 : 매우 힘 없이 비틀거리는 모양.

187 볼먹다 : 말소리에 성난 기색을 띠다.

188 이짐 : 고집이나 떼.

189 자궁후굴(子宮後屈) : 자궁의 체부(體部)가 경부(頸部)에서 뒤로 굽는 일. 임신하기 어려우며 임신하더라도 유산, 조산하기 쉬움.

190 포태(胞胎) : 임신(姙娠). 잉태(孕胎).

191 중증(重症) : 매우 위중(危重)한 병의 증세.

192 지천 : 지청구. 까닭 없이 남을 탓하고 원망하는 짓.

193 언니 : 동기간에 나이가 많은 쪽을 부르는 말.

194 허덕허덕 : 힘에 겨워 괴로워하며 애쓰는 모양.

195 구처되다(區處~) : 변통하여 처리가 되다.

196 씨근버근 : 숨이 몹시 차서 시근거리며 헐떡거리는 모양.

197 긴하다(緊~) : 매우 간절하다.

198 심정(心情)(이) 나다 : 화가 나다. 성나다.

199 팩 : 갑자기 냅다 성을 내거나 소리를 지르는 모양.

200 사뭇 : 계속하여 줄곧.

201 눈가가 싸하다 : 눈의 가장자리가 아린 듯한 느낌이 있다.

202 선대하다(先貸~) : 치를 돈에서 치를 기일 이전에 먼저 꾸어 주다.

203 천신(薦新) : 난생 처음.

204 마침감 : 마침맞은 사물이나 일.

205 싸전집 : 싸전가게. 쌀과 그 밖의 곡식을 파는 가게.

206 살뜰하다 : 썩 알뜰하다. 사랑하고 위하는 마음이 깊고 세밀하다.

207 주근깨 : 얼굴의 군데군데에 생기는 잘고 검은 점.

208 추물(醜物) : 박색(薄色). 못생긴 얼굴.

209 근지(根地) : 사물의 밑바탕.

210 상처하다(喪妻~) : 아내가 죽다.

211 막지기 : 가지기. 혼례를 치르지 않고 다른 남자와 사는 과부나 이혼한 여자.

212 빛다르다 : 두드러지게 다르다. 유별나다.

213 끔찍 : 끔찍이. 정성이나 성의 따위가 몹시 대단하고 극진하게.

214 항용(恒用) : 늘. 또는, 드물 것이 없이 보통.

215 안잠자기 : 남의 집에서 일을 도와주며 먹고 자는 여자.

216 말머리 : 말의 방향. 또는, 말의 첫머리.

217 생화 : 살아 나가는데 도움이 되도록 벌이를 함. 또는, 그 벌이나 직업.

218 소간 : 소관(所關).

219 문간방(門間房) : 대문간 바로 곁에 있는 방.

220 루비(ruby) : 강옥(鋼玉)의 하나. 미량의 크롬이 들어 있어 적색을 띰.

221 수퉁스럽다 : 보기에 투박하고 흉하다.

222 공전(工錢) : 물건을 만드는 품삯.

223 혁대고리(革帶~) : 가죽으로 만든 띠의 고리.

224 정신머리(精神~) : '정신(精神)'을 속되게 이르는 말.

225 생고사(生庫紗) : 생명주실로 짠 비단의 하나.

226 께끼적삼 : 깨끼적삼. 안팎 솔기를 곱솔로 박아 지은 겹옷의 적삼.

227 다뿍 : 잔뜩. 몹시 심하게.

228 쭈쩍 : 뜻하지 않게 갑자기 마주치는 모양.

229 혜먹다 : 일이 마음먹은 대로 되지 않고 자꾸 겉돌아서 흥미나 의욕이 없다.

230 허실삼아 : 별반 기대는 하지 않고 혹시나 하는 마음으로.

231 흠선히(欽羨〜) : 우러러 공경하고 부러워하며.

232 파서 묻다 : 캐묻다. 어떤 일을 밝히려고 자세히 파고들어 묻다.

233 번들거리다 : 어수룩한 맛이 없이 약게만 굴다.

234 한팔 : 한풀. 기운, 의기, 끈기, 투지 등의 한 부분.

235 늦구다 : 늦추다.

236 배송시키다(拜送〜) : 삼가 보내다.

237 적이 : 꽤 어지간히.

238 꿀침 : (무엇을 먹거나 갖고 싶을 때) 한 번에 넘어가는 침.

239 과분(過分) : 분수에 넘침.

240 적선(積善) : 착한 일을 많이 하는 것.

241 비쌔다 : 수더분한 맛이 없고 어울리지를 아니하다.

242 일쑤 : 가끔 잘.

243 구누름 : 못마땅하여 혼자서 하는 군소리.

244 조각보(〜褓) : 헝겊 조각을 여럿 대어서 만든 보자기.

245 속새로 : 드러나지 않게.

246 대푼변(〜邊) : 백분의 일로 치르는 이자.

247 토종 : 원래부터 그 땅에 있는 동식물.

248 삭삭하다 : 눈치가 빠르고 남을 대하는 태도가 상냥하다.

249 해해하다 : 마음이 만족하여 자꾸 해해 입을 벌려 웃다.

250 잡아젖히다 : (하던 말이나 일을) 중도에서 잘라 바꾸다.

251 효과여신(效果如神) : 너무나 신통하여 효과가 아주 만족할 만한 상태에 이름.

252 홈파다 : 속을 좁고 깊게 후비어 파다.

253 도사려먹다 : 무슨 일을 하려고 별러서 마음을 긴장하게 다잡아 가지다

254 여새기다 : 마음에 새기어 두다.

255 심덕(心德) : 너그럽고 착한 마음의 덕.

256 낯꽃 : 얼굴에 드러나는 감정의 표시.

257 약차하면(若此〜) : 뜻대로 되지 않으면.

258 강잉하다(强仍〜) : 마지못하여 그대로 하다.

259 비스감히 : 좀 비슷하게.

260 내평(內〜) : '속내평'의 준말. (사물이나 사람의) 겉으로 드러나지 않는 사정.

261 뜬숯 : 장작을 때고 난 뒤에 꺼서 만든 숯.

262 근사(勤仕)를 묻다. : 오랫동안 힘써 은근히 공을 들이다.

263 납대기 : '모되'의 방언, 목판되. 네모가 반듯하게 된 되.

264 자반갈치(佐飯〜) : 반찬감으로 소금에 절인 갈치.

265 까맣다 : 거리나 동안이 매우 아득하다.

266 골목쟁이 : '골목'의 속된말. (찻길에서 들어가 이리저리 통하는 좁은 길).

267 늙수구레하다 : 꽤 늙어 보이다.

268 목판(木板) : 음식을 담아 나르는 나무 그릇.

269 왁자지껄거리다 : 여러 사람이 모여 정신이 어지럽도록 떠들다.

270 설어하다 : 서러워하다.

271 비끼다 : 비키다.

272 소담스럽다 : 보기에 소담한 데가 있다.

273 꿰지다 : (둘러싼 것이) 터져서 속의 것이 드러나다.

274 네끼놈우 : 때릴 듯한 기세로 욕하려 하거나 나무랄 때에 내는 소리.

275 다급하다 : (미리 어떻게 할 여유가 없을 만큼) 바싹 닥쳐서 몹시 급하다.

276 겁결(怯~) : 겁이 나서 어쩔 줄 몰라 당황하는 참.

277 훑으려잡다 : 훑어잡다.

278 오랄질 : 오라질. ('오라로 묶여 갈' 이란 뜻으로) 욕하는 뜻으로 내뱉는 말.

279 걸찍하다 : 말이 험하여 거리낌이 없고 푸지다.

280 도도하다 : 주제넘게 거만하다.

281 똑똑이 : 사리에 밝고 총명한 사람. 또는, 그런 행동.

282 얼 : 이름을 더럽힐 만한 억울한 평판.

283 결리다 : (약점 때문에) 마음이 쓰이다.

284 버썩 : 아주 가까이 들러붙거나 죄거나 우기는 모양.

285 내닫다 : 밖으로나 앞으로 힘차게 뛰어나가다.

286 펄펄하다 : 날 듯이 활발하고 생기가 있다.

287 마른 벼락 : 마른 하늘에서 치는 벼락.

288 어여 : 어서. '빨리', '곧' 의 뜻으로 행동을 재촉하는 말.

289 면박주다(面駁~) : 얼굴을 마주하며 꾸짖어 나무라다.

290 모피하다(謀避~) : 꾀를 써서 피하다.

291 활씬 : 정도 이상으로 많거나 적게.

292 잔채질 : 포교가 죄인을 신문할 때에, 회초리로 마구 연거푸 때리는 매질.

293 찰래찰래 : 작은 동작으로 머리를 가볍게 가로 흔드는 모양.

294 자책하다(自責~) : (양심에 거리끼어) 스스로 자기를 책망하다.

295 소행머리(所行~) : '소행(所行)' 의 속된말.

296 대뜰 : 댓돌에서 집채 쪽으로 나 있는 좁고 긴 뜰. 댓돌 위의 뜰.

297 쏟뜨리다 : '쏟다' 의 힘줌말.

298 선연히(鮮然~) : 선명하게. 뚜렷하게.

299 승어부(勝於父) : 아버지보다 나음.

300 두런거리다 : 나직한 목소리로 잘 알아들을 수 없게 잇달아 이야기하다.

301 소산(所産) : '소산물(所産物)' 의 준말. 그 곳에서 생산된 온갖 물건.

302 반분하다(半分~) : 절반으로 나누다.

蔡萬植

채만식 소설 명작선
蔡萬植 小說 名作選

敗北者의 무덤

敗者之墓

敗北者의 무덤

오래비 경호는 어느새 고개를 넘어가고 보이지 않는다.

경순은 바람이 치일세라 겹겹이 뭉뚱그린 어린것을 벅차게 앞으로 안고 허덕지덕, 느슨해진 소복[1]치마 뒷자락을 치렁거리면서, 고개 마루턱까지 겨우 올라선다.

산이라기보다도 나차막한[2] 구릉(丘陵)이요, 경사가 완만하여 별로 험한 길이랄 것도 없다. 그런 것을, 이다지 힘이 드는고 하면, 산후라야 벌써 일곱 달인 걸 여태 몸이 소성되지 않았을 리는 없고, 혹시 남편의 그 참변을 만났을 제 그때에 원기가 축가고[3] 만 것이나 아닌가 싶기도 하다.

사람이 죽는다는 것도 아무리 애석한 소년 죽음일값에, 가령 병이 들어 한동안 신고[4]를 하든지 했다면야 주위의 사람도 최악의 경우를, 신경의 단련이라고 할까 여유라고 할까, 아뭏든 일시에 큰 격동을 받지 않고 종용자약[5]하게 임할 수가 있는 것이지만, 이는 전연 상상도 못할 불의지변[6]이어서, 무심코 앉았다가 별안간 당한 일이고 보니 사망(死亡) 그것에 대한 애통은 다음에 할 말이요, 먼저 심장이 받은 생리적 타격이 대단했던 것이다.

败者之墓

于翠玲 **译**

不知什么时候哥哥景镐已经翻过山头，消失在视野里了。

景顺怕孩子被风吹着，严严实实地把孩子裹着抱在胸前，走得气喘吁吁。她一身松垮垮的白色丧服，裙摆在后面拖拉着，好不容易才站到了山顶。

说是山，其实也就是一个低矮的山丘，坡度平缓，没什么太难走的路。可就这样一段路，她都走得很累。按理说她生完孩子也有七个多月了，身子不应该还没恢复好，只能说她还没能从丈夫惨死的痛苦中走出来。

人的死亡当然是再痛苦不过的事情，但如果是久卧病榻，周围的人也就有点儿心理准备，那冲击也就没那么强烈，就算死的是年轻人，也能够从容自若地面对。而丈夫的死实在太突然了，是景顺做梦也没想过的变故，如同晴天霹雳，先不说那悲痛有多深，光是心理上的冲击就让人难以承受。

쇠뿔을 바로잡다가 본즉 소가(죽은 게 아니라) 말승냥이[7]가 되더라는 둥, 불합리의 간접교사[8]를 하고 있을 수가 없다는 둥, 언뜻 암호문자(暗號文字)처럼 생긴 이유를 찾아가지고, 남편 종택이 제법 그때는 녹록치 않은[9] 소장[10] 논객[11]으로서 어떤 잡지의 전임 필자이던 직책을 내던진 후, 집안에 칩거한[12] 것이 작년 이월 초생[13]……

잡지사를 그만둔 이유는 그러한 것이었으나, 그를 단행한 직접 동기는 고향의 부친에게서 온 한 장의 서신이었다.

아침에 마악 잡지사에 출근을 하려는 참인데 편지가 배달이 되었다. 이맛살을 잔뜩 찡그리고 읽어 내려가던 종택은 귀인성[14] 없는 늙은이들, 죽지도 않는다고, 불측한[15] 소리를 두런거리면서 방바닥에다 편지를 내동댕이치더니, 그대로 주저앉아, 그 손으로 잡지사에 사직원을 쓰던 것이다.

잡지사의 사직[16]이야 시일 문제인 줄 경순도 알기는 알던 터이지만, 시아버지의 편지가 그와 무슨 관련이 있을 줄은 뜻밖이라 궁금한 대로 편지를 걷어가지고[17] 읽어보니, 강진사의 예의 한문에 토를 달아 가면서(아들이 순한문은 잘 몰라본대서 언제고 그 투다) 한 발이 넘게 달필[18]의 붓글씨로 휘갈린[19] 사연이 우습기도 하고 솔직하기도 하나, 결국 함축 있는 반박[20]이었었다.

— 너는 그것이 심히 불가[21]한 양으로 이 애비[22]를 책망하였음이나 진실로 그렇지 않을 연유가 있는 배로다. 하고뇨 하면[23], 천하의 목탁[24]이라 칭시하는 일보(日報)야며 너도 간여를 하고 있는 잡지야며를 상고할진댄[25] 신문지사(新聞之士)[26]와 잡지지사(雜誌之士)[27] 그를 극구 칭양하여 솔선 고무하니 의(義)임을 가히 알지로다. 우황 거세(擧世)[28] 그를 따름이리요.

丈夫钟泽说要去制服牛，可牛(没死)反倒成了豺狼，还说什么不愿姑息纵容是非不分的风气……就是用这些深奥的道理，丈夫辞去了工作，从一个笔锋锐利的杂志社评论执笔人变成了蛰居在家的文人，那是去年2月初的事了。

辞去杂志社工作的理由虽然很多，但让他断然决定辞职的直接原因却是父亲从家乡寄来的一封信。

那天早上，他刚要出门去上班，信就送到了。他皱着眉头将信读完，嘴里嘟囔着'没气度的老头，怎么还不上西天哪'，说完把信摔到地上，就地坐下来写了那封辞职信。

景顺也知道他辞去杂志社的工作只是时间问题，可她想不出这跟公公的来信能扯上什么关系。出于好奇，她拾起信读了起来，里面掺和着姜进士惯用的汉文词(整篇汉文的话，儿子看不懂，公公就一直写这种半文半白的文章)。公公一手漂亮的毛笔字，洋洋洒洒地写了一大篇。信的内容坦率却可笑，说穿了无非都是些驳斥。

——你执意此举无望，并以此责备为父，然实则另有缘由。曾几，日报被誉为天下之木铎，想你也任职于杂志社中。新闻之士与杂志之士极赞之，以率先鼓舞，此可知义，又况举世从之哉。

유차[29] 관지컨대[30] 유의지사(有意之士)[31]와 유산지민(有産之民)[32]이 모름지기 숭상할 대도(大道)[33]인지라, 내 빈재(貧財)[34]를 나누어 흔연히 행한 바이로다. —

말없이 써서 주는 사직원[35]을 받아가지고 나가서, 속달등기로 부치도록 사환[36] 계집아이를 분별시킨 후에 건넌방으로 도로 들어와 보니, 남편은 외투까지 입은 채 출입하려던 차림 그대로, 방 한가운데 가서 버얼떡 드러누워 눈을 감고 침음[37]에 잠겨 있었다.

"예는 찬데!"

경순은 남편의 머리 옆으로 조용히 앉으면서, 손바닥으로 방바닥을 짚어보면서, 그의 얼굴을 가만히 들여다본다. 진작부터도 남편이 침울하게 지내 왔고, 하다가 오늘은 또 그러한 서신이야 사직원이야 해서 가뜩이나 저렇게 마음이 편안치 않아하고 하는 것을 경순은 잘 이해할 줄도 알고, 그러므로 근심도 되고 하여 자연 얼굴에 흐린 그늘이 지지 않는 것은 아니나, 그러나 그것이 곤곤히[38] 드러만 나는 애정과 명랑한 빛을 통째로 지우지는 못한다.

종택은 천천히 눈을 뜨고 아내를 올려다본다. 근심은 그대로 가득한 얼굴이나 금새 아내의 등이라도 다독다독 해줄 그러한 눈이다.

결혼을 하여 겨우 일 년 남짓하니 연애적 기분도 미처 가시지 않았을 무렵이기야 하지만, 시방 종택 자신이 정신생활의 중대한 난관을 만났고, 경순은 그의 고민을 제 살로써 충분히 느끼고 하는 절박한 시기에 처하여서도 그들의 도타운 애정은 결코 전면에 나타나기를 주저하지 않는다.

"옷 갈아 입구 절러루[39] 누우세예지, 여기는 차아!"

"응."

由此观之，此乃有意之士与有产之民应尚之大道，亦是为父欣然散尽薄财而行之事。——

钟泽一言不发地就写好了辞职信。景顺接过信走出去，打发丫头拿去寄特快挂号信，然后回到房间，瞧见丈夫依旧一身要出门的打扮，穿着外套，仰面躺在屋子中间，闭眼沉思着。

"地板凉！"

景顺说着轻轻地坐到丈夫的旁边，用手摸了摸地板，静静地看着他。丈夫先前就很忧郁，加上今天又是书信又是辞职信的，让他心里更不舒服，这景顺是能理解的。就因为这样，丈夫脸上自然流露出忧虑，但是这却无法抹灭他那炙热的爱情和因爱情而散发的动人光芒。

钟泽慢慢地睁开眼看向妻子，他满脸的忧虑，可眼里却流露出想要拍拍妻子安慰她的神情。

结婚才一年多，谈恋爱的感觉还在，现在丈夫遇到了重大的精神危机，景顺能够切身感受到他的哀愁。不过，即便在这危殆的关头，他们之间的爱意依旧深厚浓烈。

"换了衣服，去那边儿躺着，这儿凉！"

"嗯。"

종택은 머리를 괴었던[40] 한편 팔을 뽑아다가 이마를 뒤로 씻으면서 입을 꾸욱 다물고, 응 한다. 길쭉한 아래턱이 쑤욱 더 나오고, 널따란[41] 이마가 씻는 대로 더 넓어진다.

"그리구우, 인전 아침 불 때예지요? 낮에두 집에 기실 테니깐…… 네?"

"응? 응."

"그리구, 자 요오! 옷 갈아 입구……"

"응."

"아이 참! 애긴가 뭐, 응 응만 허구."

"으응, 내가 그랬나!"

종택은 푸스스[42] 일어나 앉은 채로, 외투며 양복을 벗고, 아무렇게나 바지와 저고리를 꿰고 걸치고 한다.

경순은 벗어 내놓는 것을 걷어다가 양복장을 열고 차례로 걸면서, 밖으로 대고 안잠이[43]를 불러, 이 방에 군불을 지피라고 이른다.

종택은 내키잖는 손으로 담배 하나를 피워 물더니, 아랫목 보료[44] 위에 가서 잔뜩 쪼그리고 앉는다.

마지막 양복장 문을 닫으려고 할 때다. 무엇을 까막까막[45] 생각하느라고 건성으로 손을 놀리던 경순은 별안간 웃음을 하나 가득 달뜬[46] 음성으로

"아이! 차음! ……"

하면서 급하게 들어서다가, 그러자 남편이 하고 앉았는 양을 보고는, 그만

"……오온! 쫓겨가시나? …… 치워요?"

종택은 바륵[47] 웃으면서, 제 자세를 내려다보더니 혼자서 또 고소[48]를 한다.

钟泽抽出枕在头底下的胳膊，将额前的头发向后捋了捋，嘴都不张地答了一声。他的长下巴向前突起，额头也被捋得更宽了。

"对了，今天起，早上也烧炕吧？你白天也在家……嗯？"

"嗯？嗯。"

"呀啊啊！快换衣服……"

"嗯。"

"哎，真是的！你又不是孩子，就会嗯嗯的。"

"嗯，是吗？"

钟泽轻轻地坐起来，脱下外套和西装，随便把裤子套上，还披了件上衣。

景顺拾起丈夫脱下的衣服，一边打开衣柜一件件地挂起来，一边朝着外面喊下人烧炕。

钟泽百无聊赖地点起一根烟抽了起来，他走到炕头边，蜷缩在坐垫上。

就在要关柜门的时候，景顺好像突然想起了什么，就随手关上柜门，兴奋地笑着说道：

"啊！对了！……"

她急匆匆地走进来，却看到丈夫蜷缩着坐在那儿，于是问道：

"……哦哦！怎么着，有人赶你出门？……冷吗？"

钟泽扑哧一声笑了，低头看了看自己的姿势，又一个人苦笑起来。

"……방바닥두 뜨듯헌데…… 그래두 안방으루 건너가시든지……"

종택은 고개를 흔들고 경순은 보료 밑을 짚어보다가 그대로 주저 앉는다.

"……저어, 전에, 전에에, 우리 결혼허기 전두 말구, 또 그전……"

"응."

"그때, 양행허구 싶다구 그리셨지요? 불란서 같은 데루……"

"불―란서? …… 글쎄……"

"아따 저 거시키 누구냐, 뿔룸……? 응 뿔룸이야, 뿔룸 내각이 생기 구 그럴 땐데, 그날 일요일날 내가 하숙으루 찾어가니깐, 사진서껀 나구 헌 신문을 읽으시다가 불란서나 한번 휘익 다녀왔으믄 좋겠다 구, 인제 결혼허구 나서 둘이서 같이 갈꺼나구……"

"글쎄…… 혹시 그랬을지두 모르지…… 그런데, 그런 옛말은 별안 간 왜? 가구 싶우?"

"아니. 그리구 나는 가구 싶어두……"

경순은 제 아랫배를 내려다보다가, 바륵 웃는다.

종택도 아내의 눈을 따르다가 마주 씨익 웃는다.

배가 아직 겉으로 드러나게 부르진 않아도, 삼 개월이라고, 며칠 전에 산과의사[49]의 확진[50]까지 났던 것이다.

종택은 아내를 마주보고 웃던 눈을, 재차 가슴 아래로 흘리다가 이윽 고 다시 위로 젖가슴께서 잠깐 멈추더니, 도로 아내의 눈을 찾는다.

인간은 오랜 옛적, 동물로서 많이 취각(臭覺)으로 살던 본능이 아직 도 혈관 속에 처져 있어서 그러한지는 몰라도 임신 삼 개월 마침 그때 가 아낙[51]이 사랑스러 보인다고 한다. 그리고 아낙은, 역시 그때가 남 편에게 느끼는 애정이 가던 중 고조[52]에 오른다고.

"……这儿地板热和是热和……但还是进里屋去好点……"

钟泽摇摇头,景顺把手伸进坐垫底下摸了摸,顺势坐了下来。

"……嗯,之前,之前的时候,不是我们结婚之前,还要再早一点儿……"

"嗯。"

"那时候,你不是说过想去西方旅行吗?像法兰西……"

"法——兰西?……是吗?……"

"啊!那个谁来着,布鲁姆……?啊!布鲁姆,就是那个布鲁姆内阁成立的时候,那天是个周日,我去寄宿公寓找你,你看着一份附有照片的旧报纸,突然说要是能马上飞去法兰西该多好。你还说到时候结了婚,咱俩一起去……"

"是吗?……好像是说过……不过,好久以前的事了,怎么突然提起?想去?"

"不是,再说,就算我想去……"

景顺低头看了看自己的小腹,扑哧笑了出来。

钟泽也随着妻子的视线看过去,两眼相望,嘿嘿地笑了起来。

妻子的肚子还看不出来,但几天前,产科医生确诊已有三个月身孕了。

钟泽面对着妻子,眼里充满了笑意。他再次将视线移到妻子胸部以下,接着又在她的乳房上停了停,然后重新望向妻子的眼睛。

人类在很久很久以前是依赖嗅觉生存的动物,不知道是不是因为这种动物本能仍旧残留在血管里,怀孕三个月的妻子,在丈夫眼里正是最惹人爱怜的,而此时的妻子对丈夫的爱也正迈向高潮。

"아이, 숭업게[53] 왜 자꾸만 보셔!"

경순은 수삽하여, 부질없이 치맛자락으로 배를 싼다.

종택은 그새 벌써 다른 생각에 눈을 까막까막, 주의가 아내에게서 딴 데로 번진다.

경순은 먼저에 하다가 만 이야기가 다시 생각이 나서

"시방 글쎄에…… 양복을 걸른서 양보옥 양복자앙 허다가 괜히 양행이란 말이 생각이 나겠지요. 그리군 전에 그 이야기두 생각이 나구…… 어떠세요? 마침 이렇게 수서언허기두[54] 허구, 그러니깐 바람두 쐬실 겸, 이번에……"

"글쎄……"

"휘얼훨, 좀…… 뭐 해필[55] 불란서루만 가신다는 게 아니라, 천천히 구라파루 아메리카루 일주를 허서두 좋구."

"쯧! 좋겠지."

"인전 아무래두 한동안 시굴루 내려가서 지내는 게 좋잖아요? 괜히 분잡허구[56], 또오……"

"글쎄……"

"그러니깐, 이왕 서울 살림은 헤치구[57] 일어서는 길에 아주……"

"간다구 허더래두 여권두 문제라!"

"좀 다잡아서[58] 운동을 해보지? 널리 대구[59]…… 되다가 못되더래두."

"글쎄……"

"여비는 아버님 안 주시거들랑, 뭐 그래 주실 여유도 없으시대지만 이 집 이거 팔구, 아무래두 시굴루 내려가자믄 팔아야 할 테니깐…… 한 오천 원은 받지요?"

"哎呀，羞死了！干什么总看我！"

景顺害羞地扯着裙摆遮起了肚子。

钟泽这会儿却已经沉浸到别的想法中，注意力从妻子身上转开了。

景顺想起了刚才还没说完的话，又接着说：

"刚才，那个……我挂西服嘛，西服啊，西服柜的，不知怎么就想起'西方旅行'来了，还有你以前的话……怎么样？正好现在事情也乱糟糟的，还可以散散心，借这次机会……"

"这个嘛……"

"咻，一下就飞过去了，嗯……也不是只能去法兰西，把欧美慢慢环游个遍也不错。"

"呵！是不错！"

"现在呢，最好是去乡下呆一段时间，省得心烦意乱，而且……"

"唔……"

"所以嘛，既然要从以往的汉城生活中解脱出来，干脆……"

"就算要去，护照也是个问题！"

"提起精神来，托人试试嘛？眼光放远点……先别管行不行。"

"可是……"

"父亲不给旅费的话，其实他也没那么宽裕，那我们就把房子卖了，反正以后要去乡下住……能卖个五千元吧？"

"받겠지."

"그리구, 모자라는 건 내 논 따루 몫지어 주신 거 아버지더러 돈으루 주시라구 허지. 그렇지만 아버지가 그건 안 들으실 거구, 오빠더러 이야기를 해예지. 뭐 오빠는 우리 일이라문 돈이나 한 몇천 원은 얼른 해 주실 건데…… 그러니깐 여비두 걱정 없잖아요?"

"글쎄……"

"그리구 나는 그동안 시굴서 집에 가서 있던지, 모처럼 시집살이라두 좀 허던지, 또오 오면 가면 허던지 그리구우, 네? 나느은……"

경순은 그 다음이 아주 재미있는 대목인데, 남편은 보니 제가 이야기하고 있는 것을 보고 앉았기는 앉았으면서도 실상은 딴 생각에, 주의가 산만하고 그리고, 그래서 여태까지 말대꾸하던 것도 건성이었고 한 것을 비로소 알고는 그만 헤먹어서[60], 응석하듯 그의 무릎을 잡아 흔든다. 재미나는 대목이란 건, 인제 한 이태고 후에 당신이 신호나 횡빈에서 배에서 내리는 날, 나는 이쁘디이쁜 애기를 안고 부두에서서 마중을 하구요, 이 말을 하겠던 것이다.

그러나 종택은 아내가 개두[61]를 한 그 이야기를 결코 잊어버린 것이 아니다. 오히려 여자답게 재치있게 궁리를 해낸 양행이라는 그것이 일변 마음에 당겨, 두루 생각을 하고 있었다.

그는 언뜻, 양행이면 소극적이기는 할값에, 지금의 이 거추장스런 자기분열(自己分裂)에 대한 준열한[62] 자책이 어느만큼 완화될 수가 있을 성 불렀다.

후일의 에네르기를 삼을 겸, 견문도 넓히고 미흡한 학문도 닦고 하면서, 한 이태고 삼 년이고 외국에서 지내다가 서서히 돌아와서, 차차 다시……

"应该能。"

"嗯，再不够就让父亲把我的那份地，换算成钱给我好了，如果他不同意的话就跟哥哥说。只要是我们的事，哥哥肯定会爽快地给个几千块……所以旅费也没什么可担心的。"

"这个……"

"我呢，这期间就回乡下去，要么回娘家，要么去公婆那儿侍奉公婆，再不然两边走动着住也行，你说呢？我，嗯……"

接下来的构想，景顺越想越觉得有意思，但看到丈夫只是看着自己在说话，人虽是在那儿坐着，心里却想着别的，连搭话都是一直在敷衍，一副心不在焉的样子，这使景顺感到很无趣，于是她开始撒娇似地摇着丈夫的膝盖。原本她想说的是，大概两年后，丈夫在神户或横滨下船那天，自己会抱着个漂亮的娃娃站在码头等他。

钟泽不是没把妻子的话听进去，他只是被妻子细密的女人心所设想的西游之行所吸引，不自觉地沉浸其中而已。

他隐隐觉得去西方游历有些消极，但多少能够缓解一下那因自我分裂而来的强烈自责。

西游可以为以后充电，既可扩大一下见闻，又可深造一下不足的学问，在国外呆个两三年，慢慢游历，回来后重新……

이렇게 생각을 했을 때에는 당장 오늘이라도 뛰쳐나가서 여권도 주선을 해보고 여비도 마련을 하고, 부리나케 서둘러 하루바삐 떠나고 싶기도 했다.

그러나 그것은 처음의 한 순간이요, 마침내 속은 후련하게시리 그리로 경도[63]가 되어버리질 않고서 차차로 찌뿌듬하니[64] 싫었다.

작금[65]의 종택은 강풍을 만나 파선[66]을 하고 난 뱃사람과 흡사하다 하겠다.

본시 바람이란 것은, 제풀로 두어두면 부질없은 파괴나 일삼는 해로운 물건이다. 그러나 사람은 그 파괴나 하고 마는 자의 힘을 갖다가 역으로 인도하며, 나에게 순응하도록 이용을 하는 총명함을 타고났다. 돛(帆)을 만들어 바람을 받아서 물 위로 배를 달리고 풍차를 세워 물레[67]를 돌려서 동력을 얻고 하는 것이 다 그것일 것이다.

바람은 그런데, 사시 봄바람이나 선들바람만 부는 것은 아니다. 그는 제 성격과 제 이유로 해서, 가다가는 성난 폭풍일 수도 있고 무서운 태풍일 수도 있다. 그러므로 그러한 강풍을 어거하자면[68], 보다 더 실한 돛과 정정한[69] 풍차가 있어야 할 것이다.

종택은 일찌기 바람 거칠지 않을 절기에 조그마한 돛을 만들어 달고 바다로 나왔었다. 했다가 그는 힘에 부치는 강풍을 만났다.

돛은 여지없이 찢어졌다. 그리고 배는 바다의 낯선 섬에 표착[70]이 되었다. 종택은 지금에, 참혹한 파선의 형해[71]를 바라보면서 해안을 두루 배회하고 있었다.

다시금 든든한 돛을 만들어 달고, 저 강풍이 불어치는 바다로 달릴 의욕은 불타오르나, 그에게는 그러한 돛을 만들 힘 — 체력이 없었다. 천지에 바다와 맞붙어 단판씨름을 않고는 살 수가 없는 판박이[72]

这样一想，他便觉得一天也呆不住了，想马上就付诸行动，先去打听一下护照的事情，再去筹措旅费，以便赶紧出国。

但那也只是刹那间的想法，最初的兴头过后，他的心情渐渐舒缓了下来，不再那么倾心于出国了，再者心情渐渐沉闷，不想出国了。

钟泽近来就如同在海上遇上狂风，船被摧毁了的船工一般。

本来风这个东西，如果任其肆行就是个没用处，专搞破坏的祸害。但人类却有办法使其服从于人类的需要，将破坏之力引导至相反的方向。风帆和风车正是此例，利用风力吹起风帆，使船行于水面，而风车则利用转轮的旋转来获得动力。

但是，风这种东西不可能一年四季只吹春风或微风，它也有自己的个性和目的，既有可能是肆虐的暴风，也有可能是可怕的台风。要想驾驭这样的强风，就需要更加结实的风帆和更坚固的风车。

钟泽曾经在风平浪静的时候，做了桅小小的风帆。他挂上风帆就出海了，结果途中却遇上了让自己力不从心的强风。

风帆被撕得粉碎，最后船漂流到一座陌生小岛上。钟泽现在正一面望着破船的残骸，一面在海岸边来回徘徊。

他充满着激情，想再做一桅结实的帆挂到船上，驰骋于那强风正劲的海面，但他却没有那样的体力了。他并不是非得和大海拼搏才能生存的船工，相反的，他有着很好的

뱃사람이 아니라 거기 어디 되는 대로 주저앉아도 넉넉할 팔자, 이것이 그의 타고난 불리한 약점이었던 것이다.

그리하여 마음은 한갓 풍랑 거친 바다로 쏠리는 것이나, 몸뚱이는 생리적 고통을 지레 겁을 내어 의욕을 뒷받쳐 주지 않고는 가재걸음[73]을 치고 해서, 어찌 하자는 말도 나오지 않던 차인데, 공교로이 양행이라는, 아내의 훈수다.

얼씨구나 좋다고 몸뚱이는 들이 불란서로, 아메리카로, 발칸으로, 지중해로, 모스크바로, 로마로, 세계지도를 제멋대로 뛰어다니고 있다. 겁이 다뿍[74] 났는데 마차운 샛길이 나오니까 냉큼 그리로 도망을 빼는 꼴새[75]다. 온갖 조조(曹操)[76]는 그자인 것이다.

이렇듯 한낱 도피에 지나지 않는 것이고 보니, 처음에 양행이란 말이 나자 언뜻, 자기 분열의 가책을 면하려니 싶었던 것은 결국 착각에 불과했던 것이다.

결단코 견문이 좁거나 학문이 미흡해서 오늘 당장에 할 노릇을 못하는 일일세 말이지, 오히려 지금 정도로도 족할 지경이다.

그러니 가사[77] 양행을 한다고 했자 산을 뽑아 짊어지고 올 바 아니며, 요술둔갑을 익혀 가지고 올 바 아니며, 무기력한 인간이기는 오나가나 일반이 아닐 것이냐.

그러나마 시방 역사는 백 년의 경륜을 하고 있지를 않느냐. 그는 바야흐로 세계로 하여금 어떤 사실에 뿌리를 박고서 독자한[78] 시대적 성격을 창조시키고 있는 중이니, 그의 연령을 세기(世紀)로써 따져야 할 것이 아니냐.

그 사실이 불합리하고, 그 성격이 나의 생리(生理)에 맞지 않는 것은 딴 이야기다. 이번에는 갈릴레오[79]가 도리어 그레고리 십삼세[80]의

八字，即使什么都不做也能过得很好，但这也正是他天生的弱点。

因此，尽管他内心向往着在狂风大浪中驰骋，但这副皮囊却怕极了生理上的疼痛，只能有心无力地在原地踏步。正当他心灰意懒时，妻子及时点醒他不妨去西游。

多么令人兴奋的建议啊！他的躯体已随想象奔往世界各地，法兰西啦、美国啦、巴尔干啦、地中海啦、莫斯科啦、罗马什么的。在这满心畏惧之际，他只想马上跳进这突然出现的岔口逃开，跟赤壁时的曹操一样，满脑子想的都是如何找到出路。

如此看来，西游不过也只是逃避的借口罢了。一开始，他觉得西游可回避因自我分裂而来的自责感，但结果那也只是错觉而已。

他绝不是因才疏学浅而没法去实践眼前要做的事，相反的，现在的学识足够用了。

因此，就算去了西方游历，回来的时候既带不回那许多知识见闻，又学不来什么高超的技术，无力之人再怎么出国见识，依旧是一无用处的。

即便如此，历史不是百年一轮回的嘛！在某种事实的基础下，世界正在形成独特的时代特征。所以历史的年轮应该以世纪为单位来划分。

若说这是不合理的，或者说这不合自己的想法，那都是题外话。相信这次的伽利略在受格里高利十三世的审讯

초사[81]를 받다가

"……그래도 지구는 돌지 않는다!"

는 폭담[82]을 들어야 한 차례인 데야……

그러니, 양행이나 하여 견문이며 학문쯤 조그만치 더 얻어 가지고, 한 이십 년 만에 돌아온댔자, 백 년을 가고도 남을 풍랑인걸, 종시 무위무능(無爲無能)하기는 일반일 게 아니냐.

결국 그러므로 거추장스런 자기 분열은, 오늘 여기서도 짊어지고 있어야 하고, 내일 양행(—을 한다면) 거기서도 짊어지고 다녀야 하고, 그리고 모레 돌아와서도 끝끝내 짊어지고 살아야 할 것이 아니냐.

종택은 한숨을 몰아 내쉬다가, 어느새 세계지도를 펴놓고 앉아서, 손가락으로 세계 일주를 하고 있는 아내의 프로필[83]을 삭막한 얼굴로 건너다본다.

그 뒤로도 부부는 저무나 새나 앉아서 하는 이야기란, 양행과 거기에 대한 여러 가지 두서없는 한담[84]이었었다. 그러나 일이 첫째 종택 제 자신이 와락 서둘지 않는 탓도 있기는 하지만, 막상 눈썹이 당장 타들어오도록 시각이 급한 무엇도 없고 하여, 자연 청처짐한[85] 채 어떤 진척[86]이나 고패진[87] 결정은 된 것이 없었다.

그러구러[88] 두 주일쯤 지나서, 예기하지 못했던—그러나 당하고 보니 당연한—일이 한 가지 뒤집혀지고 말았다. 종택이 마호멧[89]의 초정을 받아 아라비아 땅에를 갔던 것이다.

아침에 떠났던 남편을 근심으로 기다리던 중 오정만 하여 무사히 돌아오는 것을 맞는 경순의 안심은 그러나 단지 그 순간의 것이요, 역시 짐작한 대로 일은 크고 절박했었다.

时，反而会听到诸如"……任凭你怎么说，地球还是不转的！"之类的粗言暴语……

就算是去西方游历增加那么一点点的学识，呆上20年再回来，那混乱还是依旧，百年之后也一样，无所作为终究还是无所作为的。

那难以对付的自我分裂，今天在这儿要背负，明天(即使)去了西方，在那儿仍然要背负，西游回来之后也始终要背负着它生活下去。

钟泽深深地叹了口气，妻子不知什么时候已打开了世界地图坐在那儿，正用手指在环游世界，他一脸索然地望着妻子的侧影。

之后，夫妻二人早晚闲聊时常谈起的话题，无非都是与西游有关的，但只是随意地说着罢了，毫无头绪。不过这件事首先要怪钟泽自己也不怎么急着去做，再加上也没什么火烧眉毛的急事，事情自然是慢悠悠的，没什么进展，也没做出什么具体的决定。

就这样，差不多两个周就过去了。一件意想不到——但事后又觉得理所当然——的事打乱了一切。钟泽接到穆罕默德的邀请，去了阿拉伯使馆*。

丈夫是早上出发的，才中午便平安无事地回来了，她吊在胸口的心安了下来。不过这安心只是片刻，事情正如预想的一样，严重而紧迫。

---

* 这里用来隐喻朝鲜日治时代日本的情报或安全部门。

마호멧은 매우 친절하게, 코란[90]과 또 한 가지 다른 명물을 내보이면서 어느 것이 마음에 드느냐고 종택더러 물었다.

종택은 둘 다 일 없으니, 좋은 낙타나 한 마리 주었으면 그놈을 타고, 끄으덱끄으덱 세상 구경이나 다니겠노라고 대답을 했다.

마호멧은 무얼 그다지 겸사를 하느냐고, 정으로 주는 것이니 물리치지 말고 제발 둘 중에 한 가지를 골라 가져달라고 간곡히 권을 했다.

종택은 그래도 사양을 하니까, 마호멧은 필경 울면서 세 번째 졸랐다.

종택은 그러면 며칠 말미를 주면 집에 돌아가서 잘 생각해 본 뒤에 작정[91]을 하겠노라고, 수유[92]를 타가지고 돌아왔던 것이다.

무서운 진통의 사흘이 저물어 올 때, 오후에는 어떤 낯모를 신사의 방문을 받았다. 그리고 그날 밤 늦어서, 불시로 출입을 한 종택은 영영 돌아오지 않고 말았다.

그러나 그 밤의 정밤중[93]에 그가 아현(阿峴)터널 앞에서, 막진해[94] 나오는 제이호 급행열차를 정면으로—진기한 자살이라서 당시 신문에 게재된 그 기관차의 운전수의 말이라는 것에 의하면, 하릴없이 성난 짐승처럼—제 몸뚱이를 갖다가 기관차를 똑바로 들이받아, 산산 박살을 만들어버렸을 줄이야, 경순이 집에서 밤새도록 기다리기나 했을 따름이지, 꿈엔들 생각을 했을까 보냐.

진실로 경순은 밝은 날 아침, 첫편으로 배달된 봉함엽서의 유서가 아니었으면, 그리고 병원에서 경찰서의 사람이 보여주는 양복저고리며 외투며의 조각에 남은 성명이 아니었으면, 그 면상이 형적도 없이 으끄러진 머리와 팔이 하나만 붙은 동체(胴體)와 떨어져 나간 팔과 두어 번이나 동강난 다리와, 이런 것들을 가까스로 집어다가 그럴 듯이 맞추어만 놓은 피투성이의 끔찍스런 육괴, 그를 겨우 열두어 시간

穆罕默德非常亲切，给钟泽看了古兰经和另外一件古物，问他对哪一件满意。

钟泽回答两件都不需要，只说如果能给一匹好骆驼，他会骑上去，哒哒哒地游历世界。

穆罕默德认为钟泽太客气，希望钟泽不要拒绝自己的一片心意，恳切地劝他一定从两者中选出一个来带走。

钟泽还是推让，穆罕默德竟然哭着第三次恳请他。

他只好要求再给几天时间，回家好好想想再作决定，这样争取到了一点时间。

在阵痛般的恐惧中过了三天，那天下午，一个陌生的绅士访问了他们家。而当天深夜，突然出门的钟泽就再也没有回来。

正是那天晚上午夜，钟泽在阿岘隧道前正面撞上了疾驰而来的第二号快速列车——当时报纸将其报道为奇特的自杀。据那列火车司机的证言，死者如同一头狂性大发的野兽——用自己的身体正面顶上火车，结果粉身碎骨。景顺在家里等了一夜，她做梦也没想到会是这样。

事实上，如果不是一大早就由头班邮车递送到景顺手上的用封口明信片写的遗书，如果不是警局的人在医院里向她出示了西服上衣和外套碎片上的名字，仅凭那由压瘪得看不出脸面来的头，以及仅剩一条胳膊的身体，掉下来的胳膊，和被碾成两截的腿勉勉强强拼凑而成的躯体，她怎么也不敢相信这血淋淋的恐怖肉块竟会是自

전에 자기 발로 저엉정히 집을 나가던 나의 중난한[95] 남편이라고는 믿지 않았을 것이다.

—무위와 무능에서 다시 나아가 나의 육체는 나를 망신되게 하는 것으로밖에는 쓰일 곳이 없는 게 되고 말았다. 프로메테우스[96]의 후손은 불초하여[97] 약행(弱行)할[98]지언정, 불을 도로 빼앗지 않기 위하여서는, 육체를 처분할 강단[99]조차 없지는 않다. 그대에게 미안하다. 그러나 그대의 총명이 결코 그대의 전정[100]을 어리석게 인도하지 않을 것만은 자못 안심이다. 새로이 탄생되는 생명은 그대의 의사에 있는 것이지 나의 간섭할 바가 아니다. 다만 참고로, 그 생명에서 새로운 진리를 하나 창조할 적극적 의욕이라면 모르거니와, 맹목적인 모성애로 쓰잘데없는 육괴나 보육하느라고는 청춘의 재건을 묵살할 필요가 없으리라는 말을 해두고 싶다. 이 지편(紙片)[101]은 욕과 조소를 하겠거든 하라고 경호군에게도 한번 보여줌이 좋겠다.—

유서의 내용은 대강 이러했다.

태동(胎動)[102]도 유산도 안 된 것이 도리어 이상할 만큼 경순의 심장에 울린 격동은 대단했고, 그러나 시계의 바늘까지 설 리는 없어서, 시집이야 친가[103]의 가족들이 울고불고 쫓아올라오고, 그 알뜰한 시체를(화장이라니 될 법이나 한 말이냐고) 떠싣고[104] 고향으로 내려가서 장사를 지내고, 경순은 이어 서울로 회정해서[105] 살림을 정리해 가지고 다시 내려왔고, 한 고장 한 동내인지라 시집과 친정을 오면가면 하는 동안에, 배가 불러오르는 속도의 비례로 뱃속의 생명도 자랐고, 팔월달에는 여승[106] 종택의 모형(模型) 같은 조그만 놈이 세상을 나왔고, 인제는 그럭저럭 일년…… 심신은 술렁거렸던 파동으로부터 다같이 가라앉았다. 하지만 그러나 격심했던 타격이 타격인만큼 그로 인하여 몸이 축갔으려니 하는 것도 노상 엄살은 아닌 것이다.

己所深爱的丈夫。不过在十二个小时之前，他才走出自己家门的。

——无为且无能，我的肉体除了使我难堪之外别无用处。普罗米修斯的子孙，即使不孝、懦弱，但为了不让火种被夺走，他们不惜献出自己的肉体。对于你，我非常抱歉。但你的聪明让我极为放心，我相信它会正确地引导你的未来。那新诞生的生命由你全权决定，我不会加以干涉。作为参考，我想说的是，若你有意在那个生命身上积极地创造新真理的话，那自然不成问题。但不要因为盲目的母爱，去养育那一无用处的肉体，以致牺牲了重享青春的机会。这纸片最好也给景镐君看看，哪怕会被他辱骂和嘲笑。——

遗书的内容大体就是这样。

沉重的打击强烈地刺激了景顺的心脏，奇怪的是这既没有惊扰了胎儿也没有造成流产。但时针不会因此而停驻，婆家和娘家的亲戚们连哭带喊地赶了过来，把珍贵的几块尸体(怎么能火葬呢？)运回乡下安葬了。接着，景顺返回汉城收拾了行李，再次回到乡下，在同村同庄的婆家和娘家之间来来去去。肚子一天天大了起来，肚子里的生命也与之成正比地成长着。到了八月份，一个完全就是小钟泽的娃娃来到了世上。到现在一年就这么……心中混乱的思绪都已平静了下来，但因为沉重的打击所导致的身体的衰弱却是一点儿不假。

고개 마루턱에서 경순은 잠깐 숨을 돌리는 성하다가 이어 다시 길을 내려간다.

녯 설음 더 안 가서 고팽이[107]를 돌아 나서자 안개가 타악 트이고 저 아래 움푹한 분지의 한복판으로 얼른, 남편의 무덤이 내려다보인다. 공동묘지와 달라 가족묘지요 해서, 마침 그 근처로는 다른 무덤도 없고, 또 묘비[108]가 섰고 하여 호젓[109]은 해도 눈에 잘 뜨인다. 묘비는 장사 때에는 아직 없었어도 그 뒤에 해 세운 줄은 알아, 낯에 설지 않다.

애통은, 망극하던 초참[110]과 달라 시방은 하나의 생리(生理)와도 같이, 살 속으로 훨씬 침착된 때라, 새삼스럽기보다도 차라리, 장사를 지낸 지 일 년 만에야 비로소 찾아오는 남편의 무덤은 반가움이 앞을 선다.

반가움이란 참으로 뜻밖이었다. 경순은 무덤을 보던 눈을 내려 걸음을 주춤주춤, 포대기를 헤치고 들여다본다. 세상에 나와서 오늘이야 저의 부친이라는 사람과 겨우 무덤하고나마 상면[111]을 하는 것이다. 어린것은 무얼 가만 좀 있으라는 듯이 잠이 한참 고부라졌다.[112]

경순은 가만히 웃고 포대기를 도로 여며 준다. 그러나 만일 그 언젠가 남편과 마주앉아, 인제 양행을 하고 돌아오는 날 신호나 횡빈 부두에서, 이쁘디이쁜 애기를 안고 마중을 하마고 하려다가 만 그때의 일이 생각이 났다면, 오늘 이 자리가 노상 그렇게 심성이 편안하지는 못했을 것이다.

또 그도 그러하려니와, 경순이가 남편을 여의고 나서 이 일 년 동안에 지금 보는 바와 같은 무던한 성장(成長)이 없었다고 하면, 저기 반갑게 누워 있는 남편의 무덤을 망지소조[113] 울고 부르짖고 하기에 좀처럼 낭자함[114]을 가누지 못했을 것이다.

　　景顺在山顶稍息片刻便又沿路下山去了。

　　没走几步，绕过山顶另一面，雾气瞬间消散，山下凹陷的低地正中间，丈夫的坟墓就在眼前。因为是家族墓地，而且周围正好没有别的坟墓，再加上还竖着墓碑，孤零零的一座坟倒很是显眼。安葬的时候并没有墓碑，但景顺知道后来立上了，也就不怎么觉得眼生。

　　哀痛仍在，但已是沉入心底深处，与初始时的悲痛至极相比，现在那悲痛就如同身体的一部分，已深入肌理。安葬一年之后才来到坟前的景顺，还来不及回想那段记忆，她首先感到的却是喜悦。

　　这种喜悦是她未曾意想到的。景顺把视线从坟墓转回，迟迟疑疑地向前走着，一面掀开襁褓的一角，看了一眼怀中的孩子。虽说是隔着坟墓，这小家伙来到这个世上直到今天，也算是终于和那个被称为父亲的人见面了，但他一副一切与我无关的样子，酣然大睡着。

　　景顺静静地笑着把襁褓重新整好。但是，如果景顺记起以前和丈夫面对面地坐着时，曾构想着自己会抱着个漂亮的小宝宝，在神户或横滨的码头迎接西游归来的丈夫，那么今天站在这里，她的心境就不会这么平静了。

　　除了这一点以外，景顺在与丈夫死别后的这一年间也有了相当的成长。如果不是这样，现在看到丈夫的坟墓，她恐怕只会茫然不知所措地哭喊，很难镇静自己乱糟糟的心，更不用说感到喜悦了。

종택이 그러한 거조를 내기 전 그 당시…… 경순은 아직 그저 가엾은 아가씨이었을값에, 자리잡힌 부인이랄 수는 없었다.

몸 가지는 태와 기분이 많이 여학생 그대로요. 그래서 결혼은 했다지만 가정이라고 하느니보다 연애에 더 가까왔다. 남편에게 대한 애정의 형용이 그러하고, 쓰는 버캐뷸러리[115]가 그러하고, 말의 억양까지도 그러했다.

일변, 고이 자라 학창으로부터 이내 가정으로 옮아앉았을 뿐이라, 생활의식이라는 것도 단지 남편을 사랑하면서 그의 사랑에 고스란히 파묻히는 것 그것 하나가 주장이요, 그것이 절대(絕對)요 했다.

이렇게, 말하자면 인생으로서는 미완성인 채(미완성이 완성이 되려면) 그가, 일 년이 될락말락하여, 나이래야 또 과부라는 이름조차 잔인할 스물두셋에 더럭, 삼십도 넘은 중년 여인만치나 노성을 했고, 한 것은 자못 흥미 있는 일이 아닐 수 없었다.

남편의 변상[116]을 치르고 나서 저으기 마음이 가라앉기 시작할 무렵이었다. 경순이 처음으로 주의가 가기는 제 자신의 한 경이로운 변천이었다.

'내 자신의 나…… 어디로 대고 보나 단지 나라는 사람, 나……'

일찌기 생각도 못했던 제 자신의 새로와진 발견이었다.

하기야 그것이 큰 손실과 슬픔의 대상인가 하면, 허망하고 서글픈 노릇이기는 하지만 사실 그것만을 따로 띄어놓고 보느라면 일변 신통하기 다시 없어 미소라도 떠오를 것 같았다.

'내 자신의 나…… 새로운 내 자신……'

볼수록, 그 다음에는 가만히 자랑스럽기도 했다.

在钟泽做出那极端的选择之前，那时……景顺只不过是个人见人怜的少奶奶，绝不是个成熟有主见的夫人。

她的举手投足，还有气质，都像是个女学生。因此，虽说是结了婚有了家庭，但更像是在谈恋爱，从她对待丈夫的方式，她的言语，到说话的语音语调都是如此。

一方面，她在和睦康乐的环境下成长，进入学校，而后直接进入到家庭。所谓的生活，也只是爱着丈夫，安稳地沉溺在丈夫的爱里，这是她所追求的，也是她唯一的追求。

如此说来，她的人生是尚未完成(如果要将未完成的加以完成)的。才不到一年，寡妇这个残忍的称号就把一个才二十二三岁的女人变成了三十过半的老成女人，这不能不说是一件相当有趣的事情。

处理完丈夫的后事，心情差不多慢慢开始平静的时候，景顺发现自身有了令人惊异的变化，她头一次将注意力转向自己。

‘我自己的我……不管从哪儿看都只是我这个人，我……’

这真是一个全新的自我发现，以前想都没有想过的。

确实，如果这发现是以巨大的损失和悲伤为代价的话，就只能是虚妄且可悲的事情。但事实上如果只单独来看的话，真是再新奇不过了，她脸上似乎就要浮现出微笑了。

‘我自己的我…… 全新的我自己……’

景顺越想越隐隐为此自豪。

그러나 뒤미처 그는 어떤 긴장을 느끼고 다시금 정신이 들었다. 그 새로운 내 자신의 나는, 결코 장롱 속에 건사해 둘 노리개나 앨범에 붙여두고 시시로 떠들어볼 사진이나처럼, 순리(純理)[117]의 인식의 대상에만 언제까지고 멈춰 있을 것이 아님을 그는 깨달았던 것이다.

내 자신의 나인만큼 그러므로 인제부터서는 하나의 엄연한 실제 문제로 나를 '생활' 해야 한다.

생활해야 하고, 그러나 되는 대로 아무렇게나 하는 것이 아니라 잘 해야 한다. 잘 생활해야망정이지, 어리석은 짓이나 하고 추태나 부리고 부질없은 고통이나 사서 하고 해서는, (다른 아무개의 나도 아닌) 내 자신의 나를 욕되게 하고 내가 불행하게 하고 마는 것이다. 결단코 잘 해야 한다.

그때에 경순은 새 정신이 번쩍 들었었다. 그러면서 그는 그 '잘' 이란 소리를 몇 번이고 입으로 뇌었다.

물론 막연한 말이었었다. 그러나 아직은 실제 생활의 많은 체험이 없는 그로서는 어떠한 기준을 세울 토대가 없는만큼, 제 자신의 총명이랄까 영리함이랄까, 아뭏든지 그러한 것을 믿고 종차[118] 일에 임하면, 잘하려니 하는 수밖에는 없었던 것이다.

남이 보기에는 지나친 전도부인적(傳道婦人的)[119]인 조심이면서, 그러나 그러하면서도 일변 위태로와 보일 무엇이 없지 않으나 경순 자신은 그걸로 위선 안심이 되었다. 따라서 갈피없이[120] 흐트러지던 여러 가지 상념이며 센티멘탈[121]도 차차로 가라앉을 것은 가라앉고 스러질 것은 스러지고 하여 심신(心神)은 비로소 한결되게 자리가 잡히기 시작했다.

침착과 노성[122]은 일찌기 이때로부터 가다오다 남의 눈에도 띄었거니와, 경순 자신도 어디라 없이 제 마음이며 몸가짐의 태도며가 무긋무긋함[123]을 느꼈다.

但她紧跟着感觉到了某种紧张，重新回过神来。她醒悟到那全新的属于自身的自己决不只是纯粹理性上的，静止不变的认识对象。就像衣柜里的闲置的配饰，或相册里的多年前的照片一样，永远不变地定格在那里。

要活得像自己。从现在开始要'活'出自己来，这是摆在眼前的严肃课题。

活着，但不能凑合着随便活，要好好地活。必须好好活着，若做出一些愚蠢的举动、出丑或自寻苦吃，只能让自己(而不是什么张三李四的)被别人指责，让自己不幸。必须要好好活着。

此时的景顺立时振作起了精神，并将那个'好好地'在嘴边反复地念叨了几遍。

当然，这话有些不着边际，对于还没有经历太多实际生活的她来说，很难去确定一个怎样的标准。她只能凭着自己的聪明，或者说是伶俐吧，反正她只能靠这去面对未来，好好地去做。

在别人眼里看来，这像是传道妇人的谨慎一样，有些过度，但起码景顺不再时刻担惊受怕，而能安下心来。这样，散乱毫无头绪的各种想法和感伤慢慢地该沉静的沉静，该消失的消失，心绪终于安稳了下来。

景顺的沉着和老成自那时起就早早地引起了周遭人们的注意，连她自己都感到不管是心绪还是举止都很沉稳。

　그러구러 예측된 대로 제 시기에 해산을 하고 별 탈이 없이 몇 이레
가 지나고 다시 두 달 석 달 반 년 이렇게 언뜻언뜻 지나가는 동안 경
순은, 온갖 정성과 생활이 고스란히 어린것에게로 쏠리고 말았다. 그
것은 이게 내 자식이거니, 황차[124] 외로운 홀어미의 소중한 자식이거
니 하는 타산으로 하여, 위정[125] 그리하고 싶어서 하는 것도 아니요,
더구나 옆에서 누가 그걸 시킬 머리[126]도 없던 것이요, 단지 샘솟듯
끝없이 절로 솟는 애정으로부터 우러나는 노릇이었다.

　이 주관을 한 번 객관했을[127] 때, 경순은 다시 새로운 만족과 안심
을 얻었다.

　그는 일찌기, 잘 생활하리라 했었다. 그런데 본즉 저는 잘 이상으
로 잘 생활하고 있던 것이다.

　무엇 한 가지고, 아무리 사소한 일이라도 소중치 않은 것이 없었
다. 가령, 요놈이 재주가 한 가지 또 늘어가지고 혼자 뉘어놀라치
면[128] 빠드웃하고[129] 몸을 뒤친다. 들여다보면, 깔린 팔을 뽑으려고
노력을 하는 게 아주 대단하다. 조금만 그대로 두었다가 지쳐서 고개
에 힘이 없을 무렵에 팔을 뽑아준다. 편안하다고 한숨까지 내쉰다.

　세상의 어떠한 잘 아는 생활을 갖다가 놓아도, 경순에게는 갓난이
의 팔 하나 뽑아놓아 주는 이 생활을 감히 따를 자가 없는 것이었다.

　경순의 생활의 기준과 코스는, 그리하여 스스로 결정이 되었고, 제
풀로 벌써 잘 진행을 하고 있었다.

　그 밖에 다른 생활은 마땅히 하나의 예외도 없이 이 기준의 코스를
따라야 하고, 따는 자라야만 경순에게는 용납이 될 터이었었다.

　하기야 다른 생활이라고 해도 실상은 지극히 단순하여, 무슨 이렇
다고 할 말썽거리도 아직 같아서는 생길 게 없다.

一晃，她已在预产期分娩了，并安然无恙地过了一个星期，两个星期。接下来，一个月，两个月、三个月、半年也晃悠悠地过去了。在那些日子，景顺所有的生活都以孩子为中心，她全心全意地照顾孩子。她知道这是自己的孩子，更是寂寞寡母所珍爱的孩子。因此，这是一种自发行为，不是故意去做的，更不是有人在旁边指使的，它来源于那如同泉涌般不断喷涌而出的爱。

当景顺从客观的立场来看这些时，她得到了前所未有的满足和安心。

她曾决心要好好活着，现在看来她要比'好好地'活得更好。

不管是什么，哪怕是芝麻小事，都异常珍贵。比如，这小家伙又长了一样本事，想自己趴着玩，还勉勉强强地翻过身。仔细一瞧，小家伙为抽出被压住的胳膊而做出的努力非常了不起。先旁观一会儿，等小家伙累了，头也没劲了的时候，帮他抽出胳膊来，这家伙竟然舒服地叹出一口气来。

即便是把世上最幸福的生活都搬到眼前，对景顺来说，都不如给小家伙抽出胳膊来得快乐。

景顺自己决定了生活的标准和路线，而且早已顺利地在自动执行着。

除此以外的其他生活，应该毫无例外地沿着这一标准路线前进，只有符合这个标准的，景顺才能敞开怀抱去接纳。

确实，即便有其他的生活内容，那也一定是极度单纯的，还看不出会有什么矛盾冲突。

　다만 한 가지, 동강이 난 채로 남아 있는 한 토막의 청춘의 처리 문제가 중대하다면 매우 중대하달 수도 있고 난관이라면 성가진 난관이랄 수도 있고 하기는 하나, 내부적으로는(어느새 말라비틀어져 가는 줄은 모르고서) 수면상태에 있고, 외부적으로는 누가 도끼를 둘러메고서 열 번 찍자고 달려드는 일도 없고, 겸하여 이런 시골이니 좀처럼(가령 기다려 본댔자) 그러한 맹랑한 활량이 있을 며리도 없고 해서 시방 짐작키에는 별반 위험이 있을 것 같지도 않다.

　그렇거니 하면, 문득 섭섭하여 제 자신이 반감스럽고[130] 연달아 남편의 유서의…… 맹목적인 모성애로 쓰잘데없이…… 운운한[131] 구절이 솔깃하면서 어떤 모험심이 비밀히 손을 까불기도 한다.

　경순은 그러나 이러한 때에도 스스로 야속할 만큼 결코 당황할 필요가 없다. 그는, 시방 거기 마당에서 노느라고 빼착빼착[132] 우물 두던[133] 가까이로 가고 있는 애기가, 절대(絕對)로 우물에 빠지도록은 안 될 것을 잘 아는 어머니와 같아, 그리고 만약이라도 위험해 보일 경우에는 미리서 얼른 안아 올 여유와 자신을 두고 앉아 안심하는 것과 같아, 조금도 덤비거나 불안해할 거리가 되지 않던 것이다.

　시어머니는 본시 편성[134]이요 또 여자의 좁은 소견이라 하겠지만, 언뜻 장자[135]의 유유한[136] 풍토가 있어 보이는 시아버지 강진사까지도(물론 드러내 놓고 내색을 하는 것은 아니나 눈치가) 저 새파랗게 젊은 것이 신식바람도 쏘이고 한 터에 저대로 수절을 할 이치가 없을 것, 상필[137] 팔자를 고쳐 갈 테니 아무리 개명[138]이요 말세이기론 양반의 가문에 욕됨이 클지요, 황차 내 집안을 이을 저 어린것이 남의 의붓자식이 되어 간대서야 당치 않을 일, 그러잔즉 애비 없는 자식이 에미마저 놓쳐야 한단 말이냐, 해서 매우 울적하고 불안스런 모양이었다.

不过有一个问题就是，青春已被从中截断，该如何度过剩下的那一段。这一问题可说再重大不过，如果将其比作难关的话，那该是相当恼人的难关。但从她自身来看(其实不知从何时已逐渐枯槁死寂)，她已平静如水。从外部条件来看，她的身边也不会有人来纠缠，再说这小小乡下(就算要等)也不会有什么风流男子，所以现在看起来也就没什么特别的危机。

虽是这样，她却突然感到郁闷，有点生自己的气。她不断地想起丈夫的遗书来……盲目的母爱……一无用处的……，遗书的只言片语一直动摇着她的心，不知名的冒险心也偷偷地怂恿着她。

即使在这样的时刻，景顺也绝不慌张，甚至自己都觉得冷静得可怕。她就像一个母亲，看着孩子在院子里玩耍，但心里清楚决不能让孩子掉下水井。虽眼看孩子蹒蹒跚跚地一步步走近井口，却有信心能在危机那一刻从容地把孩子带离危险。因此能安心地坐在那儿，没有半点的不安和慌张。

她的婆婆本就孤僻，又带着女人惯有的短视，但就连看起来有着长者风范的公公姜进士也(表面当然是看不出来的，而必须察言观色才知道)是一副忧郁不安的样子。她觉得公公一定在想自己年纪轻轻的，又受过新式教育，肯定不会一直守寡，想必会改嫁。但不管社会再怎么开化，再怎么是末世，媳妇改嫁对于贵族家门都是一种奇耻大辱。况且那可怜孩子以后是要继承家业的，若成了他人的继子，也是不合宜的。倘若儿媳改嫁了，那孩子不但没了父亲，更要失去母亲了。

경순은 불쾌하기보다도, 그 근천스런 초조가 어쩌면 걸인이 연상되어 무심코 민소[139]를 하곤 한다.

친정 부모는 또 친정 부모대로, 저 어린것이 말이라도 민망하지, 수절과부[140]로 평생을 늙히다니 차마 애처로와 볼까보냐고, 신식공부도 넉넉히 했고 한 터에 자식은 젖이나 떨어지거들랑 제 조부모한테 내주고서 진작 팔자를 고쳤으면 작히나[141] 좋겠느냐고, 은근히 상심을 하면서 한숨들을 곧잘 쉰다.

경순은, 다친 게 살은 내 살이라도 나는 짜장[142] 아픈 줄을 모르는데 옆에서들 엄살엄살[143] 하는 것이(육친의 살뜰한 정인 줄이야 이해를 못하는 바 아니지만) 하마 코웃음이 나곤 한다.

바로 며칠 전, 오래비 경호도 앉았고 한 자리에서다.

경순은 한담을 하던 끝에 짐짓 친정 모친더러 대체 그 과부라는 것이 어쩌니[144] 그렇게 여자한테 찔끔[145]이요 상서롭지 못한 것이냐고, 또 과부면 과부지 제마다 남편이 아쉬워서 미치라는 법은 어디 있다더냐고, 웃음말 섞어 공박을 주었다.

모친은 그러나 대껄[146]을 않고 웃기만 하고 있는데 경호가, 그런 게 아니라 어머니는 시방도 과부가 시집을 가면 못쓰는 걸로 아신단다. 그러면서도 딸 너는 시집을 갔으면 하고 바래신단다, 우리 어머니 휴매니즘[147]이야, 하고 꺼얼껄 웃었다.

경순도 같이 웃다가, 가만히 기시요 어머니, 내 시집 열 번 더 간 것보다 더 보람이 있게시리, 요놈 요 조그만 놈을(어린것을 추스르고 어르고 해싸면서) 요놈을 인제 어쨌든지 저기 저 햇덩어리만한 대장부를 만들어 노께시니, 할머닐라컨 오래, 오래 사시다가 재미나 보시요, 보쌈이나 못 들어오게들 하시요, 하면서 은근히 제 결심을 내비춰 보였다.

对这些，景顺心里是有点儿不痛快，但更多的是对公公的嘲笑，那窘迫而焦灼不安的样子，让她不由得联想到了乞丐而下意识地笑了出来。

娘家父母又是另外的想法。他们提起这可怜的孩子心里就难受，实在是不忍看她守节做寡妇，终老一生。自己女儿也学了一身的新知识，要是给孩子断了奶，交给他祖父母抚养，早早改嫁该多好。娘家父母暗自伤心，不知为此叹了多少气。

受伤的明明是景顺本人，但她自己都没感到痛苦，周围的人却喊疼不迭(当然，景顺明白自己的父母是爱女心切)，这让景顺有时会不自觉地冷笑。

就在几天前，景顺和妈妈聊着，哥哥景镐也在。

在聊了一阵之后，景顺笑眯眯地反驳了母亲，为什么寡妇就那么不吉，那么让女人忌讳。再说做寡妇就做寡妇吧，谁说是寡妇就一定会因为没有丈夫而活不下去呢？

母亲听后没有答话，只是在笑。反而是景镐忙出声解释道，母亲也知道寡妇改嫁不合时宜，但她还是希望自己的女儿能改嫁，我们的母亲可是个人道主义者啊！说完，他呵呵地笑了起来。

景顺也笑着说，别操心了！妈，我再嫁十次也没有现在有意义，这小家伙！(轻轻地摇哄着怀里的小家伙)不管怎么说，我也要把他培养成像太阳一样，万众瞩目的男子汉大丈夫。您这个做外婆的，要长命百岁，等着看孩子长成有用的人吧！别让人强抢了我这个寡妇。景顺的话里隐隐透露出了她的决心。

"너 그 말 잘했다! 헴 헴……"

경호가 또다시 그 말을 받아, 무릎을 탁 치면서 내닫다가 그게 몸짓이 너무 過했넌지 기침을 한바탕 출렁거린 뒤에

"……내, 너한테 헴 헴, 첩지[148]를 한 장 내리마 헴 헴……"

하고 연신 밭은기침[149]을 하던 것이다.

모친은 정렬부인[150] 가자[151]란 소린 줄 알고서 말이나마 좋아서 혼자 웃고, 경순은 모르는 어휘라 두릿두릿[152]

"무슨, 지요?"

"첩지…… 아버지두 참봉[153] 첩지를 받구서 참봉을 했구, 헴 헴. 느이 시아버지 강진사가 쓰구 있는 그 위대헌 삼각산(三角山 : 冠)두 첩지 값이란다, 실상 모두 인찌끼[154]댔지만……"

"사령장[155] 같군?"

"오옳지 맞었어! 헴헴, 그래 나는 너한테 무슨 첩지를 내리는고 하면…… 이애 이건 괜히 아버지 참봉 첩지나 강진사 진사 첩자처럼 인찌끼는 아닐다!"

"네에, 어서 첩지나 내리시우. 그렇지만 나는 한문을 모르니 첩지는 받어두 인찌끼 참봉 인찌끼 진사게."

"아마 너는 오래비 덕에 정렬부인 가자나 타나보다!"

모친이 새에서 한마디 거드는 것을, 경호는 커다랗게 손을 내저으면서

"에, 천만에! 괜히 정렬부인 가자 탔다가는, 어머니 저애 영영 시집 못가우 헴 헴…… 그런 게 아니구 이애? 너 시방 고놈을 햇덩어리만한 대장부를 만든댔지? 응, 됐어 헴 헴. 태양은 광명이렷다, 비타민씨두 있지만 그런 건 날 같은 폐병쟁이나 배추장수한테 공덕

"说得好！咳咳……"

景镐接过话来，他手拍膝盖，身子向前一倾，可能是动作过大，搞得他猛烈地咳嗽了一通。

"……我，给你，咳咳，一张表彰女性节操的牒状，咳咳……"

他说完又是好一顿咳嗽。

母亲明白他是要给景顺冠上'贞烈妇人'的称号，虽然明知只是说说而已，但也高兴地自己一个人笑了起来。景顺并不知道这个字眼的意思，于是瞪着大眼问道：

"什么？什么状？"

"牒状……我们父亲也是接到参奉的牒状才做了参奉，咳咳，你那个公公姜进士戴的那个堂皇的三角山乌纱帽也是牒状买来的，不过说实话，都是骗人的……"

"类似于任免书？"

"对！说对了！咳咳，要说我给你下的这份牒状是什么内容……这可不像老爹的参奉牒状、姜进士的进士牒状那样是骗人的！"

"知道了，快点儿把牒状什么的赐下来吧！不过，我可看不懂汉文，就算拿到牒状也是假冒的参奉、假冒的进士。"

"托你哥哥的福，说不定你还真能拿到个'贞烈妇人'的头衔呢！"

听到母亲插进来的话，景镐一边大摇其手，一边说道：

"哎呦，可别！妈，平白无故地来个什么贞烈妇人的头衔，景顺这孩子可就真嫁不出去了，咳咳……这样不成吧？景顺，你刚才不是说要把那孩子培养成像太阳一样万众瞩目的男子汉大丈夫吗？嗯，好吧！咳咳，太阳代表的可是光

이고, 헴헴……"

"인전 그마안 해 두시우, 기침 나오리다! 참봉 진사는 이담에 허지요."

"뭣이냐, 태양은 광명이요 응? 광명은 진리(眞理)렷다, 그러니 너는 처억 진리의 어머니란 벼슬을 주는 거란 말이야 진리의 어머니. 어떠냐? 맘에 드냐?"

"하하하, 것두 해롭진 않지요! 하하하, 요게 요게 진리는 진리야!"

경순은 어린것을 들여다보면서 재미있어 한다. 농담 좋아하는 오래비의 한낱 농담에서 나온 말이기는 하지만, 그러므로 진리의 어머니라는 경순 제 자신에 대한 형용은 귀 밖으로 듣고 말 것이지만, 이 어린것이 진리라는 데는 마음에 차악 안기던 것이다.

"그렇지만 이애? 너 그런 벼슬했다구 가구 싶은 시집 못갈 건 없다! 괜히 헴 헴, 어머니가 날 칭원하실라[156]!"

그 뒤로부터 경호는 곧잘 누이를, 이애 경순아 하는 대신, 여보 진리의 어머니, 하면서 유쾌한 애정을 농담으로 표현하곤 했다. 그러나 그 진리의 어머니 대신 진리의 자당님이라고도 부르는데, 이러한 때는 누이가 차차로 염기(艶氣) 없어져 가는 노성[157]에, 전도부인과 같은 일종의 경멸을 느끼고서 조소를 해주는 조롱이던 것이다.

고개 마루턱에서 고팽이를 돌아 내려서니, 오래비 경호는 오래간만에 넓은 대기 속에서 훠얼훨 이렇게 걷는 것이 대단히 유쾌한가 본지 벌써 저만치 멀찍이 모자는 빼뚜름[158] 단장[159]을 홰애홰[160], 길도 안 난 산비알[161] 잔디밭으로 비어져서[162] 가분가분[163] 걸어내려가고 있다.

당자 자신은 방금 휘파람이라도 불듯 매우 신이 나 하는 모양이나 라글란[164] 봄외투 밑으로 가뜩이나 쿠렁쿠렁[165] 째지[166] 않고 따로 따

明，维生素C虽说也有用，但那只是对我这样的痨病鬼或白菜贩子才算得上功德一件，咳咳……"

"别闹了，咳嗽着呢！参奉进士什么的回头再说。"

"那个，太阳代表光明吧？光明又说是真理，所以干脆就把真理的母亲这一头衔给你吧，'真理之母'怎么样？还满意吗？"

"哈哈哈，这个也不坏！哈哈哈，这小家伙是真理哎，是真理！"

景顺仔细地看着孩子，感到非常有趣。虽然只不过是爱开玩笑的哥哥没事逗她玩，但管孩子叫'真理'，却让她打心底里满意。当然，对真理的母亲这一称呼，她只是置之一笑。

"不过，你这孩子，即便有了这头衔也照样能嫁人。我要平白……咳咳，招母亲埋怨了！"

从此，景镐就一直管妹妹叫'喂！真理的母亲'，不再叫'景顺，你这孩子'了，这是他表达对妹妹疼爱的方式。不过妹妹的娇媚一天天消失，日益老成，这让景镐有时会对妹妹产生轻蔑之感，就像见到传道的妇人时所生成的轻蔑。这种时候，他就会改用'真理的慈母大人'来代替'真理的母亲'，以示对妹妹的嘲弄。

景顺绕过山顶从另一面往下走。景镐好像好久没这么开心过了，只见他快步如飞地穿行在广阔的田野中。他帽子歪着，手杖挥舞着，斜插到本无路的山坡草地上，轻轻松松地向下走着。

景镐自己一副要吹起口哨似的兴奋的样子，但那本来就松松垮垮的插肩外套，使得瘦骨嶙峋的双肩看在景顺眼里格

로 노는 앙상한 어깨가 눈에 띄는 게, 새삼스럽게 애처로와 경순은 마음이 언짢았다.

무덤이 있는 분지께로 거진 당도해서야 경호는 뒤를 돌려다보고 단장을 쳐든다.

경순이 오래비가 기다리고 섰는 곳까지 가까이 따라갔을 무렵 해서 마침 저편짝으로(지름길이 있었던 모양인지) 등 너머 산지기[167]네 아낙인 듯, 돗자리 만 것을 안고 배젊은[168] 촌색시 하나가 부리나케 무덤 옆으로 가고 있다.

"이애 저거 봐라······"

경호는 누이가 제 옆에까지 당도하기를 기다려, 무덤 앞에다가 어느새 돗자리를 펴놓고는 도로 달아나듯 물러가고 있는 산지기네 아낙을 턱으로 가리키면서

"······산지기네 아낙이 철도 아닌데 헴 헴, 쥔네 과수아씨[169]가 성묘 나온 걸 보구서 알심을 부리는[170] 거로다. 됐어!"

경순은 그저 그런가 보다고 심상히[171] 웃으면서 나란히 걷기 시작하는데, 경호는 빈들빈들[172] 분명 누이를 무어라고 또 놀려줄 입초리[173]다.

"거 뭣이야, 술을 한 병 차구 나오는 걸 깜박 잊었지! 돗자리를 펴 놓은 걸 보니 생각이 나는군!"

"술은 해 무얼 허시우?"

"뭘 허다니, 그래? 정든 님 무덤을 모처럼 찾아왔으면서, 너두 뭣이냐······"

"오온!"

外刺目，不由得心里又怜惜又难受。

几乎快到坟墓所在的低地的时候，景镐才转身往后看，举起了手杖挥动着。

景顺朝着哥哥站着的方向前进，快到了的时候，刚好那边儿(好像是有近路的样子)似乎是守山人的媳妇，一个年纪轻轻的乡下姑娘，像是抱着个竹席什么的，正急匆匆地朝坟前走去。

"哎哎，快看那边儿……"

守山人的媳妇不知什么时候已经在坟前把竹席铺开，然后逃走似地闪开了。等妹妹走到自己旁边时，景镐用下巴示意景顺看那个媳妇，说道：

"……也不是上坟的时候，守山人的媳妇，咳咳！看到主人家守寡的少奶奶出来扫墓，动了恻隐之心嘛！不错！"

景顺漫不经心地看了一眼，不在意地笑了，开始和哥哥并肩齐走。景镐笑得促狭，分明在想着拿什么来取笑妹妹。

"那个，什么呢，忘了捎瓶酒来了！看到地上这竹席才想起来！"

"捎酒过来干什么？"

"还能干什么呀？好不容易找到心爱的人的坟前来，你也……"

"嗯！"

"허허허허. 그래 뭣이야, 술을 한잔 부어놓굴랑 헴 헴, 저 자리에 가서 엎디려설랑, 애고오 애고, 한바탕 울어야 않나! 응? 어허허허."

"내, 오온!"

"어허허허 허허허허."

"오라버니 분배[174]에, 울음이 나오려다가두 도루 들어가구 말겠수."

"허허허허 어허허허. 그런데 뭣이냐, 달리 그런 게 아니라, 내 인제 그릴 게 하나 있어서 한 말일다. 인제 한 백 호짜리루다가 하나를 그리는데 헴 헴, 그걸 쓰윽 만화루 그리거던 만화루. 네가 무덤 앞에다가 술을 부어놓굴랑 엎디려서 애고오 애고[175] 우는 걸 갖다가 만화루 그려요"

"왜 인전, 어머니 말씀마따나 눈방울만 생긴 대장쟁이 떼, 그건 영 안 그리시우? 방향 전환인가? 만화루."

"것두 인제 시절이 오면야 다시 그리지, 그리지만 헴 헴. 시방 그 만화를 그렇게 하나 그리는데…… 그려가지굴랑 찬(讚)[176]은 갖다가 무어라구 쓰느냐 하면 헴 헴, 이날에 진리의 자당이 패부자[177]의 무덤 앞에서 크게 울도! 이렇게 쓰단 말이렷다. 응? 어떠냐?…… 그리구 화제[178]는 불랍[179]이구, 어떠냐?"

"불랍인지 악취민지……"

"똥끼호떼[180]의 후일담(後日譚)[181]이라구 허는 게 좋겠군, 헴 헴. 옳아! 저녀석 똥끼호떼……"

경호는 단장을 들어 무덤을 가리킨다. 경순도 아까부터 생각 많던 얼굴로 어느덧 남편의 무덤을 바라보다가 도로 고개를 숙이고 잠잠히 걷는다.

"똥끼호떼란 말은 잘 허셨지!"

"呵呵呵呵，是啊，那个，坟前敬上一杯酒，咳咳，趴到那个竹席上，你总得'哎哟哎哟'地大哭一通呀！嗯？哈哈哈。"

"我？什么嘛！"

"呵呵呵，呵呵呵呵……"

"别闹了，本要哭的，被哥哥一说，都哭不出来了。"

"哈哈哈哈，哈哈哈哈，不过，那个，我没别的意思，就是想画点东西，画个一百来页，咳咳，把这个画成漫画，嗯，漫画，就是把你在坟前敬酒然后趴到竹席上'哎哟哎哟'大哭的那个场面画成漫画。"

"怎么现在不画母亲大人所说的那个瞪着大眼珠子的铁匠了？完全不打算画了吗？改变方向了，画漫画？"

"要画那个也得等恰当的时机再画，不过，咳咳，刚才说的我要画成漫画……画完后题上什么呢？咳咳，'是日真理之慈母于败者之墓前恸哭'！就这样写，嗯？怎么样？……题目呢，就写'不逞'，如何？"

"到底是'不逞'还是'偏执'……"

"'汤吉诃德续篇'这个题目不错，咳咳，对！这家伙就是汤吉诃德……"

景镐举起手杖指着坟墓说道。从刚才开始就一脸沉思的景顺也不知不觉地转头看着丈夫的坟墓，不一会儿又再次低下头，静静地走着。

"说得好！就是汤吉诃德！"

이윽고 경순은, 너무도 짧았던 행복한 시절의 추억이 다하고, 끝이 남편의 그 참변에 이르자, 꿈에서 깨어난 것처럼 혼잣말을 하듯 뇌면서 눈은 다시 무덤으로 옮는다.

"하! 갈데있나! 똥끼호떼 아니구야……"

경호도 명상에서 깨어나서 눈가는 대로 무덤을 바라다보다가 문득

"……그래두, 그래두는 말이지…… 똥끼호떼는 똥끼호떼라두 그 녀석이, 가만히 생각을 해보니, 거 거 토용쾌통쾌헌 일이 있구나! 응? 허허허허, 됐단 말이야!……"

경호는 연신 고개를 끄덕거리면서

"……통쾌헌 것이…… 뭣이냐 헴 헴, 저 녀석이 글쎄, 아 저걸 좀 보지? 저럭허구서 무덤 속으루 도망을 뺐으니[182] 헴 헴, 아 도망을 빼설랑 저럭허구 있으니, 뭣이냐 글쎄, 마호메트는새로에 아라 영감이 와설랑 기관총을 디리대구서, 너 이 녀석 코오란을 읽을 테냐 안 읽을 테냐 헌들 어떡허나? 죽은 놈을 뉘 재주루? 허허허허, 거 통쾌허잖아 허허허허."

"통쾌헌 건지, 원……"

경순은 비난의 음성인 것이 아니라 곰곰이 차탄[183]을 하듯

"바우[184]가 밉다구 발길루 걷어찼는지!"

"됐단 말이야 그 녀석이!…… 써억 통쾌하단 말이야…… 대가리루다가 급행열차를 정면으루 들이받은 것보다 그놈이 되려[185] 걸작일다 걸작, 허허허허…… 크크크."

말끝이 별안간 기침으로 변한다. 경호의 건강으로는 말이 좀 과했고, 걸음도 졸지에 너무 속했을지도 모른다.

幸福时光的回忆总是太短，丈夫惨死的记忆却如影随形。一想到丈夫的惨死，景顺就仿佛从梦中刚醒一样，喃喃自语地再次将视线转向坟墓。

"哼！哪儿有出路？！除非他是汤吉诃德……"

景镐也从冥想中回过神来，视线所至乃是坟墓，他突然说道：

"……那也是，我是说……静下心来想一想，汤吉诃德，那个叫汤吉诃德的家伙，那痛快真是到了极点啊！嗯？哈哈哈哈，干得好！……"

景镐频频点头，"……痛快之举……还能是什么？咳咳，这家伙，是呀，看到了吧？撇下一堆事就躲到坟墓里去了，咳咳，哎哟！就那样躲起来，是呀，那个……别说穆罕默德，就算'阿拉老头'过来，拿着机关枪指着他说，'你这家伙，古兰经读还是不读？'又能怎样？还能把死人喊起来？哈哈哈哈，真是痛快，不是吗？哈哈哈哈。"

"能算是痛快么，唉！……"

景顺的声音里没有责备，有的只是深思长叹。

"看到石头不顺眼就要用脚去踹？！"

"干得好！这家伙！……绝对痛快……跟把脑袋正面撞上快速列车的行为相比，他更是绝世杰作！杰作！哈哈哈哈……咳咳咳。"

景镐话没说完就突然咳嗽了起来。就他的身体状况来说，今天话说得太多了，再加上突然走得也太快了。

　겨울이 물러가면서 금년 들어 처음 보게 날이 따사하고 좋아, 삼동[186]의 지리하던 요양생활 끝이라, 모처럼 농장 근처고 어디고 산보라도 나가볼까 하던 차인데, 그러자 마침 오정만 하여 누이가 생질[187] 놈을 안고 오더니, 인제 일 주기(一周忌)도 임박했고 이놈도 그전에 제 도리를 치르도록 해줄 겸 잠깐 산소에를 다녀오고 싶다고, 그러나 시댁에서는 노인들이 나서서, 어린것한테 아직도 첫봄머리[188]의 쌀쌀한 바람이 해로울까 하여 마땅찮아할까 봐서, 또는 교군[189]을 차린다 하인을 안동해[190] 준다, 오히려 단출함이 좋을 나들이를 긴찮이 분배를 놀까 봐서, 그대로 잠자코 나왔으나 이십 리 상거를 도보로 왕복하잘 수는 없으니 인력거가 됐든지 자동차가 됐든지 무어나 탈것을 좀 분별시켜[191] 달라고 하는 청이었었다.

　경순은 명색이나마 시부모 앞에서 얼찐거리고[192] 있는 몸이니, 또한 상청[193]과도 다를 뿐 아니라, 대체 무덤이란 그다지 자주 나다니게[194] 되는 것은 아니기야 하다지만, 일변 생각하면 생전에 서로 자별했던[195] 정으로 보든지 생판 촌며느리와는 달라 출입의 구속이 없는 처지로 보든지, 장사를 하고 나서 우금[196] 일 년이나 그대로 문두름히[197] 있었다는 것은 좀 박절했다고[198] 할는지 매몰스럽다고 할는지……

　물론 작년 이보다 며칠 늦어서 저 자리에다가 저렇게 무덤을 묻고는 손에 묻은 흙도 씻는 둥 마는 둥, 바로 살림을 가다구니하느라고[199] 서울로 올라갔었고, 두 달 만에 도로 내려왔을 때에는 삼백여 리의 기차여행이 위험이 느껴질 만큼 배가 불렀고, 그러자 팔월에 해산을 하고서는 몸이 소성될[200] 무렵이라는 게 늦은 가을과 이내 삼동이고 보니, 첫째 어린것을 안고 나오잔 말도 떼어놓고 나오잔 말도 나지 않았고, 해서 이래저래 마차운[201] 계제가 없었던 것은 사실이다.

开春以来，这是头一次让人觉得暖洋洋的好天气。对景镐来说，漫漫长冬无趣的疗养生活也该结束了，他难得想去农场附近散散步。巧的是，刚到中午，妹妹抱着侄子这小家伙就来了，说是丈夫死了也快一年了，再说也该让小家伙在父亲祭日前尽尽做儿子的道理，所以想去一趟墓地。可婆家老人们认为，虽是初春，但对小孩来说风还是太凉了，会冻着孩子的，恐怕带去不太合适。她怕老人们又是吩咐准备轿子，又是安排下人一起出来，把原本可以轻便的出门搞得太盛大，于是悄悄地溜了出来。但相距二十里地，徒步是不太可能的，于是来到娘家，希望给安排一个能代步的工具，人力车或者汽车都好。

名义上看来景顺该在公婆面前承欢尽孝，而且坟地也不同于灵座，基本上没办法能经常去看。但另一方面，不管是从丈夫生前两人深厚的感情，还是从自己不同于一般村妇，能自由地出入这一点来看，丈夫入土快一年的时间里，自己像个没事人似的，总会被人指责为薄情冷漠的⋯⋯

其实，去年比现在还晚上几天的时候，她在这儿挖的坟，下的葬。葬礼一结束，她顾不得洗去手上沾的泥巴，就匆匆地返回汉城收拾行李去了。两个月后再回到乡下时，她肚子已经很大了，大到让人感觉这三百多里的火车旅程对产妇相当危险。等八月生完孩子，她的身体稍微复原时已是深秋，紧接着又是严冬了。她没法说要抱着小家伙出来，也没法说要把孩子留在家里自己出来，就这样一直没有合适的机会过来。

그러나 만약에(만약에라도) 저기 있는 저 무덤이, 백골[202]이나 묻혀 있을 뿐 말도 없는 한 줌의 흙이 아니고, 방금 살아 있는 사람이었다면 결단코 경순은(하필 경순이리요, 누가 당했든지) 수화[203]를 가리지 않았을지언정 그대도록 범연하지[204]는, 가령 하고 싶어도 못했을 것이다. 그런 걸로 미루어보면 사람은 죽은 이를 무정하다고 하지만, 오히려 살아 남은 인간이 무정한 게 아닌가 싶다.

아뭏든지 그래서, 경순은 오늘 나가 보았으면 하는 마음이야 없는 것이 아니로되 내일 나가도 무던할 노릇이라, 그러한 오늘과 오늘이 일 년내내 저물곤 하다가, 오늘이란 오늘야 마침, 날세[205]도 반갑고 하여, 그러면 다녀오는 거라고 작정을 하고 나니 미상불 그제서야 너무 소원했구나[206] 하는 민망한 생각이 들고, 한 다음에는 누가 붙잡고 말릴까 무섭게 부랴사랴[207] 달려나온 길이었었다. 그러나 병중이라 조심이 되는 오래비와 동행을 하자던 요량은 아니었는데 경호는 말이 떨어지자마자, 예라 오늘은 내가 진리의 어머니의 시종무관[208]일다고 성큼 차리고 따라나섰던 것이다.

경호는 오늘 기위[209] 산보는 하고 싶던 차요 해서 누이의 너무 호젓한 길동무도 해주려니와 저 역시 매제일뿐더러 생전의 삼십 년 가까운 다정한 친구의 무덤을 장사 때에 회장을 나왔을 뿐, 여태껏 찾지 못했던 터라 겸사겸사[210] 나섰던 걸음이다. 그리고 아닌게아니라, 자동차를 내려 두 킬로 남짓한 촌락과 구릉을 오르내리기가 생각하던 바와 같이 매우 유쾌했었다. 그러나 그놈 유쾌한 놈에 겨워 무심코 경중거린 것이 약간 무리라면 무리랄 수도 있었다.

경호는 단장을 놓고 유유하게 잔디 위에 가서 주저앉아 쿨룩쿨룩 기침을 치르고 있고, 경순은 애가 씌어 잔뜩 찡그린 얼굴로 오래비의

但是，如果(即便是假设)那坟墓不只是埋了一堆白骨的不会说话的一抷土，而是一个刚才还活生生的人的话，景顺(怎么偏偏就是景顺呢，不管是谁遭遇如此变故)一定会有激烈的行为，而不会如此漫不经心，即便想做也做不到。这样看来，世人都说死者无情，其实不然，活着的人反而更无情。

总之，景顺不是没有'今天就去坟上看看'的这个心，只是想着明天去也行，就这样今天推明天的，拖了一年。正好今天难得好天气，景顺就决心去上坟。决定了，她才觉得自己一向太过疏忽，有点过意不去。随后，她又担心别人劝阻自己，就急急忙忙地跑出来了。不过她并无意邀哥哥同行，因为哥哥还在疗养身体。但景镐一听到妹妹的话，就马上说今天自己要做真理之母的侍从武官，说完就赶紧换了衣服跟着出来了。

景镐本来今天就想出去散散步，正好给妹妹做个伴，消磨路上的冷清，二来也去给钟泽上上坟，他不仅仅是自己的妹夫，生前更是自己近三十年的好友。但自己只在葬礼时来过，之后就再也没来过，今天二者兼顾，就陪着妹妹来了。下车后，他们在村落和丘陵间上上下下地走了两公里多的路，果然和想象中的一样，这是一段让人愉快的路程。他完全沉醉在那种欣欣然里，没意识到这种大踏步前进对自己来说有点儿勉强。

景镐放下手杖，悠闲地走向草地坐了下来，开始在那儿一个劲儿地咳嗽。景顺在旁边，皱着眉头，忧心忡忡地看

괴로워하는 양을 들여다보고 섰다.

이윽고 경호는 그득 넘어온 담을 출입할 때의 소용인 종이타구[211]에 배앝아 도로 집어넣다가 너무 다붙어[212] 섰는 누이를 힐끔 올려다보더니

"어린놈꺼정 안구서, 좀 조심해라! 괜히 겁두 안 나나 보구나?"

하면서 웃음말같이 나무랜다.

경순은 듣고 보니 그렇기는 하나, 그렇다고 사뭇 질겁을 해서 물러서기도 박절한 짓이라, 어린것만 한옆으로 비껴 안는데 마침 잠이 깼는지 포대기 속이 꼼풀꼼풀한다[213].

"다아 지무셨군, 우리 대장이."

경순은 둘러보다가, 저만치 무덤 앞에 편 돗자리가 눈에 띄었으나 무얼 그러겠느냐고, 넌지시 북덕잔디[214] 위로 가서 퍼근히[215] 앉아, 포대기를 헤치고 들여다본다.

간드러지게[216] 생긴 얼굴이, 눈은 아직 그대로 지그려[217] 감고 콧등을 찡긋찡긋하다가[218], 고 육중한[219] 입을 하 벌리고 하품을 늘어지게 배앝는다[220]. 그리고는 젖꼭지를 찾느라고 입술을 오물오물하더니 새까만 두 눈을 반짝……

"깨꾸우[221], 자아 젖 먹어야지……"

경순은 가슴을 헤치고 젖통을 드러내다가 물려주면서

"자아, 젖 먹구우."

아직도 잠이 더얼 깨어 눈을 시일실[222] 감으면서도, 주먹은 가져다 커다란 젖통을 움켜쥐며 잡아당기며, 꿀꺽꿀꺽 빨아넘긴다.

경호가 앉은 채로 돌려다보다가

着哥哥难受的样子。

过了一会，景镐咳上来一大口痰，把它吐到了出门前准备好的纸痰盂里，然后折好塞进口袋。他撇了一眼紧挨在身旁的妹妹，开玩笑地说她：

"怀里抱着个小家伙，能不能小心点儿！不怕传染吗？"

听哥哥这么一说，景顺不由地看向孩子，可要是因为害怕就退到一边去又显得太冷酷自私了，所以她只是把小家伙侧抱到一边而已。刚好这时孩子好像醒了，在襁褓里轻轻地扭动着。

"睡好了，我们的大将军！"

景顺环顾四周，坟前铺开的那张竹席映入眼帘，但好像也没必要走到那儿去，于是她找了块长满草的地儿，轻轻地坐下，伸开腿，解开襁褓，静静地看着。

俊俏的脸蛋上眼睛轻轻闭着，鼻梁紧皱着，厚厚的嘴唇一张，打了个长长的哈欠，然后突然睁开了黑亮亮的眼睛，小嘴也一撅一撅地开始找奶头……

"乖乖，来，该吃奶啰……"

景顺解开衣服，拉出乳头，塞进孩子的嘴里，

"乖，吃奶啰。"

孩子还没完全醒来，眼皮慢慢地一眨一眨，可就算闭上了眼睛，小拳头一触到乳房，就使劲地抱着往嘴里拽着吸，咕嘟咕嘟地往下咽。

景镐坐在那儿，转过身子看着，说：

"고놈이 아범한테 온 줄 알구서 때맞춰 깬 거로다!"

"하하, 그랬나? 이 사람…… 그렇지만 가만히 기시우, 그까짓 미운 아빠는 내가 젖 배불리 먹구서 이따가 천천히 만나보겠읍니다아."

경호는 몸의 피로를 쉬면서 앉아, 가냘픈 대로 봄빛을 즐기기에 정신이 팔린다.

이월 보름께라 아직은 일러 바람끝이 쌀쌀한 기운이 채 가시지 않은 철이지만, 여기는 북쪽으로 언덕이 막히고 움푹 패인 분지²²³가 되어서 바람은 없고 한갓 다양²²⁴만 하다. 맑기도 하려니와 햇볕은 따사한 걸 지나쳐 정이 들게 포근하다.

주위는 깜박 잊어버린 듯 조용하다. 묘지와 같이 괴괴한²²⁵ 게 아니라 잠자는 애기와 같이 한가하게 조용하다. 조용하고 볕이 봄스러운²²⁶ 품이 금새 어디서 꿀벌이라도 한 마리 왱 가늘게 울고 날아드는 성싶다.

잔디풀은 여태 그냥 시들어 있다. 그러나 속대²²⁷를 뽑아보면 벌써 물이 올라 촉촉할 것 같다.

앞으로 느릿하니²²⁸ 미끄러져 내려가던 구릉이 다하면 아래서는 보리밭이 다랑다랑²²⁹ 기어올라왔다. 먼 빛에 보아도 가지런히 골을 타고 자란 보리풀이 제법 탐스럽다.

밭에는 연달아 넓은 들판이 자꾸자꾸 퍼져나간다. 빛 그늘이 가물가물, 들판은 퍼져나가다 퍼져나가다 못해, 끝이 희미해진 거기서야 겨우 아스라한²³⁰ 산들과 만난다.

들판에는 가까이, 거기도 하나 또 저기도 하나 그리고 저기도…… 네 패 다섯 패 군데군데서 쟁기²³¹를 멘 소가 뒤에 선 사람으로 더불어 늘어지게 움직이는지 마는지, 어쩌면 아구를 내는²³² 입이 보이는

"小家伙，到了爹跟前，马上就醒了哎！"

"哈哈，是这样吗？我嘛……先等着吧，这没良心的爹，等我吃奶吃饱了再慢慢见也不迟。"

景镐满身疲倦，坐在那儿休息，细瘦的身体享受着春光的抚摸，竟不知不觉走了神。

现在不过二月中旬，说是春天还为时过早，那风里还藏着寒意。但这是一块深陷下去的低洼地，北面又有丘陵挡住了寒风，只留下这里出奇和煦的阳光，一派晴朗，暖和得让人舍不得离开。

安静得似乎让人忘却了一切，不是那种身处坟地的冷寂，而是和酣睡的婴儿在一起时感受到的恬静。和煦的阳光静静地洒在身上，一片春意盎然，仿佛不知从哪儿就要飞来一只小蜜蜂，嗡嗡作响。

草地还是一片枯黄，但拔出草心，只见里面水分饱足，充满了生机。

丘陵徐缓地向下延伸着，尽头是成片的麦田，正鼓着劲儿地成长。打眼望去，青青麦田，沿着麦垄长得整整齐齐，令人赏心悦目。

农田在广阔的原野上不断地伸展伸展，阳光忽明忽暗。原野前仆后继地试图冲出山的包围，最终在视线不可及的尽头，才接上朦胧的群山。

近野处，四处都是春耕的人还有牛……差不多有四五处，每一处都是犁田的牛和身后的人一起缓缓地，似动非动的，似乎还可以看到牛在慢悠悠地反刍。到处都在为春天的到来做准

것도 같다. 완구히 봄을 장만하고 있다. 제각기 들판도 밭도 잔디풀도 부지런히 그러나 얌전스럽게들 봄을 장만하느라 여념이 없다.

얼마를 그럭하고 넋없이 앉았었던지, 경호는 이윽고 제정신이 들자 후, 거진 소리를 내어

"봄! 봄은 봄일다!"

하면서 앞에 놓았던 단장을 집는다. 그때다. 무심코 내려다보던 눈인데, 뜻밖에도 거기에는

"네에, 봄이올시다, 안녕합쇼?"

하는 듯이 정말로 봄이 한 놈 고개를 뾰족이 내놓고 있는 것이다. 털이 송알송알한²³³ 갓 돋은 할미꽃 엄이다.

어떻게도 신통한지 고놈을 쏘옥 손가락으로 잡아 뽑아가지고 싶은 것을 겨우 참고, 허리가 고부라져서 들여다보고 있다. 얼굴에는 어린 아이같이 무심한 희열이 넘친다.

처음에는 그것도 봄을 찾아냈다는 단순한 기쁨이었었다. 그러나 그는 이 그다지 아름다울 것도 없는 한 포기의 할미꽃의 엄에서, 일찌기 다른 생활에서는 맛보아 보지 못한 어떤 새로운 희열을 지금에 비로소 느끼고 있던 것이다. 생명의 창조를 보았다는 즐거움인데, 그러나 그는 실상 돌이켜, 자류(自流)²³⁴의 비판을 가질 겨를은 미처 나지 않았었다.

'생명의 창조! 생명의 창조!'

경호는 불현듯이 누이와 누이의 품에 안겨 있을 그 어린것이 보고가 싶어 꿈으로부터 깨어난 사람처럼 중얼중얼 중얼거리면서 경순이 앉았는 곳으로 휘적휘적²³⁵ 발걸음을 옮겨놓는다. 미상불 거기에는 예기했던 바보다도 그 이상으로 훨씬 더 황홀한 정경이 벌어져 있었다.

备，不管是原野、农田还是草地，都在辛勤而又秩序井然地迎接着春天的到来。

景镐就这样失魂似地在那儿坐了不知有多久，终于回过神来后，他扯开嗓子喊道：

"春天！到底是春天！"

他一边说着，一边捡起了身前的短手杖。就在这时，他无意间低头意外地发现，春天这家伙顶着个尖尖的小脑袋呆在那儿，好像在说：

"是啊，春天来了，你好吗？"

那是刚冒出头来的一株白头翁，枝叶上布满细细的绒毛。

简直是太神奇了，景镐几乎想用手指把它给拔出来。他弯下腰仔细地瞧了又瞧，脸上洋溢着孩子般天真的喜悦。

起初只是单纯地为发现春天而高兴，但慢慢地他从这株不起眼的白头翁上，感受到了一种崭新的喜悦，那是他在以前的生活中从来没有感受过的。这种喜悦来自于目睹了生命的创造。可他回顾自己一生，不曾有过那种随心所欲去评价的余暇。

'生命的创造！生命的创造！'

景镐忽然很想看妹妹和妹妹怀中抱着的小家伙，他就像刚从梦中醒来一样，摇摇晃晃地移动着脚步，喃喃自语着朝景顺走去。没想到的是，映入眼帘的是比他所想象的更要温馨的画卷。

　가느다란 미소를 드리우고, 품에 안긴 어린것을 들여다보느라 약간 소곳한[236] 머리의 하이얀 가리마[237] 밑으로 곱게 빗어진 누이의 얼굴, 그녀는 개개의 모습이며 전체의 선이며 윤곽이며, 분명코 누이의 얼굴임에는 다름이 없으나 이토록 아름다운 표정은 일찌기 한 번도 본 적이 없는 것이었었다.

　경호는 그것이 대단히 아름다운 줄은 알았으나 미처 달리 생각을 해 볼 사이는 없고, 단지 한 여인으로서의 아름다운 것으로만 여겨 내심[238]에, 저 애가 아무래도 시집을 가야 할까 보다고, 이런 실없은 걱정을 하면서 무심코 한 발자국만 더 떼어놓다가, 그제서야 활연히[239] 그 아름다움의 아름다운 소이[240]를 깨닫고, 한꺼번에 숨을 들여쉰 채 주춤 그 자리에 멈춰 선다.

　경순은 그때 마침, 어린 놈이(배가 불러 해찰을 하느라고 그랬는지) 빨간 젖꼭지를 입술 밖으로 물리고서 말끄러미 어머니를 올려다보다가 그대로 벙싯 웃는 그 입…… 그 입으로 어머니는 마악 입술을 가지고 가려는 바로 그 순간이었다.

　"야하!……"

　경호가 커다랗게 감탄을 할 때에는, 경순은 쪼옥 입맞추는 소리를 내면서 도로 고개를 쳐들고 웃는다.

　"왜요?……"

　경순은 어린 놈을 추스려 올려 볼비빔을 하면서

　"……자아 뭐라구 또, 험구[241]를 허실려구. 그렇지만 큰아버지 자아, 암만 나를 험구를 해보시우? 내가 뭐 꼼짝이나 하나, 자아."

　"하하하하, 그건 명담[242]일다! 헴 헴. 그런데…… 그런 게 아니구 내 오늘 소득이 많구나!"

景顺嘴角挂着微笑，凝望着怀里的小宝贝，她那稍微低垂的头，黑白分明的发线让脸更秀美了。分明还是妹妹的那张脸，不管是五官，整体轮廓，还是线条，都是自己妹妹的，可像今天这般美好的表情却是头一次看到。

景镐晓得这是一种极致的美，却无暇去做他想，只是将其视作一个女人的美。但在他内心深处却不免忧心，这样的妹妹找个人嫁了是不是好点。带着这种毫无意义的忧虑，他无意识中又向前迈了一步，这才豁然明白这美之所以为美的原因。他深深地吸了一口气，停下脚步，迟疑地站住了。

这时，景顺怀里的小家伙(不知道是不是因为吃饱了想捣乱)刚好把红红的乳头从嘴里推出，目不转睛地看着妈妈，咧开小嘴灿然地笑了起来……，就在景顺要亲吻孩子小嘴的那一瞬间。

"呀哈！……"

景镐发出巨大的感叹，景顺也已啵的一声亲了小家伙一嘴，并抬起了头来，笑着问：

"怎么了？……"

她把小家伙向上抱了抱，一面用脸颊蹭着孩子的小脸蛋，一面说：

"……哎！又想说什么！要说我什么？但大伯父呀，你就是再说，也不能把我怎样？来吧！"

"哈哈哈哈，那可是至理名言！咳咳！不过……不是啦，我今天收获很大！"

"소득은, 웬……"

"일월[243] 헴 헴, 조곰 아까 느이 모자가 허구 있던 그 포즈를 말이다 헴 헴. 그대루 살려만 노면은 머, 아주 「모나리자[244]」가 왔다가 울구 가겠더라! 내 인제 그릴 테니 보렴."

"「모나리자」 따위는 미술 축에도 못 든다더니?"

"허허허허. 그렇지만 헴 헴. 이놈 지구가 눈에 뵈는 사실대루만 사는 세상이니, 개체[245]두 그럴밖에 더 있느냐! 춘향이두 시방 세상에 났다면 카페나 빠에 가서 헴 헴!"

경순은 어린 놈을 안고 일어서서 무덤께로 천천히 걸어간다. 경호는 나란히 단장을 휘젓고 걸으면서

"그리구 헴 헴. 거 이제 보니 생명의 창조라는 게 재미가 그럴 듯헌 걸더라!…… 네 재미를 내 비로소 짐작한 배로다!"

"아이구 주정허시우[246]! 아, 요거 말이지요? ……"

경순은 어린 놈을 오래비게로 보여주면서 볼을 대고 비비면서

"……요거, 요게 재미만?…… 천하를 다아 주어두 안 바꿀 텐데…… 그렇지이? 내 새끼, 내 강아지."

"강아지?"

경호는 괜한 음성을 지르면서 주춤 멈춰 설 듯, 누이의 어린 놈에게로 고개를 돌린다.

"그러믄요! 내 강아지, 내 새끼…… 요게 내 강아지 아니우?"

"흐음, 강아지라!"

경호는 즐겁던 얼굴이 삽시간에 불쾌한 주름살이 좌악 퍼진다. 퍼뜩, 강아지라는 말 그것에서 명색없는 생명, 쓰잘데없는 생명이라는 것을 연상했던 것이다. 그는 제 감격이라는 것이 생각하고 보니 쑥스

"收获？什么……"

"简单地说，咳咳，刚才你们母子俩的那姿态，咳咳，原封不动地保存下来，就算是'蒙娜丽莎'来了也会哭哭啼啼地离开，我现在就动手画出来。"

"你不是说'蒙娜丽莎'之类的算不上美术嘛！"

"呵呵呵呵，不过，咳咳，在这地球上，只有眼睛看到的才算，个人又能怎样！就算是春香转世也只能去酒馆或酒吧，咳咳！"

景顺抱着小家伙站起身来，慢慢地朝坟前走去。景镐甩着手杖与她并肩走在一起，边走边说道：

"嗯……咳咳，现在看来，所谓生命创造，还真是有意思哪！……我现在才算体会到你享受着的乐趣是什么了！"

"哎呀！说什么醉话呀！啊，你说的可是这个？……"

景顺将小家伙抱给哥哥看，贴着他的小脸颊蹭了蹭，说道：

"……这个，只是有意思吗？……就算给我整个天下，我也不换……对吧？我的小宝贝，我的小狗狗。"

"小狗狗？！"

景镐一听，拉高了嗓门，他停下来站着，转头看向妹妹怀里的小家伙。

"那当然了！我的小狗狗，我的小宝贝……难道他不是我的小狗狗吗？"

"什么！你管他叫小狗！"

他愉快的心情一瞬间变了，取而代之的是一脸的不快。小狗这个称呼让他忽然联想到了无意义的生命，无用的生命。想到自己刚才面对生命创造而发的感慨，不由得难为情，感

러울 만큼 허망했다. 환상은 순간도 더 머무를 필요가 없었다.

"흥!"

경호는 연해 콧방귀[247]를 뀌면서 입을 삐쭉한다.

명색없는 생명을, 쓰잘데없는 생명을, 그 따위 생명의 창조가 워너니[248] 기쁠 것이 무엇이야. 기뻐한다는 것은 결국 비뚤어진 주관의 착각!

애당초 창조부터가 무의미하지 않느냐.

발 밑에 짓밟히기나 할 명색없는 풀, 도야지나 개나 마소같이 만만한 생명, 이 지구 위에서 하루에도 몇만 명씩이나 새로이 창조되는 인간들이, 그중에 단 몇몇이 과연 쓰잘데있는 생명일 것이냐.

악당의 창조를 어째서 축하해야 하느냐.

창기[249]를, 노예를, 불의한 살상[250]의 도구를, 결핵균이나 퍼뜨리는 폐병장이를 그것들의 무수한 탄생이 어쩌니 생명의 창조의 기쁨 값이 나갈 것이냐.

강아지라는 말에서 암시를 받지 않았다고 하더라도, 경호로서는 오래지 않아 스스로 그러한 부정이 우러나고라야 말기는 할 것이었으나 그것이 너무 급했던 만큼 환멸의 반동[251]이 가외[252]로 컸던 것이다.

"허허, 허허허허……"

경호는 이번에는 갈려 들었던 불쾌한 주름살도 마저 없어지고 오히려 유쾌하게 웃어대면서

"……내, 착각이로다!…… 여보 진리의 자당님?"

"네에, 또 무어라구 시방……"

"허허허허, 뭣이냐 헴 헴, 시방 내가 생명의 창조가 기쁘다고 헌 건, 내 취소로다."

"자량해서[253] 허시우, 언제래야 뭐……"

到虚妄。既是幻想就没有必要留恋。

"哼！"

景镐撅着嘴，一脸的鄙夷。

无意义的生命，无用的生命，那类生命的创造有什么值得喜悦的？刚才的喜悦不过是自己的错觉罢了！

生命从一开始就是无意义的！

践踏在脚下的无名小草，连猪狗牛马都不如的生命，在这个世界每天都有数万条生命被创造，这其中有意义的生命又有多少！

创造出恶徒有什么好庆祝的！

娼妓，奴隶，助纣为虐之徒，以及散播结核菌的痨鬼们，这些被创造出来的生命怎能赋予生命的创造以喜悦呢！

就算不从'小狗狗'的称呼中得到暗示，这种负面的想法不久也会在景镐的心中萌芽。可是，因为这来得太仓促了，对他而言，幻想破灭的反作用力也就格外的巨大。

"呵呵，呵呵呵呵……"

已然想通了的景镐，一扫脸上的不快，反而开心地大笑着说：

"……没错！是错觉！……喂！真理的慈母大人？"

"什么？刚才你说什么来着……"

"呵呵呵呵，说的是，咳咳，刚才我说的为生命的创造而喜悦这句话，我取消！"

"自己看着办吧，你不一直都这样么……"

"그리고 너두 뭣이냐 헴 헴. 차라리 시집이나 일찌감치 한 번 더 가구, 응? 이건 내 유언일다."

"내가 또, 귀 아플²⁵⁴ 일이 또 한 가지 생겼군!"

"나는 그리구, 뭣이냐, 폐병 들기 전이라두 결혼 않기 잘했어!……헴 헴. 그깐 놈의 명색 없는 생명, 그걸……"

"네에 네!……"

경순은 가벼운 반발을 느끼면서 얼른 것질러

"……그렇지만 아무 염려두 마시우, 마시구 그리구 인제 다 아……"

하다가, 남편의 유서에 씌어 있던, 맹목적인 모성애로 쓰잘데없는 육괴…… 운운한 구절도(이번에는 다른 의미로) 생각이 나고 해서

"……두구 보시우들, 인제…… 요놈, 요 쪼고만²⁵⁵ 놈을 가져다 버젓한 대장부를, 진리에 사는 버젓한 대장부를 만들어 내세울 테니, 보기만 허시우……"

어린 놈은 어머니의 옴죽거리는²⁵⁶ 입술을 만지고 놀기에 재미가 쏟아진다. 경순은 앞니 앞에서 꼬물거리는 연한 손가락을 야긋야긋 물어주면서

"……정말 그렇지이? 응? 저 외가집 큰아버지처럼 몸두 비트을비틀, 사상두 비틀비틀 그런 이두 마알구, 또오…… 괴롭다구우 괴롭다구 몸부림을 치다가 애꿎인²⁵⁷ 기관차나 디리받구²⁵⁸ 그 야단을 낸 느이 아버지처럼 그렇게 사상에 잡쳐서 죽구 마는 이두 마알구…… 응? 아주 버저엇허게 진리에 사는 대장부…… 응 그렇지이?"

　　"还有，你……那什么……咳咳！还不如趁早再找个人嫁了，嗯？这可是我的遗言。"

　　"再嫁一次？看来又多了一件折磨我耳朵的事了！"

　　"还有我……那什么……得肺病之前没结婚真是万幸！……咳咳！那种毫无意义的生命，真是……"

　　"是啊，是啊！……"

　　景顺对他的话略有异议，连忙打断他的话，又道：

　　"……不过，不用操心，真的不用，现在都……"

　　说着，突然间'盲目的母爱，无用的肉体……'之类丈夫遗书里的句子，又浮现在她的脑海里(但这一次却有了另外的意义)，她心想：

　　"……等着瞧吧，现在开始……这孩子，虽然还是个小家伙，我会把他教育成堂堂正正的男子汉，一个为真理而活的真正的男子汉，你等着吧！……"

　　小家伙玩着母亲一动一动的嘴唇，不亦乐乎。景顺轻轻地咬了一下在自己眼前晃着的软软的小指头，接着说道：

　　"……对吧？！嗯？不要像你外公家的舅舅一样，身子歪歪斜斜的，想法也歪歪扭扭的。还有……也不要跟你死去的父亲那样，禁锢在自己的理想中，整天喊着痛苦呀痛苦的，挣扎来挣扎去，结果撞上毫不相关的火车，闹出乱子来……嗯？要做为真理而活的堂堂正正的男子汉大丈夫……嗯？好不好？！"

반발 끝에, 공박[259]삼아 말을 하는 동안 그러나 회포는 도리어 반대로, 그와 같이 돌아간 남편에게 새로와지는 측은한 정에, 몸과 혼이 구할 수 없는 절망에 빠진 동기간에게 대한 연민(憐憫)의 정에, 어느덧 고요한 애수가 가슴으로 서리어들고 있었다. 그뿐만 아니라(때와 자리가 마침 그럼직한 소치[260]도 있겠지만) 남편은 그리하여 가고서 오지 못하고, 그런대로 믿음이요 위안이요 해야 할 오래비는 저렇듯 건강과 기개가 부실하여 저무는 해와 같이 한심하고 한 것을 생각하면, 나의 외로움이 새삼스럽게 몸에 사무치는 것 같았다.

경순은 그리하여 마음이(평정을 놓칠 것까지야 없지만) 저으기 산란한 대로, 오는 줄 모르게 무덤 옆을 당도하자 이내 어린 놈을 훨씬 추스려올려

"자아, 좀 보소!⋯⋯"

하면서 얼굴을 나란히 무덤을 향해 머물러 선다.

"⋯⋯예가 아버지 산소라네. 그 알뜰헌 아버지!⋯⋯ 아빠 소리두 한 번두 못허게 도망을 해버린, 밉디미운 아버지!⋯⋯ 글쎄 요걸, 요렇게두 이쁘구 재롱스런 걸 가져다 한번 보지두 못허구서, 쯧쯧!⋯⋯ 그대로 기셨으면 오죽이나, 오죽이나 이걸⋯⋯"

경순은 어느덧 목이 잠기고 눈에는 눈물이 글썽거린다. 울려니야 심외(心外)[261]이었으나 비회[262]가 서리던 차에 막상 새살거리고[263] 있는 내 음성 내 말이 더럭 더 슬픔을 자아내고 말던 것이다.

경순은 두 볼에 눈물이 한 줄기 흐르는 대로, 구태라[264] 억지할 것도 없이, 마음 가는 데 맡겨 슬픔에 잠기느라 어린 놈을 안은 채 조용히 몸을 흔들고 섰다.

话说得虽痛快，但她的心情却往下沉。同时，她心中升起对死去丈夫所从未有过的同情，还有对因身体与灵魂无法得到救赎而陷入绝望的哥哥的怜悯，寂静的哀愁不知不觉中弥漫她的心头。不仅如此(或许是因为此时此刻的情景所致吧)，她仿佛重新感受到了自己身上那种刻骨的寂寞。丈夫就那么走了，再也回不来了，本应给自己点安慰和信心的哥哥，却如此衰弱萎靡，如西下的太阳般令人心寒。

景顺心里(虽不至于失了方寸)就那样怀着一堆乱糟糟的心事，不知不觉地走到了坟前。她把孩子竖着抱起来，说道：

"来，看看吧！……"

母子二人双双面向坟墓。

"……那就是你父亲的坟哎！你那亲爱的父亲！……都没听到你叫一声父亲就逃跑了的可恶的父亲！……是啊，这么可爱又乖巧的你就在眼前却连看一眼都做不到，啧啧！……要是还活着那该多么，多么……"

景顺的嗓子不知何时已经沙哑，眼角也噙满了泪水。她本来并不想哭，但悲从中来，而她自己絮絮叨叨的声音和话语更勾起了满腔的悲伤。

两行泪水滑落双颊，景顺不需要刻意去扼制，她只是放任感情，让自己沉浸在悲哀中，就那么抱着孩子站在那儿，身体静静地颤抖着。

　어린 놈은 손에 만져지는 대로 어머니의 입술이며 젖은 뺨을 가지고 놀기에 세계가 새롭다. 경호는 누이의 거동을 보았는지 못 보았는지 혼자서 저편으로 돌아가더니 묘비의 각자를 들여다보면서 인제 해 세울 제 비명(碑銘)[265]을 생각하고 있다.

　조용하고 다양한 오후의 햇볕은 아직도 늦을 날이 먼 듯 무덤 위에 한가로이 드리워 있다. (1939년 2월 9일 松都에서)

<文章 1939. 4월호 ; 蔡萬植短篇集, 1939>

　　小家伙摸弄着一切他够得着的东西，妈妈的嘴唇，还有湿湿的脸颊，对他而言都再新奇不过。不知景镐有没有看到妹妹的举动，他迳自绕到另一边，仔细地看着墓碑上刻的字，考虑着自己死后墓碑上该写些什么。

　　无声而多变的午后阳光，此时正悠闲地照在坟墓上，仿佛衰老是一件很遥远的事情。(1939年2月9日，写于松都)

《文章》1939年4月号

1 소복(素服) : 하얗게 차려 입은 치마. 흔히 상중(喪中)에 입는다.
2 나차막하다 : 나지막하다. 위치나 소리 등이 비교적 조금 낮다.
3 축가다 : 원기가 쇠하거나 병으로 몸이 약해지다.
4 신고(辛苦) : 고통이나 고생.
5 종용자약(從容自若) : 조용하고 보통때처럼 아무렇지 아니하다.
6 불의지변(不意之變) : 뜻밖의 재앙이나 사고(事故)
7 말승냥이 : 이리나 늑대를 승냥이에 비하여 크다는 뜻으로 일컫는 말.
8 간접교사(間接敎唆) : 간접적으로 남을 꾀거나 부추겨서 나쁜 짓을 하게 하는 것.
9 녹록치않다(碌碌, 錄錄~) : 만만하고 호락호락하지 않다.
10 소장(少壯) : 젊고 기운이 셈.
11 논객(論客) : 변론에 능숙한 사람.
12 칩거하다(蟄居~) : 나가서 활동하지 않고 집안에만 들어박혀 있다.
13 초생(初生) : 음력 초하루부터 며칠 동안.
14 귀인성(貴人性) : 신분이나 지위가 높고 고귀하게 될 타고난 바탕이나 품성.
15 불측하다(不測~) : (생각이나 행동이) 괘씸하고 엉큼하다.
16 사직(辭職) : 맡은 직무를 내놓고 그만두는 것.
17 걷어가지다 : 걷어들다. 거두어서 손에 쥐다.
18 달필(達筆) : 익숙하게 잘 쓰는 글씨.
19 휘갈리다 : 휘둘러 갈기다.
20 반박(反駁) : (남의 의견에) 반대하여 논박하는 것.
21 불가하다(不可~) : 옳지 않다. 가(可)하지 않다.
22 애비 : 아비. '아버지'를 낮추어 이르는 말.
23 하고뇨 하면 : 어느 때에 가서는.
24 목탁(木鐸) : 세상 사람을 깨우쳐 바르게 인도할 만한 사람이나 기관(機關)을 비유
   적으로 이르는 말.
25 상고하다(詳考~) : 자세하게 참고하거나 검토하다.
26 신문지사(新聞之士) : 신문과 관계된 직업을 가진 사람.
27 잡지지사(雜誌之士) : 잡지 일을 하는 사람.
28 거세(擧世) : 온 세상. 또는 세상사람 전체.
29 유차 : 재차(再次). 거듭하여.
30 관지하다(關知~) : 어떤 일에 관계가 있어, 그것에 관하여 알아보다.
31 유의지사(有意之士) : 뜻있는 선비.
32 유산지민(有産之民) : 재산이 많은 백성.
33 대도(大道) : 사람이 마땅히 지켜야 할 큰 도리.
34 빈재(貧財) : 적은 재산.
35 사직원(辭職願) : 맡은 직무를 내놓고 그만두기를 원하는 글.
36 사환(使喚) : 관청이나 가게에서 잔심부름을 시키기 위해 고용하는 사람. 급사(給使)
37 침음(沈吟) : 입속으로 웅얼거리며 속으로 깊이 생각하는 것.
38 곤곤히(滾滾히) : (물이 흐르는 모양이) 세차게. 출렁출렁 흐르는 큰물이 넘친 듯하게.
39 절러루 : 저쪽으로.

40 괴다 : (쓰러지거나 기울지 않도록) 아래를 받치다.

41 널따랗다 : 생각보다 퍽 넓다.

42 푸스스 : 앉거나 누웠다가 슬그머니 일어나는 모양.

43 안잠이 : 남의 집에서 일을 도와주며 먹고 자는 여자.

44 보료 : 솜, 짐승의 털 따위로 속을 두껍게 넣어 만든, 낮이나 밤에 앉는 자리에 늘 깔아두는 요.

45 까막까막 : (눈을) 가볍게 자꾸 감았다 떴다 하는 모양.

46 달뜨다 : 마음이 가라앉지 않고 들뜬 기분이 생기다.

47 바룩 : 입을 좀 크게 벌리고 귀엽게 웃는 모양.

48 고소(苦笑) : 쓴웃음.

49 산과의사(産科醫師) : 임신, 분만 등을 전문적으로 보는 의사.

50 확진(確診) : 확실하게 진단을 함. 또는 그런 진단.

51 아낙 : '아낙네'의 준말. 남의 부녀자를 통속적으로 이르는 말.

52 고조(高潮) : (감정, 사상, 세력 등이) 가장 높아진 상태. 절정.

53 숭업다 : (남보기에) 부끄럽다.

54 수서언허(하)다 : 수선하다. 갈피를 잡을 수 없이 정신이 어지럽다.

55 해필(奚必) : 하필이면.

56 분잡하다(紛雜~) : 많은 사람이 북적거려 시끄럽고 어수선하다.

57 헤치다 : (모여 있는 것을) 제각기 흩어지게 하다.

58 다잡다 : 마음이나 행동을 다그쳐 바로잡다.

59 대구 : 무리하게 자꾸.

60 헤먹다 : 일이 마음먹은 대로 되지 않고 자꾸 겉돌아서 흥미나 의욕이 없다.

61 개두 : '개도(開道)'의 입말. (어떤 행동이나 일을 처음으로 시작함).

62 준열하다(峻烈~) : 준엄하고 격렬하다.

63 경도(傾倒) : 마음을 기울여 열중하는 것.

64 찌뿌듬하다 : 찌뿌드드하다.

65 작금(昨今) : 어제와 오늘. 요즈음.

66 파선(破船) : 충돌, 좌초 등으로 배가 파손되는 것.

67 물레 : 돌림판.

68 어거하다 : 거느려서 바른 길로 나가게 하다.

69 정정하다(亭亭~) : 솟은 모양이 우뚝하다.

70 표착(漂着) : 물결에 떠돌아다니다가 어떤 곳에 닿는 것.

71 형해(形骸) : 잔해(殘骸). 부서지고 남아 있는 물체.

72 판박이(版~) : 판에 박은 듯이 꼭 같아서 새로움이 없는 것. 또는, 그런 사람.

73 가재걸음을 치다 : 전진하지 못하고 퇴보하다.

74 다뿍 : 잔뜩. 몹시 심하게.

75 꼴새 : 꼬락서니.

76 조조(曹操) : 중국 후한 말기의 무관으로, 위(魏)나라를 세움.

77 가사(假使) : 가령(假令). 이를테면.

78 독자하다(獨自~) : 혼자만의 독특한 성질이 있다.

79 갈릴레오(Galileo) : 이탈리아의 천문학자. (1564~1642)

80 그레고리(Gregory) 13세 : 로마 교황의 한 사람.

81 초사(招辭) : 죄인이 범죄 사실을 진술하는 말.

82 폭담(暴談) : 난폭한 말.

83 프로필(profile) : 측면(側面)에서 본 얼굴 모습.

84 한담(閑談, 閒談) : 심심풀이로 하는 이야기.

85 청처짐하다 : (동작이나 어떤 상태가) 좀 느슨하다.

86 진척(進陟) : 일이 목적한 방향으로 진행되어 나가는 것.

87 고패지다 : 어떤 고비를 이루다.

88 그러구러 : 시간이 그럭저럭 지나가는 모양을 나타내는 말.

89 마호멧(Mahomet) : 이슬람교의 창시자.

90 코란(Koran) : 이슬람교의 경전.

91 작정(作定) : 일을 결정하는 것.

92 수유(受由) : 말미를 받는 것. 또는, 그 말미.

93 정밤중 : 자정을 전후한 때.

94 막진하다 : 맥진하다(驀進~). 돌진하다(突進~).

95 중난하다(重難~) : 매우 소중하다.

96 프로메테우스(Prometheus) : (신화) 그리스 신화에 나오는 영웅. 신(神)의 불을 훔쳐다가 인류에게 준 까닭으로 제우스의 노여움을 사서 카프카스 산(Kavkaz 山)의 바위에 묶여 독수리에게 간을 쪼이는 벌을 받았음.

97 불초하다(不肖~) : 못나고 어리석다.

98 약행하다(弱行~) : 실행력이 약하다. 일을 하는 데 용기가 없다.

99 강단(剛斷) : 어떤 일을 야무지게 결단하거나 견뎌내는 힘.

100 전정(前程) : 앞길. 장차 나아갈 길.

101 지편(紙片) : 종이 조각.

102 태동(胎動) : 뱃속에서 태아가 움직이는 것.

103 친가(親家) : 시집간 여자의 본집.

104 떠싣다 : 들어 올려서 싣다.

105 회정하다(回程~) : 돌아오는 길에 오르다.

106 여승 : 아주 흡사히. 사실과 꼭 같게.

107 고팽이 : 고개. 또는 모퉁이.

108 묘비(墓碑) : 무덤 앞에 세우는 비석.

109 호젓하다 : 인적이 없어 고요하다.

110 초참 : 애초(~初). 맨처음. 당초.

111 상면(相面) : 서로 대면하는 것.

112 고부라지다 : 다른 생각을 할 겨를이 없이 어떤 한 가지 일에만 파묻히다.

113 망지소조(罔知所措) : 너무 당황하거나 급하여 어찌 할 바를 모름.

114 낭자하다(狼藉~) : 왁자지껄하고 시끄럽다.

115 버캐뷸러리(vocabulary) : 단어. 어휘.

116 변상(變喪) : 변고(變故)로 인한 상사(喪事).

117 순리(純理) : 순수한 학문의 이치.

118 종차(從此) : 이 다음에.

119 전도부인적(傳道婦人的) : 전도하러 다니는 부인과 같은.

120 갈피없이 : 일의 갈래를 분간할 수 없게 조리없이.

121 센티멘탈(sentimental) : 감상적(感傷的). 하찮은 일에도 쉽게 감동하고 슬퍼하는 경향.

122 노성(怒聲) : 성난 목소리.

123 무긋무긋하다 : 매우 무긋하다.

124 황차(況且) : 하물며.

125 위정 : 일부러.

126 며리 : (관형사형 어미 '-ㄹ' 다음에 쓰이어) '까닭'이나 '필요'의 뜻을 나타냄.

127 객관하다(客觀~) : 자기와의 관계를 떠나서 대상을 보거나 생각하다.

128 뉘어놓다 : 눕게 하여 놓다.

129 빠드웃하다 : 빠듯하다. 어떠한 정도에 간신히 미칠 만하다.

130 반감스럽다(反感~) : 노여워하거나 반항하는 데가 있다.

131 운운하다(云云~) : 이러쿵저러쿵 말하다.

132 빼착빼착 : 한 쪽으로 약간 비틀거리거나 가볍게 절룩거리는 모양.

133 두던 : '두둑', '언덕'. 또는 '둔덕'의 방언.

134 편성(偏性) : 한쪽으로만 치우친 성질. 편벽된 성질.

135 장자(長者) : 윗사람. 지위, 나이, 항렬 따위가 자기보다 높은 사람.

136 유유하다(悠悠~) : 태연하고 느긋하다.

137 상필(想必) : 아마 반드시.

138 개명(開明) : 사람의 지혜가 계발되고 문화가 발달되는 것. 문명개화.

139 민소(憫笑) : 어리석음을 비웃다.

140 수절과부(守節寡婦) : 개가(改嫁)하지 않고 정절을 지키는 과부.

141 작히나 : (반어적(反語的)으로 쓰이어) 오죽이나.

142 짜장 : 과연. 참말로. 정말.

143 엄살엄살 : 엄살을 몹시 부리는 모양.

144 어쩌니 : 어쩌면. 도대체 어떻게 해서.

145 찔끔 : 모질음. (마음씨가) 몹시 독함.

146 대껄 : 대꾸. 남의 말을 되받아 자기 의사를 나타내는 말.

147 휴매니즘(humanism) : 휴머니즘.

148 첩지(牒紙) : 대한 제국 때, 판임관에 내리던 임명장.

149 밭은기침 : 병이나 버릇으로, 소리도 크지 않고 힘도 과히 들지 않게 자주 하는 기침.

150 정렬부인(貞烈夫人) : 행실이 바르고 절개가 굳은 부인.

151 가자(加資) : 정3품 통정대부 이상 당상관의 품계.

152 두릿두릿 : 눈을 크게 뜨고 어리둥절하여 자꾸 이리저리 휘둘러 보는 모양.

153 참봉 : 조선 시대에 능(陵), 원(園), 그밖의 여러 관아에 속했던 종9품 벼슬.

154 인찌끼(いんちき) : '협잡, 부정, 속임'의 일본말.

155 사령장(辭令狀) : 관직을 임명, 해임하는 뜻을 적어 본인에게 주는 문서.

156 칭원하다(稱寃~) : 원통함을 들어서 말하다.

157 노성(老成) : 노련하고 익숙함.

158 빼뚜름 : 한 쪽으로 기울어지거나 쏠려 있는 모양.

159 단장(短杖) : 짧은 지팡이. 허리 높이까지 오며 손잡이가 꼬부라졌음.

160 홰애홰 : 홰홰. 무엇을 자꾸 휘두르거나 휘젓는 모양.

161 산비알 : 산비탈. 산기슭의 몹시 비탈진 곳.

162 비어지다 : 속에 들었던 것이 밖으로 쑥 내밀다.

163 가분가분 : 말이나 행동이 매우 가벼운 모양.

164 라글란(raglan) : 래글런. 소매 둘레의 선이 목둘레에서 겨드랑이로 비스듬하게 되어 있는 양복의 소매 형식.

165 쿠렁쿠렁 : (자루나 봉지 따위에) 물건이 그득차지 아니하여 여기저기 빈 데가 있는 모양.

166 쌔다 : '싸이다' 의 준말. (함께 잘 어울리다).

167 산지기(山~) : 남의 산이나 무덤을 맡아 돌보는 사람.

168 배젊다 : 나이가 아주 젊다.

169 과수아씨(寡守~) : 젊은 과부를 높여 부르는 말.

170 알심(을) 부리다 : 은근한 동정심을 베풀다.

171 심상히(尋常~) : 대수롭지 아니하게. 보통으로 예사롭게.

172 빈들빈들 : 남을 놀릴 때에 슬며시 소리없이 자꾸 웃는 모양.

173 입초리 : '입가' 의 다른 말.

174 분배 : 많은 사람들이 야단스럽게 부산을 떨며 법석이는 일.

175 애고오애고 : 상중(喪中)에 곡하는 소리.

176 찬(讚) : 서화(書畵)에 글의 제목으로 쓰는 시(詩), 가(歌), 문(文) 등의 총칭.

177 패부자 : '패배자(敗北者)'의 뜻.

178 화제(話題) : 그림의 이름이나 제목. 그림 위에 쓰는 시문(詩文).

179 불랍 : 불령(不逞). 불평이나 불만을 품고 제 마음대로 행동하는 것.

180 똥끼호떼(Don Quixote) : 돈키호테. 세르반테스의 장편 소설. 또는 그 주인공의 이름.

181 후일담(後日譚) : (어떤 사실과 관련하여) 그 후에 벌어진 경과에 대한 이야기.

182 도망을 빼다 : 잡히지 않으려고 달아나다.

183 차탄(嗟歎) : 한숨지어 탄식함.

184 바우 : 바위.

185 되려 : 도리어.

186 삼동(三冬) : 겨울의 석 달.

187 생질(甥姪) : 누이의 아들.

188 첫봄머리 : 봄이 시작될 무렵.

189 교군(轎軍) : 조그만 집 모양으로 생겨, 그 안에 사람을 태우고, 앞뒤에서 둘 또는 넷이 멜방을 걸어메고 다니는 탈 것.

190 안동하다(眼同~) : 사람을 따르게 하거나 물건을 지니고 가게 하다.

191 분별시키다(分別~) : 서로 구별을 지어 가르게 하다.

192 얼찐거리다 : 눈앞에 가까이 감돌며 얼렁거리다.

193 상청(喪廳) : '궤연(几筵)' 을 속되게 이르는 말. 즉, 죽은 사람의 혼백이나 위패를 갖추어 차려 놓는 곳.

194 나다니다 : 밖으로 나가 여기저기 다니다.

195 자별하다(自別~) : 친분이 남보다 특별하다.

196 우금(于今) : 지금까지

197 문두름히 : 우두커니 하는 일 없이.

198 박절하다(迫切~) : 인정이 없고 야박하다.

199 가다구니하다 : 꾸리다. 일을 알뜰하고 규모 있게 처리하다.

200 소성되다(蘇醒~) : 큰 병을 치르고 난 뒤에 다시 몸이 회복되다.

201 마칩다 : 어떤 조건에 잘 어울리게 알맞다.

202 백골(白骨) : 송장의 살이 썩고 남은 흰 뼈.

203 수화(水火) : 물과 불. 또는, 극히 곤란한 환경을 이르는 말.

204 범연하다 : 차근차근한 맛이 없이 데면데면하다.

205 날세 : 날의 형세. 즉, 날씨.

206 소원하다(疏遠~, 疎遠~) : 지내는 사이가 탐탁하지 않고 멀다.

207 부랴사랴 : 매우 부산하고 황급히 서두르는 모양.

208 시종무관(侍從武官) : 조선 말기 8년(1904)에 베푼 궁내부(宮內府)의 시종. 무관부
에 딸려 임금이 타는 수레를 모시고 따라가던 무관. 여기서는 시중드는 사람 옆
에서 보살피거나 심부름을 하는 사람.

209 기위(旣爲) : 이미. 벌써.

210 겸사겸사(兼事兼事) : 한꺼번에 여러 가지 일을 겸하여 하는 모양.

211 종이타구(~唾具) : 종이로 된, 가래침을 뱉는 그릇.

212 다붙다 : 사이가 뜨지 않게 바싹 다가붙다.

213 꼼틀꼼틀하다 : 물체의 일부가 매우 작게 뒤틀리거나 꼬부라지며 자꾸 움직인다.

214 북덕잔디 : 어지럽게 얼크러져 뭉텅이진 잔디.

215 퍼근히 : 다리를 뻗어 느긋하고 편안하게.

216 간드러지다 : (음성이나 맵시가) 예쁘고 애교 있게 가늘고 보드랍다.

217 지그리다 : 눈살을 살짝 우그리어 좁히다.

218 찡긋찡긋하다 : 얼굴이나 눈살을 몹시 찌그리는 모양을 하다.

219 육중하다(肉重~) : 보기에 덩치나 생김새가 육중하다.

220 배알다 : 뱉다. (말이나 기침, 웃음 따위를 거세게 마구 하다).

221 깨꾸우 : 어린아이를 귀여워하며 어르는 소리

222 시일실 : 서두르지 않고 가만가만 움직이는 모양.

223 분지(盆地) : 산지(産地)나 대지(臺地)로 둘러싸인 평평한 지역.

224 다양(多陽) : 햇볕이 많음.

225 괴괴하다 : 쓸쓸할 정도로 아주 고요하고 잠잠하다.

226 봄스럽다 : 보기에 봄을 느낄 만하다.

227 속대 : 푸성귀의 겉대 속에 있는 줄기나 잎.

228 느릿하다 : (경사가) 가파르지 않고 좀 완만하다.

229 다랑다랑 : 덩이를 이룬 것이 군데군데 매달려 있는 모양.

230 아스라하다 : 아슬아슬하게 높거나 까마득하게 멀다.

231 쟁기 : 소나 말에 끌려 논밭을 가는 농기구.

232 아구를 내다 : 아귀를 새기다. 새김질하다.

233 송알송알하다 : 땀방울 따위가 작고 동글게

234 자류(自流) : 자기류(自己流). 자기 생각이나 판단대로 하는 방식.

235 휘적휘적 : 휘적거리는 모양. 걸을 때에 두 팔을 잇달아 몹시 휘젓는 모양.

236 소곳하다 : 좀 다소곳하다.

237 가리마 : 가르마. 이마에서 정수리까지의 머리털을 양쪽으로 갈라 붙여 생긴 금.

238 내심(內心) : 속마음.

239 활연하다(豁然~) : 의문이 풀려 막힘없이 밝아지다.

240 소이(所以) : 까닭.
241 험구(險口) : 남의 단점을 들어 말하거나 험상궂게 욕을 하는 것.
242 명담(名談) : 사리에 꼭 들어맞는 시원스런 말이나 이야기.
243 일왈(一曰) : 첫째 가로되.
244 모나리자(Mona Lisa) : 1500년경 이탈리아의 화가 레오나르도 다 빈치가 그린 초상화.
245 개체(個體) : 하나의 독립한 생물체.
246 주정하다(酒酊~) : 술에 취하여 정신없이 말이나 행동을 하다.
247 콧방귀(를) 뀌다 : 아니꼽거나 못마땅하여 남의 말을 들은 체 만 체 코방귀 소리만 내다.
248 워너니 : 워낙. 본디부터.
249 창기(娼妓) : 몸을 파는 천한 기생.
250 살상(殺傷) : 사람을 죽이거나 상처를 입히는 일.
251 반동(反動) : 어떤 작용에 대하여 그 반대로 일어나는 작용.
252 가외(加外) : 일정한 표준이나 한도의 밖.
253 자량하다(自量~) : 스스로 헤아리다.
254 귀(가) 아프다 : 너무 여러 번 들어서 듣기가 싫다.
255 쪼고맣다 : 조그맣다.
256 옴죽거리다 : 연하여 자꾸 움직이다.
257 애꿎다 : 아무런 잘못이 없이 어떤 일을 당하여 억울하다.
258 디리받다 : 들이받다. 함부로 받거나 부딪다.
259 공박(攻駁) : (남의 잘못을) 몹시 따지고 공격하는 것.
260 소치(所致) : 어떤 까닭으로 빚어진 일.
261 심외(心外) : 마음 밖. 생각 밖.
262 비회(悲懷) : 슬픈 생각. 슬픈 마음. 슬픈 회포.
263 새살거리다 : 잔소리를 자꾸하는 모양새.
264 구태라 : 구태여. 일부러 애써.
265 비명(碑銘) : 비면(碑面)에 새긴 글.

　　这个译本的面世绝非偶然。早在译者撰写博士论文之际，即对韩国、中国与台湾之现代文学的诞生与发展产生了莫大的兴趣，时隔十余年的今天，终于得偿夙愿。十九世纪初，中国清朝封建体制不敌西方列国强权而崩解，随后，帝国主义殖民风潮吹入东亚，台湾与韩国先后沦为日本殖民地。面对如此严峻的存亡危机，新一代知识分子必然有责任去思索民族的未来。而或因政局的混乱，或受制于殖民体制严密的思想统治，文学自然成为知识分子批判时局、启蒙大众、探求真理的重要发声管道，而蔡万植正是日本殖民体制下朝鲜代表作家之一。自1924年以短篇小说《新路》登上文坛以迄1950年去世之前，蔡万植左手创作散文、小说、戏剧，右手书写文学评论，在二十余年的时间里共留下了三百余篇的作品，是一位才气纵横的全才型作家。面对混乱灰暗的殖民地现实，蔡万植没有逃避，而是运用迂回的，自我讽刺的手法，或描摹封建陋习下被扭曲的现代人物形象，或揭示殖民地社会现实的弊病，同时，更着力于揭示急速吸收现代文明过程中知识分子内心的混乱与矛盾。这样的书写关怀让我们自然地联想到中国的鲁迅、老舍，还有台湾的赖和、杨逵。除了内容主题上的相似，蔡万植与上述的汉语现代文学奠基作家们还有一个更重要的文学成就，即在小说文体上自觉地展开创新实验。十九世纪前期，这些作家们都面对一个崭新的时代课题，即寻求新的叙述模式来承载新的时代思想。蔡万植在小说中经常以全知视角为基础，灵活运用各种人物的多元视角，深刻地剖析人物复杂的内心世界。并且，蔡万植还擅于运用一种'凝视内在'的叙述模式来内化观者的价值判断，配合其独特的'冷笔'书写风格，共同构筑了其独一无二的叙述美学。

对译者来说，蔡万植文本的魅力，也正是翻译的难点所在。由于两种语言先天结构的差异、文化思维的距离，以及文本语言的时代地域色彩，在欲以中文'重现'蔡万植文本之时，译者多次遭遇了绕室三日难觅一词的困境。然而，在逐字斟酌，反复推敲之后，文本人物生动的形象终于穿透重重障碍，一点一点地重获显影，那一瞬，译者品尝到了得'意'忘'言'的愉悦，此为译事之至乐。蔡万植文学文本的价值随时代的推展而益受重视，相关的研究也方兴未艾，然而其文本的中译本并不多见。就译者所知，韩国现代文学作品以韩中对照的方式出版，在国内应为首例。在韩中交流日益频繁的当下，期许此书的出版能引发抛砖引玉的效果，让东亚文人能跨越语言的鸿沟，在哲思的世界里展开智识的对话，更让不同语言的读者能共享文人们风姿各异的文学世界。

最后，在此要向促成此书出版的所有人士致上最真诚的谢意，特别是金垠希教授提携后进的热诚、文惠贞老师细心的考证阐述，以及全北大学BK21PLUS韩中文化「和而不同」创意人才培养事业团团长金炳基教授的全力支持。更期待此书能为韩中文化比较研究提供一个更宽阔的国际宏观视角，以重新关照上世纪初东亚新知识分子的精神世界。

李淑娟

2015年5月28日

于乾止山下

蔡萬植

채만식 소설 명작선
蔡萬植 小說 名作選

역자약력

이숙연(李淑娟)

소속ㅣ전북대학교 중어중문학과 교수
전공ㅣ중국현대문학
주요 논문 및 관심연구 주제
  ○ 〈臺灣80年代 文學 典範 類型의 變化過程 研究〉
  ○ 〈互文性視角觀照下的漢語文學韓譯〉
  ○ 〈漢語文學韓譯過程中的雜糅問題研究〉
  ○ 〈韓漢新聞語篇偏誤分析〉
  ○ 〈臺灣文學文本的多語書寫策略〉
  ○ 〈擺蕩的生命圖象－夏曼·藍波安的族裔生命書寫與生命創化〉
  ○ 〈平路小說與臺灣文學的後現代後殖民〉 외 다수

우취영(于翠玲)

소속ㅣ전북대학교 중어중문학과 박사과정
전공ㅣ중국현대문학
주요 논문 및 관심연구 주제
  ○ 〈殖民統治時期韓國與台灣知識份子的反思與批判性文學表現〉
  ○ 20세기 초의 韓·中문화의 비교연구
  ○ 문학작품 번역

송안기(宋安琪)

소속ㅣ전북대학교 중어중문학과 석사과정
전공ㅣ중국현대문학
주요 논문 및 관심연구 주제
  ○ 20세기 초의 韓·中문화의 비교연구
  ○ 문학작품 번역

한 · 중대역 채만식 소설 명작선

韓 · 中 對譯 蔡萬植 小說 名作選

초판 1쇄 발행일 2015년 07월 22일

역자 이숙연(李淑娟)·우취영(于翠玲)·송안기(宋安琪)
펴낸이 박영희
편집 최인노
디자인 김미령·박희경
마케팅 임자연
인쇄·제본 태광인쇄
펴낸곳 도서출판 어문학사
　　　　서울특별시 도봉구 쌍문동 523-21 나너울 카운티 1층
　　　　대표전화: 02-998-0094 / 편집부1: 02-998-2267, 편집부2: 02-998-2269
　　　　홈페이지: www.amhbook.com
　　　　트위터: @with_amhoook
　　　　페이스북 페이지: https://www.facebook.com/amhbook
　　　　블로그: 네이버 http://blog.naver.com/amhbook
　　　　　　　　다음 http://blog.daum.net/amhbook
　　　　e-mail: am@amhbook.com
　　　　등록: 2004년 4월 6일 제7-276호

ISBN 978-89-6184-380-5　03810
정가 15,000원

이 도서의 국립중앙도서관 출판예정도서목록(CIP)은 서지정보유통지원시스템 홈페이지(http://seoji.nl.go.kr)와 국가자료공동목록시스템(http://www.nl.go.kr/kolisnet)에서 이용하실 수 있습니다. (CIP제어번호: CIP2015018473)

※ 잘못 만들어진 책은 교환해 드립니다.